唐调正声

唐文治、王蘧常师门吟诵传习录

杜亚群 魏庆彬 编著

上海远东出版社

图书在版编目(CIP)数据

唐调正声:唐文治、王蘧常师门吟诵传习录/杜亚群,魏庆彬编著.--上海:上海远东出版社,2024.
ISBN 978-7-5476-2067-0

Ⅰ.I206.2;H119

中国国家版本馆 CIP 数据核字第 2024DZ2418 号

顾　　问　王兴孙　唐德明
责任编辑　王　皑
封面设计　李　廉

唐调正声:唐文治、王蘧常师门吟诵传习录
杜亚群　魏庆彬 编著

出　　版　上海远东出版社
　　　　　(201101　上海市闵行区号景路 159 弄 C 座)
发　　行　上海人民出版社发行中心
印　　刷　上海信老印刷厂
开　　本　710×1000　1/16
印　　张　16
插　　页　1
字　　数　330,000
版　　次　2025 年 1 月第 1 版
印　　次　2025 年 1 月第 1 次印刷
ISBN 978-7-5476-2067-0/I·397
定　　价　68.00 元

目　　录

前言：无锡国专沪校唐调传承考略

第一章　唐调宗师：唐文治

第二章　唐调津梁：王蘧常

第三章　唐调嗣响（一）：陆汝挺

附录一：唐文治、王蘧常师门诗词吟诵（非唐调）

附录二：唐文治先生读文法（唐调）指要

附录三：唐文治、王蘧常师门国专回忆

序

复旦大学　蒋　凡

应邀为《唐调正声》序，实感任务艰巨而诚惶诚恐。民国年间，交大及无锡国专校长唐文治先生，创唐文治读文法，其吟诵诗文，或低回曼吟，或激越慷慨，声遏行云，名动天地，世称唐调。为莘莘学子吟诵教育，唐校长事必躬亲，知行合一，因而影响巨大而无可替代。余生亦晚，无缘亲炙夫子之教；而唐校长亲自培养的无锡国专学生，都曾于课内外聆听夫子吟诵，获其薪火真传。但惜乎时光流逝，历史无情，唐校长昔日耳提面命的嫡传弟子，健在者已寥若晨星，成国宝级人物。因此，抢救唐调，已成历史使命，噫嚱危乎而时不我待。鄙人亦年逾八五，衰朽之年，力之所及，愿与诸君共勉，为抢救这一非物质文化遗产而尽其心力，以作芹献。

二〇二一年四月，我曾赴苏州大学参加"无锡国专"与中国文学的教学与研究学术论坛。在会议进程中，华东师范大学胡晓明教授提出了要求恢复无锡国专通识教育的倡议，当然，唐调吟诵教育，也是其中的热门话题。我也积极附议。我想，只要热心者努力奔走鼓呼，相信一定会感动"上帝"，光明在前。上海市市北中学杜亚群老师，受昔日无锡国专沪校教务长王蘧常先生哲嗣王兴孙之托，策划编辑了《唐调正声》，以完成萧善芗（九八高龄）、陈以鸿（年逾百龄）诸先生的一大心愿。人们翘首期待《唐调正声》的诞生出版，各以心香一瓣，纪念茹经夫子并其入室嫡传诸贤。

我亦喜吟诵诗文，但因方言区的关系，难仿唐先生的太仓唐调，而只能运用闽南地区泉州腔的读书调；加以喜听京、昆戏曲，以此潜移默化，不知不觉间又染有曲艺之音，这是因条件不同习染所致，并非唐调正声，而愧对师门。吾师朱东润及陈祥耀先生的吟诵，却是直接来自唐先生耳提面命的唐调正宗。朱、陈二师言及唐调吟诵，热情满怀，描声绘色，非常激动。他们真切体会，唐调的艺

1

术三昧，由技进道，不仅在具体的声调格律之中，同时应该进一步体悟其精神境界方面的味外之旨。朱师随侍唐先生，是在上世纪初的民国成立前后的南洋公学（即交大前身）。因其学业优秀，作文获奖，唐校长吃饭时即用筷子敲击碗边吟道："作文要问朱世溱（按：朱师原名世溱，后以东润字行）！"对学生的关怀提携，精神令人感动。当时朱师因家境清寒，学费困难而有辍学之忧。唐校长知道后，令其长子唐庆诒致信，劝其返校复学，学费由唐先生解决。我是朱师的研究生，听他言及此事，热泪盈眶，他对我说："唐老师居住朴素，态度严肃，对于学生的关心，是我一生学不完的。"又回忆说："唐老师还有一绝招。每星期日上午，他在大礼堂召集部分学生讲授古代散文……讲授的是韩愈《张中丞传后叙》，欧阳修《五代史·职方考序》《泷冈阡表》《秋声赋》之类。老师的讲法很别致，他从来没给我们解释字句，也从来没有说这篇文章好在哪里，为什么要读。他只是慷慨激昂地或是低回婉转地读几遍，然后领着我们共同朗诵。……虽然带着太仓腔，但是在抑扬顿挫之中，你会听到句号、分号、逗号、顿号，连带惊叹号、疑问号。……倘使我们不能诵读，那么这些符号的意义是会丧失的。"（见《朱东润自传》第43—44页）

无锡国专的第一届毕业生，依其成绩，据传有"状元、榜眼、探花"之目。王蘧常高居"状元"（按："榜眼"钱仲联，"探花"蒋天枢），他也回忆了唐先生的吟诵教导："学者读文，务以精熟背诵，不差一字为主。其要法，每读一文，先以三十遍为度。前十遍，求其线索之所在，划分段落，最为重要；次十遍，求其命意之所在，有虚意，有实意，有旁意，有正意，有言中之意，有言外之意；再十遍，考其声音，以求其神气，细玩其长短疾徐抑扬顿挫之致。三十遍后，自不知手之舞之足之蹈之也。"（见《王蘧常自传》，《文献》1984年第4期）

唐文治读文法，肇自吴挚甫、曾国藩等桐城派名家的阴阳刚柔、古文四象之说，但又加以变化创造，以变化发展适应新时代，造成了吟诵天地的一片新气象、新面貌。

唐先生又对嫡传弟子陆汝挺先生说："读文要凝神炼气，抗坠抑扬。黄钟大吕，如协宫商。疾则如长江大河，奔腾澎湃。徐则如峰回路转，曲折鱼迂旋。若发抒性情之文，更如怨如慕，如泣如诉。余读文有十六字诀：神中有情，情中有神，神寓于气，气行于神。领悟及此，自得要蕴。其要处不外一'顿'字诀。"（见附录陆汝挺《回忆唐文治先生二三事》）

陈祥耀师也真切回忆说:"唐先生至性过人,感情深厚,言情之文,缠绵往复,富阴柔之美;而涉及人心世道,义理气节,则昌明严正,如其持躬,又富阳刚之美,是刚柔相济也。"祥耀师也是唐校长的得意门生,国专三年作文竞赛,他是一次第二名,二次第一名,唐先生亲自批卷点评,并招祥耀师到其上海的南阳路寓所去问关怀。后来唐先生逝世,祥耀师作《悼唐茹经师》四首,有"文章追永叔,心学继阳明""及门惭我晚,惠爱感公深。追忆道南语,能无泪沾襟"之句。自注曰:"公批余《易经》试卷,有'吾道其南'之语。"这是说,唐校长寄望陈先生,能把自己的传经济时之学,传播南方而继承发展。(蒋凡《尊师重道薪火相传——记陈祥耀先生及其无锡国专诸师友》,见《闽学研究》2022 年第 4 期)

总之,唐调诗文吟诵,因声求气,以气见神,神气行则意境现而精神尽出,声调音乐审美中,又自有其精神节气在,此待妙悟者而为言。精神境界之升华,既关乎个人修养,同时又关联世事人心之探索,岂细事哉!祥耀师称引唐先生《读文法笺注序》曰:"夫读文岂有他道哉!因乎人心以合乎天籁,因乎情性以达乎声音。因乎声之激烈也,而矫其气质之刚;因乎声之怠缓也,而矫其气质之柔。由是品行文章交修并进,始条理者所以成智,终条理者所以成圣,即以为淑人心、端风俗之具可矣。"唐先生吟诵,如《庄子·养生主》"庖丁解牛"寓言故事所描绘,入耳瞬间,洋洋乎铿锵和鸣,"莫不中音,合于桑林之舞,乃中经首之会",抗坠抑扬,一片宫商,听者能不神往乎!其吟诵艺术,依乎天理,因其固然,以无厚入有间,恢恢乎游刃有余,官知止而神欲行,因乎技而升大道,厥功之伟,岂偶然哉,岂偶然哉!

吟诵之道,概括唐先生的道德文章及其躬亲践行,要目有二:一是修己之养,一是化人之功。茹经先生是近代著名教育家、理学家。稍晚于他的国学大师钱穆在其《八十忆双亲》中说:"窃谓理学家主要吃紧人生,而吟诗乃人生中一要项。余爱吟诗,但不能诗。吟他人诗,如出自己肺腑。"借他人酒杯浇己之块垒。受唐夫子吟诵影响,要求感情内注,声发于外,"文如己出",一片真诚而致其天理良知。唐、钱二贤,共鸣互应,道出了吟诵艺术那"淑人心、端风俗"的修身养性之功。这一思想观念,并非虚言大话,而是切实可行的,合于儒经《大学》修身、齐家、治国、平天下之言,"一是皆以修身为本"。如果每个具体的人,都培养了该有的修养,那么整个社会还会不和谐不太平吗?修己与化人的辩证统一,实是功德无量。美哉!《唐调正声》之编,或可助此一臂之力。

　　最后必须指出，我们提倡唐调，理由如前所述，堂堂正正，但是并非以唐调为唯一准绳而非议其他。古来吟诵，难于以一绳万。首都背景国子监的读书调调，也难以强制推行。为什么？因为我国幅员辽阔，存在许多方言区，各区方言，又各有其读书调。唐调吟诵略带太仓腔，因为唐校长是太仓人。各家各派如赵元任的常州调，华钟彦的华调，王佩行的行调，台师大王更生那略带河南腔的王调，各有特色而百花齐放，都有其存在发展的合法理由和生存空间。但是目前看来，由于唐夫子的教化，其吟诵理论研究已深入人心，如春风化雨，滋润大地，无所不在。作为吟诵教育的楷模和旗帜，唐调正声正在引领我们向前。

　　以上感言，不敢自以为是，就正于方家读者，望不吝赐教。

前言：无锡国专沪校唐调传承考略

唐文治(1865—1954)，字颖候，号蔚芝，别号茹经，是著名的教育家、国学大师，一生经历了清朝、中华民国、中华人民共和国三个时代，成就卓著，曾任上海高等实业学堂(交通大学前身)监督(校长)，被誉为"工学先驱"。

一、无锡国专沪校的创建

1920 年 10 月，唐文治因眼疾日深，辞去交通部上海工业专门学校校长一职。同年，其受钱塘人施肇曾之托创办了无锡国学专修馆(1929 年底改名为无锡国学专修学校，下简称"无锡国专")，并担任校长。无锡国专是 20 世纪国学精英的摇篮，办学 30 年，培养了一大批杰出的国学人才，在教育、学术、文化等方面创造了令人惊叹的成绩，在史上留下了"北有清华国学院，南有无锡国专"的佳话。

无锡国专是一所经历抗日战争而未曾中断办学的国学专修学校。1936 年，也就是距离"七七事变"仅一年的国难当头之际，唐文治在其《国学专修馆十五周年纪念刊·序》中记述了自己创办无锡国专的缘由：

> 今兹世界，一大战国也……横览东西洋诸国，靡不自爱其文化，且力谋以己之文化扩而充之，深入于他国之人心。而吾国人于本国之文化，孔孟之道德礼义，修己治人之大原，转略而不讲，或且推去而任人以挽之。悲乎哉！文化侵略，瞬若疾风，岂仅武力哉？吾为此惧，深恐抱残守阙，终就沦湮，爰于太湖之滨，购地数十亩，将悉力经营，建兹广厦，俾文人学士之来游兹土者，观感兴起，动读经尊孔之思，而吾校生徒，春诵夏絃，更得怡情高旷，祛鄙吝而涤烦襟。圣人所谓智动仁静，《礼记》所谓藏修息游，吾中国文

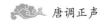

化或藉此为权舆,其复见天地之心乎?①

唐文治认为,当今世界是一个放大了的"战国时代",但凡逢战事,便是草菅人命。而与武力侵略相比,东西洋文化侵略之风更甚,此为远忧。拯救民命,解决之道唯以孔孟道德仁义正心为要。

1937 年,全面抗战爆发,江南沦陷。为保存中国文化种子,唐文治临危不惧,毅然带领全校师生撤离无锡,踏上了艰苦的西迁之路。国专师生风餐露宿,颠沛流离,万里宵征,最终到达广西。1938 年 2 月下旬至 3 月间,唐文治先后租借桂林正阳街 17 号及环湖路 18 号的民房作为教室,正常上课,开启了无锡国专历史上的"桂校"时期。

1938 年 6 月底,唐文治因年事已高且水土不服,向教育部请假回上海治疗并获批准。经一路辗转,唐文治于 7 月 10 日回到上海,寓居英租界。因避难奔波,困顿过甚,兼发劳伤,唐文治患病在床,至年底方渐渐痊愈②。

得悉唐校长回到上海的消息,江浙一带的一些未随迁桂校的国专学生纷纷表达了希望在上海复校的愿望。在唐文治生病期间,无锡国专第十四届毕业生卢景纯常至其家,与陆景周商议复校事宜。至 1939 年 2 月,议定借康脑脱路(今上海康定路)通州中学作为校址,通州中学上午上课,国专下午二时后上课。学校确定聘请王蘧常为教务主任,卢景纯为事务主任,陆景周任秘书兼助教,沈苏儒为教务助理,姜谋生为缮务;教师有唐文治、王蘧常、陆景周、张世禄、郝昺衡等人。卢景纯等人在康脑脱路的旦华学校内租了办公室着手筹备工作,包括复学学生的登记和招收新生等③。黄汉文在《记唐文治先生》一文中详细记录了此事:

① 陈国安,钱万里,王国平.无锡国专史料选辑[M].苏州:苏州大学出版社,2012:77.
② 《茹经先生自订年谱正续篇·戊寅·七十四岁》:"十一月近冬至节,余患病,热度一百零三度,请表侄朱继莘诊治。打针后,热势渐退,惟因避难奔波,困顿过甚,疲惫不能起床,至年底渐就痊。"(唐文治.唐文治自述[M].文明国,编.合肥:安徽文艺出版社,2013:119.)
③ 《茹经先生自订年谱正续篇·己卯·七十五岁》:"去冬,通州旧同学卢生景纯,议兴复国学专修学校。方余病时,常来与陆君景周商酌。至二月间议定,借康脑脱路通州中学作为校址。通校午前上课,吾校下午二钟后上课,聘嘉兴旧同学王生瑗仲为教务主任,景纯充事务主任,景周仍充秘书兼助教,并请嘉兴沈君苏儒助理教务,昆山姜君谋生仍来充缮务。"(唐文治.唐文治自述[M].文明国,编.合肥:安徽文艺出版社,2013:119.)

唐先生在上海南阳路定居，身体也逐渐恢复……校友和因战乱失学的国专学生，到南阳路寓所探望校长。学生希望国专复校，继续求学。当时苏浙一带的大、中学，在旧租界赁屋上课的，已经很多。也有新办的院校，以文科而言，就有章太炎夫人汤国梨等办的太炎文学院。唐先生与校友们研究，教授的问题容易解决，专任教授虽然聘不到，各种课程的兼任教授是可以聘到的。最大困难是没有校舍。校友卢景纯（南通人）说，自己在教育界熟人多，同乡多，租几个教室还是可以的。文科性质的学校，大多数课可以在下午或星期日上。现在不但大学如此，中学也有半天上课、半天各人回家自学的。只要校长同意变通一些，借一、二间基本教室，大多数课可放在别校学生散学以后上。学生们认为在抗战期间，只要能读书，条件艰苦些也要坚持。唐校长同意了卢景纯的建议，并指定他负责租屋及一切准备工作。卢景纯等在康脑脱路（今康定路）的旦华学校内租了办公室着手筹备，复学学生的登记就是在那里办的；一面与通州中学联系，暂借教室，哪怕只借一学期也好。唐校长嘱陆景周备文呈报远在重庆的教育部，在沪复校，以便学生复学。教育部同意设立"上海补习部"。在筹备复课时，感到即使只有少数复学学生，行政各部门还是要配备一定数量的职员的，不如招一班一年级新生。这时，唐校长已聘请王蘧常教授担任教务主任，将招收新生的打算，呈报教育部，也得到批准。①

　　唐文治病愈后，便于1939年春暂借康脑脱路（今康定路）通州中学作校舍，办起了无锡国学专修学校上海分校（史称"国专沪校"）。3月3日，国专沪校正式上课，招收学生50多人；次年，招收学生104名②。仍用无锡国学专修学校旧名③，从此开始了无锡国专历史上"桂校"与"沪校"并立的时期。

① 黄汉文.记唐文治先生[M]//江苏文史资料选辑：第19辑.南京：江苏人民出版社,1987:128—129.
② 唐文治.唐文治自述[M].文明国,编.合肥：安徽文艺出版社,2013:119—120.
③ "1939年,唐校长徇江浙学生之请在上海设立分校,仍用无锡国学专修学校旧名（对外称上海分校）招收新生。（黄汉文.无锡国专杂忆补正[M]//中华书局编辑部.学林漫录：九集.北京：中华书局,1997:87.）

无锡国专迁沪后第三年师生合影(局部)
第三排左一:唐文治　　左二:王蘧常

二、国专沪校的师资与课程

凭着唐文治崇高的学术地位和高尚的人格力量,沪校先后聘请到许多当时上海文、史、哲方面的著名教授、学者来校任教(见表一)。萧善芗在《我的唐调学习与传继》一文中写道:

> "国专"历史虽短(1949年停办),规模也小,但凭着唐老夫子崇高的学术地位和高尚的人格力量,先后聘请到当时上海文、史、哲方面著名的教授、学者来校任教,如周谷城、周予同、朱东润、胡曲园、朱大可、黄云眉、王佩诤、童书业、魏建猷、方诗铭、杨宽、金德建、唐尧夫、吴丕绩、顾佛影、陈小翠、鲍鼎等先生,真可谓名流荟萃。①

---

① 唐文治.读文法笺注[M].邹登泰,注.朱光磊等,编.扬州:广陵书社,2021:347.

表一　无锡国专沪校主要授课教师及所设课程

职务	教师	聘任年份	开设课程
校长	唐文治(1865—1954)	1939 年 3 月	《读文法》《诗经大义》《孝经大义》《论语大义》《孟子大义》《尚书大义》《周易消息大义》《国文大义》等
秘书兼助教	陆修祜(1877—1964),字笃初,号景周	1939 年 3 月	《孟子》研究、《左传》研究、《公羊传》研究等
教务主任,1942 年兼事务主任	王蘧常(1900—1989),字瑗仲	1939 年 3 月	诸子概论、《庄子》等
	张世禄(1902—1991)	1939 年 3 月	音韵学等
	郝昺衡(1895—1978),又名秉衡	1939 年 3 月	中国文学史等
	王绍唐(1897—1978)	1939 年 3 月	哲学史课
	夏承焘(1900—1986),字瞿禅,后改瞿髯	1939 年 4 月	中国文学史、韵文选等
	周予同(1898—1981),原名毓懋,学名豫桐、蘧,字予同	1939 年 9 月	经学概论
	葛绥成(1897—1978),又名康林,字毅甫	1939 年 9 月	中国地理
	唐庆诒(1898—1996),字谋伯,唐文治长子	1939 年 9 月	中西文学批评、诗词学等
	李长傅(1899—1966),又名李震明	1939 年 9 月	地理
	蒋伯潜(1892—1956),名起龙,字伯潜,以字行	1939 年 9 月	十三经概论、基本文选
	徐昂(1877—1953),字益修	1939 年 9 月	文法、音韵等
	任铭善(1913—1967),字心叔	1939 年 9 月	《礼记》

职务	教师	聘任年份	开设课程
	朱大可（1898—1978），名奇，字大可	1939 年 9 月	今古文研究、经学通论、书法学和诗词学
	钱仲联（1908—2003），原名萼孙，以字行，号梦苕	1940 年春	诸子概论、历代诗选、文选、作诗、作文课
	周谷城（1898—1996）	1940 年秋	中国通史
	胡士莹（1901—1979），字宛春	1940 年秋	词学研究
	吕思勉（1884—1957），字诚之	1940 年秋	史学讲座
	赵景深（1902—1985），曾名旭初	1941 年	昆曲
	许国璋（1915—1994）	1941 年	英语选修课
	张仲礼（1920—2015）	1941 年	英语选修课
	任铭善（1913—1967），字心叔	1941 年	《礼记》
	蔡尚思（1905—2008）	1942 年	《中国思想史》等
总务主任（1945 年添聘）	唐景升（字尧夫，生卒年不详）	1942 年①	基本文选
	黄云眉（1898—1977），字子亭	1945 年 9 月	中古史等
	胡曲园（1905—1993）	1945 年 9 月	伦理学、中国通史、逻辑学等
	王佩诤（1888—1969），名寒，字佩诤，以字行	1945 年 9 月	中国学术史、曲学研究、版本目录
	刘文兴（1910—1960），字诗孙，孙一作荪	1945 年 9 月	元明清戏剧、小说等

---

① 根据陈以鸿、萧善芗等国专沪校学生回忆推测，唐景升（尧夫）大约从 1942 年秋起在无锡国专任教“基本文选”课程。

续 表

职务	教师	聘任年份	开设课程
	顾佛影（1898—1955），名宪融，字佛影，以字行	1946年秋	词曲等
	陈小翠（1907—1968），又名玉翠、翠娜	1946年秋	词曲等
	魏建猷（1909—1988），原名守谟	1946年秋	中国通史
	童书业（1908—1968），字丕绳	1947年秋	春秋战国史、秦汉史、史学通论、世界通史等
	徐震（1898—1967），字哲东	1947年秋	三礼研究、军事训练课
	鲍鼎（1898—1973），字扶九	1947年秋	甲金文研究
	赵泉澄（1900—1979）	1947年秋	地理
	金德建（1909—1996）	1947年秋	诸子概论
	高铮（字铁中，生卒年不详）	1947年秋	骈文学
	陈懋恒（1901—1969），字樨常	1947年秋	历史

在国专沪校十二年的办学历程中，先后聘请过许多位知名教授、学者来校任教或兼课，除上表所列，尚有蒋祖诒（字谷孙，约1890—1975）、吴丕绩（原名丕悌，1910—1972）、陆颂襄（生卒年不详）、方诗铭（1919—2000）、傅统先（1910—1985）、黄胜白（原名鸣鹄，1889—1982）、高铮（字铁中，生卒年不详）、章颐年（生卒年不详）等人①。

① 当时国专沪校教职员还有卢景纯、李续川（生卒年不详）、杨鸿烈（又名炳堃，别名宪武，1903—1977）、张任政（字惠衣，1898—1960）、沈训、崔龙、沈苏儒、黄锺岳（生卒年不详）、姜谋孙等人。（据1939年5月唐文治向国民政府教育部部长陈立夫呈文附报《私立无锡国学专修学校在沪复课教职员履历表》）又，杨廷福、陈佐高、陈祥耀、萧善芗等人的回忆中均提到朱东润在国专沪校任教，然而据《朱东润自传》记载，朱东润是在复员后的无锡本部任过教，并非国专沪校教师。（朱东润．朱东润自传[M]．武汉：华中科技大学出版社，2019：317—318．）

国专的课程以经学、理学、文学、史学、政治学为主,分必修和选修两类。必修课有国学概论、散文选、韵文选、文字学、音韵学、目录学、修辞学、国史、文学史、哲学史、史学史、文化史、作文训练等。选修课除外文、世界史、西洋文学史、西洋哲学史等之外,还有义理、辞章、考据相关的课程。

国专的教学始终强调大量读原著,据国专后期学生陆振岳回忆:

在实际的教学中,不尚空谈,注重实学。要讲读独立著作的原书。即使是那些有独立体系的学科,也尽可能地要讲或参阅原作。如目录学本是一门学科,在讲读时要读解《汉书·艺文志》《隋书·经籍志》等史志,《四库全书总目》《书目答问》《读书敏求记》《郡斋读书志》《直斋书录解题》等公私目录著作,以及《中国目录学史》等目录学源流论著。①

国专沪校 1942 年夏届毕业生胡子远回忆说:

所读的课本,均为整部线装书,很少用选本、节本。教师讲课,一般并不逐句串讲,特别是唐文治先生授课,完全采用讲学方式,阐述"微言大义"。但要求学生有重点地熟读、背诵一些书。唐先生在国专教导学生读书的方法,可归结为十六字诀:"熟读精审,循序渐进,虚心涵咏,切己体察。"他积极引导学生由博至专,要求低年级学生加强基本功学习,高年级分科,学生可以根据自己的爱好和特长选择专业,因材施教,各展所长。②

在指导学生读原著的过程中,唐文治将理论与实践相结合,创造出一套独特的诵读古诗文的吟诵方法,即为后人所熟知的"唐蔚芝先生读文法"(简称"唐调")。唐文治还自编了教材《读文法》和《国文经纬贯通大义》,并开设了相应的课程"读文法"和"基本文选"③。

---

① 陆振岳.无锡国学专修学校述略[J].苏州大学学报(哲学社会科学版),2000(2):73.

② 胡子远.唐文治与无锡国学专修学校——纪念唐文治诞生一百四十周年[J].苏州大学学报(哲学社会科学版),2005(2).

③ 《茹经先生自订年谱正编·乙丑·六十一岁》:"九月,编辑《国文经纬贯通大义》。余初编《读文法》,次第推广,为四十四法,命名《经纬贯通大义》,口授诸生,熟读之。"(唐文治,文明国.唐文治自述[M].合肥:安徽文艺出版社,2013:85.)

三、读文法与教学实践

无锡国专办学伊始,唐文治就坚持贯彻实施教授读文法,极大提高了国专学生学习古文的效率。国专第三届学生钱仲联曾说:

> 唐先生强调读文,自己示范教学生读,阳刚阴柔不同风格之文,有不同的读法。通过长期诵读,书也熟了,作品的精神也体会得更深,虽不硬记,但不少名篇,几十年后还能背得出或能背出它重要的章节。不至于什么都要查工具书,查索引,这才是真功夫。①

国专第五届学生王绍曾也说:

> 唐先生是讲究读文法的,他继承刘勰"披文入情"和桐城派"因声求气"的理论,用他自编的《国文经纬贯通大义》做课本,要求我们读文一定要读出文章的音节美,要在往复涵咏中,在抑扬顿挫、高下徐疾中去领会文章的阴阳刚柔之美和作者的思想感情。②

国专沪校期间,唐文治进一步加大了读文法实施力度。不仅日常开设有读文法课程,他在教授《诗经》《论语》等课程时也常示范读文③。曾在国专沪校就读的张扬之回忆当时的教学情景:

> 校长唐蔚芝先生的《国文经纬贯通大义》是基本国文教材,选文分阴阳刚柔,教法是抑扬顿挫的朗读和逐字逐句的翻译,要求学生都要学会用"唐

---

① 钱仲联.无锡国专的教学特点[M]//江苏文史资料选辑:第 19 辑.南京:江苏人民出版社,1987:83.
② 王绍曾.目录版本校勘学论集[M].上海:上海古籍出版社,2005:1039.
③ 《茹经先生自订年谱正编·己卯·七十五岁》:"六月下旬放暑假,本校设立暑假班。余教授读文法。"《庚辰·七十六岁》:"正月开学,同学九十余人,傍听生共一百零四人。余教授宋元哲学及读文法二课。"(唐文治.唐文治自述[M].文明国,编.合肥:安徽文艺出版社,2013:119—120.)

调"读古文和用文言写文章。①

高效的读文法使国专学生获益匪浅,记诵了大量古文,这或许也是国专短短 30 年历史中,得以培养出大批优秀国学人才的重要原因。

此外,唐文治还在交通大学开设了国学"特别讲座",每逢周日演讲经学、文学,并示范读文法②。1941 年 9 月开学后,因年老体衰且路途较远,唐文治为交通大学开设的国学讲座,改在国专沪校所在地——上海爱文义路乐群中学(今北京西路 947 号)内进行,时间在每星期日上午,交通大学、国专沪校师生及其他学校学生均可入坐听演讲,领略唐调吟诵的魅力。

萧善芗在《我的唐调学习与传继》一文中回忆当年聆听唐文治先生演讲的情形:

> 我进国专时,唐老夫子已年届耄耋,除双目失明外,又因前列腺手术后行动极为不便,已不担任具体课程的教学工作,但老人家却极其敬业,每周三上午必来学校为全校学生讲演并吟诵古诗文。他坐着由服务员高福推着的轮椅,两位秘书——陆景周、陆汝挺(女)先生陪同左右,从南阳寓所来至"国专",借用乐群中学礼堂讲学。其时,几乎没有一位学生会放弃亲聆夫子教导的机会,于是乐群中学不算太小的礼堂,站得人满为患。老夫子穿素色长袍,戴圆顶黑帽,穿白袜黑布鞋,神采奕奕,微笑着端坐在礼堂中央的太师椅上,陆景周先生手捧书卷侧坐在左,陆汝挺先生侍立右侧,准备随时为老夫子板书、递茶。一时间全场鸦雀无声,同学们屏息待听。开讲了,先由陆景周先生分段朗读课文,接着老夫子精神焕发,详析各段内容。无论《诗经》《楚辞》或《左传》《史记》以及唐宋散文中的哪一篇经典作品,他都了如指掌,甚至连注疏都不差一字。解读时引经据典更是如数家珍。其精辟透彻,细致入微,使所有学生大开眼界,深感得益非同寻常,更为敬仰老夫子博闻强志,学富五车的大师风范。

① 张㧑之. 从学语文到教语文[M]//刘国正. 我和语文教学. 北京:人民教育出版社,1984:194.
② 《茹经先生自订年谱正续篇·戊寅·七十四岁》记载:"九月四日,胡生粹士携黎照寰校长信来,谓交大拟设特别讲座,请余每星期讲授一小时,以道德文学大纲为主。许之。"(唐文治. 唐文治自述[M]. 文明国,编. 合肥:安徽文艺出版社,2013:119—120.)

讲解完毕,老夫子喝上一杯由陆汝挺先生递上的茶水,稍事休息,便开始吟诵全文。那是全场讲演中最精彩的部分。八旬老人,诵读古文仍是精神抖擞,声如洪钟,抑扬顿挫,声情并茂,既动听又感人,聆听者对原先还未理解透彻的内容,经老人家饱含深情的朗声一读,便顿然有悟;对即使已经耳熟能详、读过无数遍的作品,经老夫子"文如己出"的自然吟诵,又忽感耳目一新,还常能发觉先前未曾领会到的作品内涵意境及音韵之美与作者言外之意,从而领略到中华传统文化的精髓。老夫子的诵读感人至深,他读韩愈的《祭十二郎文》能使听者落泪。往往诵读结束,余音仍有绕梁之妙,同学们沉醉其中,竟不知夫子已经转坐轮椅,直至高福推动轮椅,才纷纷让路使夫子的轮椅顺利前行。在夫子及二位随从秘书离开礼堂之后,大家才意犹未尽地互相告别。①

国专沪校生钱树森对唐文治演讲的情形也有记录:

所讲内容,多为《周易》《诗经》和《楚辞》中的某些章节。老夫子讲得深入浅出,对学生很有启发。特别是选讲古文名篇,先是结合教材,朗诵课文,然后逐章逐句,进行讲授。包括文章结构、词语运用,都讲得精到细致,令人叹服。唐老夫子修养有素,发音洪亮,宛如黄钟大吕之声。读《秋声赋》一文,于文中形容秋之为状,秋之为声,委婉细致,曲尽其妙。若非于文字章句,涵咏深透者,绝不能臻此妙境。如读至"其触于物也,鏦鏦铮铮,金铁皆鸣,又如赴敌之兵,衔枚疾走,不闻号令,但闻人马之行声",此段文字,读来一气呵成,略无停涩阻隔之感。又如选读李华之《吊古战场文》,对文中描写古战场阴森恐怖之情景,则以极其愁苦之声调,加以渲染,以情带声,倍觉凄苦,令人不堪卒读。对古代不义争战,自然产生了厌离情绪,而对和平生活,则产生了追求与向往。唐老夫子朗诵诗文有如此神奇妙用,诚非后辈所能轻易企及。②

① 唐文治.读文法笺注[M].邹登泰,注.朱光磊等,编.扬州:广陵书社,2021:350—352.
② 陈国安,钱万里,王国平.无锡国专史料选辑[M].苏州:苏州大学出版社,2012:318.

上海《申报》曾刊登过一篇《唐蔚芝先生读文听讲记》，详实地记载了唐文治一次国学演讲和唐调吟诵的现场情景：

太仓唐蔚芝先生是当代大儒，手创无锡国学专修学校，提倡国学，不遗余力。笔者久仰唐老先生学问德行的高超，尤其爱慕他对于读国文的方法。前日在该校公开演讲读文法，机会难得，于是趋车欣然而往，一方面藉此得瞻风采，一方面更可亲聆他读文的声调，无怪慕名而往者纷至沓来。离开演讲时间，还有三刻钟，小小的礼堂，早已塞得满坑满谷了。钟鸣十下，始见唐老先生为人扶持而来，白须飘然，步履坦坦，在人丛中走向讲台去。听讲者都起立致敬，并报以热烈的掌声，他老人家含着微笑点头频频。上了讲台，既坐定，空气肃穆得连一声咳嗽的声音都没有，个个人准备谛听他的宏论。

此次他读的文章，共有四篇，依照曾文正公手定分为太阳、少阳、太阴、少阴四类，各举一例：太阳气势的举贾生《过秦论》，少阳趣味的举范希文《岳阳楼记》，太阴识度的举韩退之《送李愿归盘谷序》[①]，少阴情韵的举欧阳永叔《五代史·伶官传序》。……关于这读文的方法，既定于曾文正，传之于桐城吴挚甫，唐老先生就是受业于吴挚甫的，一脉相仍，弥觉珍贵。现在他双目失明，年事又高，我们真有点后继不知何人的感叹。……

唐老先生读贾生《过秦论》，因为是太阳气势，音调是这样雄伟，琤琤琮琮，读至激昂高扬之处，令人指发；接着《岳阳楼记》，少阳趣味，就觉得虽不失雄伟，却没有太阳之文的刚强了，听了似乎吃了一支雪茄、尝了几杯醇酒那么兴奋。……最后的《伶官传序》，唐老先生再接再厉，贾其余勇，读来是一唱三叹，少阴之文，以委婉舒徐的音调出之，真是绝倒。……

散会，见扶老携幼，名士淑媛，相继离去，笔者也带着满足的心情，踏上归途。总计听众不下五百人，这盛况正是显出大家对国学的重视，不负唐老先生一番提创之意了。[②]

---

① 据唐文治《欧阳永叔〈秋声赋〉研究法》后附《古文四象》目录，韩退之《送李愿归盘谷序》属少阳文，范希文《岳阳楼记》属太阴文。（唐文治. 唐文治国学演讲录［M］. 虞万里，导读. 张靖伟，整理. 上海：上海交通大学出版社，2017：74—75.）新闻所述恐为记者误记。
② 真金. 唐蔚芝先生读文听讲记［N］. 申报，1942 - 01 - 12.

1942年8月,汪伪"教育部"强行接管交通大学并改为"国立",校长黎照寰率领大多数师生愤而离校。不久,唐文治因前列腺手术而行动不便,持续了数年之久的国学讲座才告结束①。

四、唐蔚芝先生读文灌音片

唐文治"以复兴国学为己任,涵养正气以励世",为了更好地传扬传播读文法,1934年到1948年间,他曾三次吟诵录制读文法的唱片。

1934年五月底,唐文治"赴华东电气公司灌留声机片音。读文四篇";同年十月中旬,"再赴华东公司灌音,讲演孝悌廉耻及读《诗经》《左传》法"②。可惜的是,这两次录音的唱片均已失传。

1948年,在国专沪校春季开学之际,上海大中华唱片厂为唐文治灌制诵读唱片二集15张、诵读古文30篇,并有英文翻译,广为发行,发行名称为《唐蔚芝先生读文灌音片》,风行一时。唐文治在《自订年谱》中记述了此次灌制唱片的始末:

> 正月……,有及门诸弟子薛志伊名桂轮、谢仲显名绍祖、周志仁名树慰、陆景周名修祜、陆汝挺女士、冯振心名振,及长子庆诒等发起余读文灌音片之举,由薛生志伊总其成。<u>灌音片正集凡十张,每张二篇,预约出售,颇风行一时。</u>薛生志伊等为宣扬吾国文化起见,复议定发行通用集五张,每张亦二篇,内有中英文对照,英文译文为庆诒所撰,冀可留传海外。灌音片为大中华唱片厂所制,主其事者范君式正也。③

《唐蔚芝先生读文灌音片》是现存最早的中国人读书声的录音合集,正集除第一片上下的读文法讲词、英文介绍词,以及第十片下昆曲《长生殿·小宴【粉蝶儿】》外,共收录了唐文治所读20篇古诗文原声,内容包括:

---

① 时交通大学将唐文治所讲授内容整理编印成《唐蔚芝先生演讲录》,先后出版一至六集。
② 唐文治.唐文治自述[M].文明国,编.合肥:安徽文艺出版社,2013:105—106.
③ 唐文治.唐文治自述[M].文明国,编.合肥:安徽文艺出版社,2013:126—127.

唐蔚芝先生读文灌音片

表二　《唐蔚芝先生读文灌音片》目录

分类	选用调式	古文四象	篇目	唱片编号
古文	后世散文调	少阴情韵	欧阳修《秋声赋》	第二片上
		少阴情韵	欧阳修《丰乐亭记》	第二片下
		少阴情韵	李华《吊古战场文》（上）	第三片上
			李华《吊古战场文》（下）	第三片下
		少阴情韵	欧阳修《五代史·伶官传序》	第四片上
		太阴识度兼情韵	范仲淹《岳阳楼记》	第四片下
		太阳气势兼情韵	司马迁《屈原列传》（上）	第五片上
			司马迁《屈原列传》（下）	第五片下
		太阴识度兼情韵	诸葛亮《前出师表》	第六片上
		少阳趣味	韩愈《送李愿归盘谷序》	第六片下
		少阴情韵	欧阳修《泷冈阡表》	第七片下
	先秦散文调①	太阳气势	《左传·吕相绝秦》	第九片下
诗经	诗经调	少阴情韵	《诗经·鸨羽篇》	第七片上
		少阳趣味	《诗经·卷阿篇》	第七片上
		少阴情韵	《诗经·棠棣篇》	第八片上

---

① 国专师生习称为"上古散文调"，所读实为先秦散文。本书正文均称作"先秦散文"，引文则仍保
持旧称。

续　表

分类	选用调式	古文四象	篇目	唱片编号
		少阴情韵	《诗经·谷风篇》	第八片上
		少阴情韵	《诗经·伐木篇》	第八片上
楚辞	楚辞调	少阴情韵	《楚辞·九歌·湘君》	第九片上
古诗	古体诗吟调	少阳趣味	唐若钦《迎春诗》	第十片上
		少阴情韵	唐若钦《送春诗》	第十片上
词	词的吟调	少阴情韵	苏东坡《水调歌头》	第九片上
		太阳气势	岳飞《满江红》	第八片下

这套灌音片灌录的吟诵内容,几乎涵盖了古代文学的各种体裁(近体诗除外),既有古文、经文,又有诗词;时间跨度从先秦一直到清代,可以算是历代各体文学作品吟诵的一个集成。这些诗文,文质兼美,阴阳刚柔,涵盖四象,选调各具特色,足见唐文治编选灌制篇目之精心与苦心。这些堪称读文法典范的作品,荟萃了唐文治读文精华,充分显示出唐文治作为文章大家,在古文吟诵上的独绝造诣。

读文灌音片的发行,使读文法形成了广泛的影响,在当时学界风靡一时。其中所蕴含的读文要义与法门,吸引了无数善学古文者争相研习,追摹传诵。唐文治自述87岁时,有上海浦东潘光霆向其求教国学,学习《尚书》《国文经纬贯通大义》《孟子救世编》等,潘光霆自购唐文治"读文灌音片《正集》及《通用集》,研习读文法,颇饶兴趣"①。

灌音片通用集还附有英文,同时发行海外,更使读文法蜚声四海。国专学生把唐校长的"读文法"尊称为"唐调",这是有史以来,第一个以个人名字命名的吟诵调。唐调成为近现代江南第一大读书调,并享有"近现代吟诵第一调"的美誉。

五、早期唐门弟子的唐调传承

唐调之所以在国专沪校传继不绝,一方面在于唐文治身体力行,坚持演讲

---

① 唐文治.唐文治自述[M].文明国,编.合肥:安徽文艺出版社,2013:130.

讲授读文法,使学生长期受到唐调正声熏陶,另一方面还有赖于国专早期诸弟子在日常教学中的薪火相传。

唐文治在组建教师队伍时,十分注意从国专自己的学生中培养和吸收人才。如充任国专教师的王蘧常、唐景升都是国学馆的首届毕业生,钱仲联则为第三届毕业生,魏建猷是无锡国专第七届毕业生,崔龙是无锡国专第十五届毕业生,蒋祖诒是无锡国专第十六届学生。以上国专早期毕业生中,王蘧常、钱仲联都有唐调遗音留存。

唐门"状元"王蘧常学问、文格与人格在唐门诸弟子中皆是公认的第一等,其读文同样卓尔不凡。在回忆唐老夫子的访谈中,他特别提到:

> 有一次我正在念《桃花源记》。唐先生已经到了,经过教室,到校长室去。我停下来不念,等他走了才继续念。等一回,他派校工来叫我去,我心里忐忑得很,唐先生为什么叫我去? 一定是我读书的调子不合式,有所指正。那知他第一句话就说得我很开心:"你读得很好啊!"①

在唐文治的指导下,王蘧常对于读文法领悟尤为深刻,他在《王蘧常自传》中说:

> 我在国学馆时,受教于唐先生者至深且大,经学、理学之外,尤深得其论文及读文之法。②

国专沪校 1940 年夏届毕业生王馥荪在《记王蘧常先生二三事》中曾提及:

> 王老师善于朗读诗文,他的读法,根据诗文的思想内容而后定出高低、抑扬、顿挫的读法,自然声韵悠扬,突出精神,有节奏感、音乐感,动人肺腑。③

---

① 王蘧常.唐老夫子对我的感染[C]//苏州大学校长办公室.唐文治先生学术思想讨论会论文集.1985:21.
② 王蘧常.王蘧常自传[J].文献,1984(4)143.
③ 王馥荪.记王蘧常先生二三事[J].文教资料简报,1982(1)33.

王蘧常的唐调遗音虽篇目不多,却颇具代表性。所读既有先秦文章,也有后世散文,阴阳刚柔,文章性质鲜明。其读文神完气足,抑扬顿挫,感情充沛,气韵生动,堪称典范。

唐门"探花"钱仲联,所留下的录音较多,文体齐全。其中古文读法与王蘧常一样师承唐文治。钱仲联的学生谢庆琳记述道:

> 钱教授的老师是太仓唐文治先生。唐先生是近代著名的古文家。他教学生古文经常朗诵示范。他的读法得自桐城派大师吴汝纶先生的面授。交通大学、无锡国专的学生们仿照唐先生的调子读文,大家称为"唐调"。但学生们的学习也不是一个模式的,因为各人的喉咙有粗有细,方音有南有北,总之在于得到唐调的精神。唐先生诵古文也诵诗,但不诵骈体文。钱先生读古文的方法,是得到唐先生师承的,至于读诗词则是得到他的同门师兄王蘧常教授的影响。王教授是清末大诗人沈曾植的学生,读诗词得自沈的传授。但钱教授的读法也不全同于王教授。至于骈体文,这是钱先生自己的调子,并无师承。这种朗读法快成绝响了,钱教授为了保存这一种子,特地把古代韵文各种体裁的读法,都做些举隅示例,制成录音带,以便流传保存。①

由此可知,钱仲联的古文读法师承唐文治。其诗词吟诵,则得自王蘧常,为沈曾植所传诗词吟诵调。钱仲联从 1940 春开始在国专沪校任教,1942 年离职。由于钱仲联在国专沪校任教时间较短,且以教授诗词为主,在国专沪校读文法传承中作用有限。国专沪校学生的文章里,也未见有关钱仲联在国专沪校传授读文法的记述。

任职于国专沪校的唐门弟子中,在读文法传继上,以王蘧常、陆景周(名修祜)、唐尧夫(名景升)的影响与贡献为大。

陆景周(1877—1964),名修祜,字笃初,号景周,江苏太仓人。先后受业于

---

① 谢庆琳.钱仲联谈诗文吟诵[M]//魏嘉瓒.最美读书声——苏州吟诵采录.武汉:长江文艺出版社.2014:176.

本邑李伯豫、王晋蕃，以及其胞兄陆勤之，还有唐文治的恩师王祖畲。唐文治掌校南洋时，陆景周拜唐文治为师。唐文治刚过 50 岁时，聘陆景周为自己的秘书兼国文教员，并在唐家担任其长子唐庆诒的家庭教师①。此后，直至 70 多岁告老还乡，陆景周的一生几乎是追随唐老夫子而过的，是唐文治不可或缺的助手。唐文治主持无锡国专时已双目失明，由陆景周随班协助教学，随着办学规模扩大，陆景周又单独承担课务，讲授《左传》和《孟子》，他的吟诵调子原汁原味地保留了唐老夫子的韵味，通过课堂教学又传给了学生。钱仲联在《无锡国专的教学特点》中提到：

> 陆先生帮助唐先生教学生读古文，校内书声琅琅，与唐、陆的示范是分不开的。②

国专沪校时期，唐文治亲授《中庸大义》《论语大义》等课程，在学生们印象中，陆景周做助教，读文也由他代为示范。国专沪校 46 年冬届毕业生汤志钧在《我的自传》中写道：

> 国专的课程除外语外，都是国学，"基本文选"是蒋伯潜教授教的，《论语大义》则由唐文治校长亲授，唐老先生双目早盲，上课时由陆修祜教授朗诵疏解，唐先生随时指授，一口太仓话，声音又低，同学多数听不懂，我则坐在第一排，亲聆謦欬。③

同年毕业生陈祥耀回忆：

> （先生）除了自己读书不辍、著书不辍（多由陆修祜先生代诵代录）外，

---

① 《茹经先生自订年谱正续篇·辛酉·五十七岁》："请门人陆生景周名修祜为助教。景周于前数年处馆余家，授庆诒等课，兼司笔札，深资得力。"（唐文治.唐文治自述［M］.文明国，编.合肥：安徽文艺出版社，2013：75.）
② 钱仲联.无锡国专的教学特点［C］//苏州大学校长办公室.唐文治先生学术思想讨论会论文集.1985：21.
③ 北京图书馆《文献》丛刊编辑部，吉林省图书馆学会会刊编辑部.中国当代社会科学家：第 9 辑［M］//汤志钧.我的自传.北京：书目文献出版社.1986：34.

还亲自教书,亲自批改考卷、文卷(也由陆先生代读课文,先生讲解;先生口授,陆先生代笔)。①

陈以鸿在接受中华吟诵学会采录的访谈中也说:

> 读上古散文就不是615,而是以216结束的。我读的这些朴素的读法是陆景周先生教的,他陪着唐老夫子讲一些经书,他自己教我们《左传》研究。他很有些天赋。②

萧善芗为史地组学生,在国专时所修课程以先秦典籍为多,在《我的唐调学习与传继》一文中,她详细说明了所读上古文的调子来源:

> 我所诵读的上古文调子,主要是陆修祜(号景周)先生所教的。陆修祜(1877—1964)字笃初,江苏太仓人,光绪二十一年(1895年)秀才,后来拜进士、翰林院庶吉士王紫翔先生为师,学习古文。王紫翔也是唐文治的老师。唐文治担任南洋大学与无锡国专校长期间,聘请陆景周先生任南洋大学校长秘书兼国文教员,并"处馆唐寓,授庆诒(唐先生长子)等课,兼司笔札"。因"深资得力",陆景周先生直至七十多岁告老还乡,一生都伴随唐先生左右。陆先生读上古散文的吟诵调子与唐老夫子一般无二,基本上是太仓本地读书调。我曾跟陈以鸿先生谈起过上古文的吟诵调子,陈先生说他在国专也听陆景周先生用这个调子吟诵过。……陆师若抱恙,就由教务长王蘧常先生代课。王师也用上古散文调教授。③

陆景周的先秦散文课程由王蘧常代课,两人所用读文调子一致。由此可知,在国专沪校的唐调先秦散文调传继中,陆景周、王蘧常发挥着重要作用。

---

① 陈祥耀.对唐茹经先生的教育思想教育精神的几点体会[C]//苏州大学校长办公室.唐文治先生学术思想讨论会论文集.1985:34—35.
② 朱立侠.唐调吟诵研究[M].北京:中国社会科学出版社,2015:120.
③ 唐文治.读文法笺注[M].邹登泰,注.朱光磊等,编.扬州:广陵书社,2021:352—353.

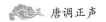

陈以鸿在《大哉夫子》一文中,精要地概括了国专唐调诸师的读文特色:

> 茹经先生读文时,神完气足,感情充沛,虽届耄耋之年,仍旧声若
> 洪钟,苍劲有力。先生传人之中,哲嗣谋伯师神情酷肖,但醇厚有余,
> 而老练不足;陆景周师温文尔雅,宜于读上古经文,得古朴庄重之意,
> 其他则有未逮;唐尧夫师嗓音得天独厚,高亢洪亮,尤其在读太阳气势
> 文时,响遏行云,铿锵悦耳,或如鹰隼盘空,忽又飞流直下,教学效果
> 甚佳。①

陈以鸿受业诸师中,唐尧夫的读文尤其特出。唐尧夫,名景升,生于
1903 年,无锡国专首届毕业生,是唐文治早期得意门生,担任国专沪校"基本
文选"教学。当时,国专沪校学生不论专业,都必须修学"基本文选"课程,所
用教材为唐文治自编的《国文经纬贯通大义》,不少国专学生通过唐尧夫习得
唐调。萧善芗《我的唐调学习与传继》中详细记述了在这一课程中所承学到
的唐调:

> "基本文选"的任教老师,是"国专"首届毕业生唐尧夫先生。他国学根
> 基深厚,教学认真得法,要求严格,每教一文,必求背诵一文(过长过难如
> 《离骚》等例外)。他又有得天独厚的嗓音,吟诵酷似唐老夫子,是唐老夫子
> 读文法的忠实继承人和积极推行者。记得他给我们这届学生上的第一篇
> 课文是《诗经·卷耳》,他在简介作品背景与内容后,即以唐调吟诵全诗。
> 他那节奏鲜明,富有感情,嗓音悦耳的吟诵,深深地吸引着大家,并使大家
> 真切地体会到诗中的真挚感情。唐尧夫先生在示范之后,又让同学们跟他
> 一起吟诵,而后再让同学个别练习吟诵,直至能够背诵。我因从未听到过
> 这样的美声吟诵,由此爱上了吟诵,爱上了唐老夫子的读文法。又特别尊
> 敬这位国学与吟诵老师。唐尧夫先生所授,以后世散文调为主,但有时也
> 用上古散文调诵读《左传》作品。我录制的《左传·曹刿论战》诵读就是在

---

① 见本书附录二《陈以鸿:茹经先生读文法管窥》。

唐先生的课上所习得。①

可见,唐尧夫是国专沪校唐调传承史中的重要人物,可惜未留下任何录音资料,我们仅能从其弟子的描述中想象其在读文上的高超造诣。

早期唐门弟子中,还有教授中国通史的魏建猷有与传继唐调相关的轶事:

> 当时学校里的教职员工都是包吃包住的。周末时候,唐老夫子用聚餐的方法,一方面改善教职工伙食,一方面听听大家的办学意见。老夫子喜欢喝酒,喝到高兴的时候就吟诗词、唱昆曲,这时全场肃静,都屏息静听。有一次他吟了陶渊明的《饮酒(其五)》。我先生很喜欢陶渊明的诗。听到老夫子这样读,觉得很入境,很有"陶味"。他一下子就记住了——我先生的记忆力是很强的。我现在吟诵的这首《饮酒(其五)》,实际是唐老夫子的调子。②

唐文治没有留下五言古诗的吟诵录音,因而这首《饮酒(其五)》就显得弥足珍贵。唐调研究者朱立侠认为:"虽无唐先生录音对比,但与其流传下来的七古相比,还是有很多相似之处,当为唐调五言古诗之腔调,实可弥补唐调五言诗吟诵的空白。"③

六、国专沪校学生的唐调传承

据中国第二历史档案馆 1939—1947 国专"补报"材料和 1991 年编印的《无锡国学专修学校校友录·历届毕业同学名录》④,以及唐文治著、唐庆诒补《茹经先生年谱续编》,我们重新整理了无锡国专沪校学生名录:

---

① 唐文治.读文法笺注[M].邹登泰,注.朱光磊等,编.扬州:广陵书社,2021:358—359.
② 据魏建猷之妻萧善苓口述。
③ 朱立侠.唐调吟诵研究[M].北京:中国社会科学出版社,2015:122.
④ 据中国第二历史档案馆国专在 1949 年 1 月向国民政府教育部补报的 1939 至 1947 年毕业生相关资料统计,共计 120 名毕业生。其中绝大多数出自江浙沪一带,没有广西籍学生,由此可推断"补报"材料的当系唐文治主持的沪校。据 1991 年编印的《无锡国学专修学校校友录·历届毕业同学名录》,共计 67 名毕业生。

表三　无锡国专沪校学生名录(1939—1950)

毕业年届	学制	毕业生名录	毕业人数
1938 年冬届	三年制	唐志轩、张怀民①、吴文殊、朱毅、李德峻、黄惟恭、缪杰	7
1939 年夏届	三年制	孟同、柳义南、夏咸恭、吴方圻、沈澄、张珍怀、顾士朴	7
1939 年冬届	三年制	邓蕙、金悉经	2
1940 年夏届	三年制	徐韫珍、严古津、胡希文、匡汉拯、孙善同、张能涵、吴鹤望、吴鹤年、秦履直、尤钟伟、王馥荪、夏维梓	12
1940 年冬届	三年制	袁炳坤、顾菀若、吴润仙、管毓德、张庆、秦翙②、顾小岚、陆心国、周厚壎③、卢晓德、张惠民、王之雄	12
1941 年夏届	三年制	任琪、宋瑛、陈荣卿、孙菊生、叶理旦、皇甫权、李兆熙、吴雯、闵世基、陆汝挺、徐永清	11
1941 年冬届	三年制	江文忠④(辛眉)、张翰明、赵康允	3
1942 年夏届	三年制	周衡生、陈瑞熙、林似春、李成蹊、胡惟德⑤(子远)、黄镜如⑥(鉴如)	6
1943 年夏冬届	三年制	沈翔云、林碧琰、李升平、李寿生、李戎珍、姚国芳、姜烈、黄政芳、杭佛生、王衍波、于善和、梅竹仿、陈左高⑦、徐钟辉、林文赫、赵廷钰、许生奇	17
	五年制	黄殿鳌⑧、沈幼征⑨	2
1944 年冬届	三年制	贺仙、陈警予	2
	五年制	祁文才、王大方、缪洪淮、冒溥、何祖述⑩	5

① 中国第二历史档案馆国专"补报"材料未录。
② 《无锡国学专修学校校友录·历届毕业同学名录》作"秦翘"。
③ 《无锡国学专修学校校友录·历届毕业同学名录》作"周厚勋"。
④ 中国第二历史档案馆国专"补报"材料未录。
⑤ 《无锡国学专修学校校友录·历届毕业同学名录》将"胡惟德"写入 1941 年夏届同学名录。
⑥ 中国第二历史档案馆国专"补报"材料中未录。
⑦ 陈以鸿回忆陈左高是从国专沪校预科读起,应为五年制毕业生。
⑧ 《无锡国学专修学校校友录·历届毕业同学名录》将"黄殿鳌"写入 1941 年夏届同学名录。
⑨ 《无锡国学专修学校校友录·历届毕业同学名录》将"沈幼征"写入 1941 年夏届同学名录。
⑩ 《无锡国学专修学校校友录·历届毕业同学名录》将"何祖述"写入 1939 年冬届同学名录。

续 表

毕业年届	学制	毕业生名录	毕业人数
1945 年夏届	三年制	陈以鸿、梅有图、程明娜、蔡月莹、杨家桐、杨康年、沈孝缘、陈钦源、徐寿臻	9
	五年制	谢一飞、施钟麟、熊思儒、马昌荣、郑闰英①、陈文荃②	6
1945 年冬届	三年制	黄汉文、顾荫北、钱育晖、张长风、郭晋才、秦和鸣、何以聪、徐皎、黄屹浩、蒋希文	10
1946 年夏届	三年制	陈逸秋	1
	五年制	郁慕娟	1
1946 年冬届	三年制	俞履端、吴永康、陈祥耀、汤毓夔（志钧）	4
	五年制	姚烈文、郁慕云、郁慕莲	3
1947 年夏届	三年制	黄翠君、陈明熹	2
	五年制	杨廷福	1
1947 年冬届	三年制	戴笔、徐家震、牛雪峰、刘九一、程天佑、季位东	6
	五年制	沈培元、徐生湫	2
1948 年夏届	三年制	蒋祖勋、李良干、鲍元骏、顾为善、虞兆敏、谢皓东、董仕豪、于廉、陈志道、李庆城	10
	五年制	马敬澄、方余香、周汝琼、庄述章	4
1948 年冬届	未知	庞左同、沈茹松、徐家安、王馥清、萧善芗③、孙渊、冯忠俊、崔皋年、张耐安、郭本桥、赵承甲、俞萃效、林反校（德昭）、陈士标、沈应芬、周惠钧	16
1949 年夏届	未知	徐汝京、林鹤年、杨光泽、费宝殿、程彰鹤、李来荣、毛德乾、桑履贞、曹道衡、刘光宇、范敬宜、顾浩、周承彬、李慧云、周传璞、陆鼎铭、金甲、朱诵文、许威汉、沈志明、林迪礼、徐叔九	22
1949 年冬届	未知	龚薇卿、陈龙海、袁振鹏、周秉弦、邱锦铭、辛品莲、张源洁	7
合计			190

① 《无锡国学专修学校校友录·历届毕业同学名录》将"郑闰英"写入 1942 年夏届同学名录。
② 《无锡国学专修学校校友录·历届毕业同学名录》将"陈文荃"写入 1942 年夏届同学名录。
③ 《无锡国学专修学校校友录·历届毕业同学名录》作"肖善芗"。

无锡国专沪校办学 12 年间,总计有 190 名毕业生。如今,国专沪校学生多已谢世,有唐调录音存世的仅 6 人:

1. 陆汝挺(1922—2008),常州人,国专沪校 1941 年夏届毕业生,唐文治义女,国专沪校时期秘书。其唐调读文得唐文治真传,深悟读文法"顿"字要诀,她在回忆中写道:

> 先生曾指示汝挺:"古文不熟读朗诵,不能领会。韩愈所谓含英咀华,始克发其精微,动与古合。读文要凝神炼气,抗坠抑扬。黄钟大吕,如协宫商。疾则如长江大河,奔腾澎湃。徐则若峰回路转,曲折迂旋。若发抒性情之文,更如怨如慕,如泣如诉。余读文有十六字诀:神中有情,情中有神,神寓于气,气行于神。领悟及此,自得妙蕴。其要处不外一'顿'字诀。"汝挺侍坐先生,洗耳恭聆,确感不同于一般读法,其特点能随着文章的感情、意境、节奏的变化而变化,抑扬顿挫,引人入胜。①

陆汝挺的唐调吟诵幸得秦德祥及时采录,2015 年被收入常州市非遗中心主编的《常州吟诵三百例》中。陆汝挺的吟诵,除了没有唐调先秦散文调外,诗经、楚辞、七言古体及后世散文皆有,是读文法体系传承较为全面的唐调传人。

2. 李成蹊(1921—2015),江苏靖江人,国专沪校 1943 年夏届毕业生。其唐调吟诵作品《诗经·周南·关雎》与《岳阳楼记》,为朱立侠 2013 年所采录,附于《唐调吟诵研究》光盘中。李成蹊的唐调古文吟诵传自唐文治,读法与唐文治录音相近,具有唐调的典型特征。只是录音时年迈体弱,气力有所不逮,神气稍欠,略有遗憾。

3. 季位东(1918—2022),江苏太仓人,1940 年入国专沪校读书,因抗战军兴,断续读书至 1947 年冬届毕业。其读文作品被收录进魏嘉瓒《最美读书声——苏州吟诵采录》一书,归入唐调。然季位东读文调子与唐调相异,且无唐调标志性尾调特征,应是别有传承,非唐文治所授唐调。

4. 范敬宜(1931—2010),江苏苏州人,范仲淹第二十八世孙,1949 年无锡国专沪校毕业。范敬宜幼年失怙、体弱多病,无法正常入学,仅修小学一年级。

---

① 见本书附录三《陆汝挺:回忆唐文治先生二三事》。

受母亲熏陶,尝自学《四部丛刊》,敏于诗书画,得吴门画派传人樊伯炎真传。15岁时以异禀考入国专沪校,有"神童"之誉,得唐文治亲炙,尤受王蘧常器重。陈小翠、顾佛影等授其诗词,后以优异成绩考入上海圣约翰大学中文系。范敬宜的唐调读文水平在国专沪校学生中堪称翘楚。钱树森在《忆无锡国专并范敬宜同学》中曾这样评价他:

> 敬宜同学,确是一位绝顶聪明的人。他不但能熟记老师教给的课文,而且还善于模仿唐老夫子读书的腔调,抑扬顿挫,惟妙惟肖。令人听后,拍案叫绝。①

范敬宜的唐调读文作品,大多收录在与其同窗萧善芗一起出版的吟诵光盘里,有《岳阳楼记》《伶官传序》《前赤壁赋》等,萧善芗在《我的唐调学习与传继》一文中写道:

> 本世纪初,与范敬宜学长("国专"同学之间,不论年纪大小,均互称学长)听了各自吟诵的磁带,相互鉴别是否还是唐调,并彼此确认后,于2004年录制了《中国古诗文吟诵唱鉴赏》光盘一套二张。其中,我和范学长的读文均承学于国专唐尧夫先生,近体诗词则多得自家传,并非唐调。此光盘后被美国圣地亚哥加州大学东亚图书馆收藏。②

此外,范敬宜的方言版快诵《岳阳楼记》(片段)被收入了《最美读书声——苏州吟诵采录》。2009年,范敬宜参加第一届中华吟诵周"唐调儒风"吟诵专场展演,留下了唐调《岳阳楼记》的珍贵读文影像。

5. 陈以鸿(1923—),字景龙,生于江阴,1941年入上海交通大学读书,1942年暑假后交大被敌伪政权强行接管,停学并考入国专沪校。1945年从国专沪校毕业,适值抗战胜利,陈以鸿又回交大复学,一直到1948年在交通大学电机系毕业。这样陈以鸿"在连续七年内完成了与唐校长的名字联系在一起的

---

① 陈国安,钱万里,王国平.无锡国专史料选辑[M].苏州:苏州大学出版社,2012:318.
② 唐文治.国文阴阳刚柔大义[M].朱光磊,编.扬州:广陵书社,2023:358—359.

两所不同学校的学业"①,而且读的是学科性质完全不同的两个专业。

陈以鸿读交大一年级时,每周听唐文治演讲读文法,被唐老夫子的后世散文调所吸引。无锡国专期间,唐文治亲授《中庸大义》课程(由陆景周助教代读),陈以鸿对风格古朴的先秦散文调子兴趣不大,未用心传习。唐尧夫的"基本文选"课,主要传授唐文治独创的后世散文调。陈以鸿在讲座中曾说:

> 上古散文,说老实话我也没有学得很到位。因为学校里面,我们的老师教我们吟诵,就是教我们"基本文选"课的老师唐尧夫先生,他教我们的大部分都是后世散文,以这个为主。我们说学唐调,学会了没有,也是指后世散文的读法有没有掌握。这是主要的标准。……收在唐老夫子的录音唱片里的唯一的一篇上古散文,就是《左传》里面的《吕相绝秦》。我也没有学得很好。因为过去老师不大教这方面的读法。②

唐尧夫读文的高亢洪亮,铿锵悦耳,使陈以鸿充分感受到后世散文调的独特魅力。在唐尧夫的亲授下,陈以鸿对后世散文调的兴趣日益浓厚。此后,他比较研究,果断舍弃了家乡江阴读书调,改用唐调诵读古文。除了在"基本文选"课上诵习,他还自购《唐蔚芝先生读文灌音片》,反复揣摩研习后世散文调读法,由此而成当代吟诵大家。其古文吟诵,可说是无出其右者。朱立侠在《唐调吟诵研究》一书中这样说:

> 我们的吟诵资料库里,保留有较多陈以鸿先生吟诵古文的录音、录像,仔细比较其《丰乐亭记》《岳阳楼记》《伶官传序》《秋声赋》《出师表》等唐调经典篇目,可以发现,陈先生在旋律、节奏,甚至是气息、音色、神态等细微方面,都与唐文治先生极为神似,从中可以看出唐夫子风范。按照唐调读文法对文章性质的分类来看,陈先生虽然各体兼擅,但以读少阳趣味之文和少阴情韵之文为最妙,至于太阳气势之文,与唐文治先生相比,其高音处则有时不及。③

① 陈以鸿.大哉夫子——纪念唐校长诞生一百三十周年[N].国学之声.1995(4).
② 见本书附录二《陈以鸿:唐调讲座》。
③ 朱立侠.唐调吟诵研究[M].北京:中国社会科学出版社,2015:120—121.

陈以鸿于耄耋之年，为唐调的传承、普及和研究不断做出贡献。本世纪初开始，在上海与北京等地多次进行以唐调为主的公益培训，参加交大唐调吟诵研讨会、中华吟诵周"唐调专场"等活动，不为名利，不辞辛劳，通过培训与展示，大力宣传推广唐调，吸引了众多吟诵爱好者关注并传习唐调。陈以鸿所有录音皆无偿赠与吟友，这些录音多已在网络广泛传播，所需注意者：

> 陈先生用唐调读古文（主要用上海话，但有时也用江阴话），用江阴调读诗词（用江阴话）。他本人是很注意这种区别的。但后学不辨，常把他的诗词吟诵也当作唐调，比如我们每年举办中级吟诵培训班的时候，总会请90多岁高龄的陈先生来京传授吟诵，而未尝深究的学员们便会将陈先生的诗词吟诵当作唐文治的吟诵调而让人产生误解，这是需要指明的。陈先生本人曾不止在一个场合要求大家标记清楚，以免误传，其认真负责的态度让人肃然起敬。①

陈以鸿是较早研究唐调理论的专家，其对唐调调子本身进行分析，涉及唐调与文体的关系、唐调旋律与声调的关系、语言和调子的关系，以及唐调的传承方法等一系列问题，这些对于唐调的研究和传承，都有很大的启发和指导意义。

2017年，陈以鸿将所珍藏的唐文治吟诵原版胶木唱片，无偿提供给中国语言现代化学会吟诵分会进行修复，汇编为《唐文治先生读文灌音片修复版》出版，使后学得以清晰地聆听到唐文治的玉振金声。《唐文治先生读文灌音片修复版》成为当今唐调传习的最佳摹学范本。

6. 萧善芗，1925年出生于江苏海门，1948年毕业于无锡国专沪校，先后在上海市复兴中学、上海师大附中任教30余年。萧善芗从21世纪初开始致力于古诗文吟诵普及推广，在传继唐调上不遗余力。除了进行社会面唐调讲座与推广，主要精力用于录制吟诵光盘。在其单位领导及本地吟诵爱好者的支持与帮助下，先后录制出版有《萧善芗古诗文吟诵专辑》系列，《论语》和《"四书"诵读》等。生命不息，吟诵不止，传继不绝，其传世录音数量堪称唐调传人之最。

萧善芗的唐调先秦散文调主要传自陆景周与王蘧常，后世散文调与辞赋调传自唐尧夫。其晚年所录《反恨赋》就是当年唐尧夫亲授。萧善芗精研唐调读

---

① 朱立侠.唐调吟诵研究[M].北京：中国社会科学出版社，2015：121.

文法,对唐文治《国文经纬贯通大义》《国文大义》以及曾国藩《古文四象》等了然于心,不但熟练掌握了唐文治的代表作读法,更能举一反三,吟诵其他文学名篇,形成了个性鲜明的读文风格。其所录制的吟诵作品相当丰富,涉及诗经、楚辞、乐府、五古、五律、七绝、七律、词、骈文、古文、经文等,文体完备,依文体不同而择调。其中,近体诗词为其家传兼自创调,而古文、诗经楚辞、五言古体则都是唐调吟诵。

萧善芗的唐调吟诵在唐门女弟子中,可谓杰出。虽年近百岁,吟诵依然中气十足,铿锵有力,其发声、用气之法,以及嘎裂音之音色特点,都酷似唐文治。其所吟诵的《岳阳楼记》《兰亭集序》《醉翁亭记》《前赤壁赋》《石钟山记》《谏太宗十思疏》等古文名篇,潜气内转,蓄力丹田,用气从容不迫,连绵不绝,读文刚柔并济,气韵生动,深得唐调三昧。这些作品,对研究唐调的特点及吟诵方法具有重要的参考价值。萧善芗偏爱且擅长吟诵少阳趣味之文,其中《前赤壁赋》一篇堪称代表作。她在唐调韵文读法上亦有所发挥,所吟诵之《归去来兮辞》《答谢中书书》等,高低婉转,跌宕起伏,疾徐有致,细腻传神,呈现了唐调读文的别样韵味,同样值得后学与研究者借鉴模习。

陈以鸿与萧善芗是目前为数不多的仍健在的国专沪校唐调传人[1],两位老先生晚年致力于唐调的公益传习与推广,并留下了一大批唐调读文音像资料,足可供后学摹仿学习。其他的国专沪校学生,或因家人不懂吟诵,或因不感兴趣而未有采录的意识,因此均未有录音传世[2]。我们目前仅能从陈以鸿、萧善芗的回忆里,获得一点与之同时期的国专沪校毕业生唐调传继的零碎信息。

萧善芗回忆当年在国专沪校时,同学之间多通过晨读来交流唐调:

> 读书的时候,集体诵读是有的,可也不是经常有。我们借房子在学校附近的学生,每日到学校吃好早饭,都会参加晨读。两个教室坐满人,同学之间相互切磋,相互帮助。比如,女同学里面陈明熹,说着一口松江话,比我们大,她在唐调上有一些造诣,读得很好听,我们就常常要听她读。男同

---

[1] 本书定稿前一日,萧善芗先生因病医治无效,于2023年12月4日11点44分在上海去世,享年99岁。

[2] 著名书画家徐璐于1946年就读于国专沪校,未毕业。其子徐昂在微信采访中回忆道:"我父亲生前经常唱唱,我等也不感兴趣!只是听他经常讲,过去唐文治讲课摇头晃脑,声音宏亮,旁边有助手帮他写板书。王蘧常先生是教务长,范敬宜是同学。"

学里面,南通人钱树森读唐调最用功,读得很好;其中,最出名的就是神童范敬宜,擅长快读。国专出来的学生,应该对唐调都是会一点的。有的坚持下去了,就没有忘记。有的不喜欢,当时是勉强地学,读文也还是以家乡调子为主的,那就容易忘记了。我是海门人,没有什么好的读书调子,一听到唐调这么好听,马上就喜欢学。当年海门的同学也有几个,都不在了。①

其中所提到的唐调优秀传人陈明熹、钱树森,均未有吟诵录音存世。

萧善芗无锡国专沪校毕业照
前排左起:陆景周先生　唐文治校长　王蘧常教务长
后排左起:崔阜年　张耐安　徐家安　沈应芬　萧善芗　孙渊　郭本桥　陈士标　冯忠俊　俞萃效

据陈以鸿口述:

"基本文选"课上都是全班同学一起读文。当然,并不是所有国专沪校生都对唐调感兴趣,有的同学入校前已有自己家乡的读书调。因此,全班

---

① 据萧善芗先生微信采访实录。

齐读时,也有少部分同学并不加入诵读。那时很少有人在课上被点名单独读文,所以,说不清楚谁会谁不会,也不大容易例举出读文好的同学来。①

另外还有两位未能留下唐调录音的沪校学生值得一提。其一为熊思儒(生卒年不详),国专沪校 1945 年夏届五年制毕业生,与陈以鸿同窗。熊思儒在校时任班长,人称"小夫子",陈以鸿觉得他应该会唐调,曾因此介绍刘德隆前去采访。出人意料的是,熊思儒在采访中只是回忆了当年唐文治读文情景,却声称自己不会唐调。陈以鸿推测,可能由于熊思儒口音特别(汉口人),既不是吴方言,也不是普通话,怕别人听不懂而说不会读。熊思儒在接受采访后不久也离世了,其是否会唐调读文,恐怕也已无从考证。

其二为陈左高(1924—2011),浙江平湖人,国专沪校 1943 年毕业生,中国日记史研究第一人。陈左高的唐调读文曾受到唐文治称赏:

> 有一次,唐先生命陈左高诵读欧阳修的《伶官传序》,他觉得学生未能完全表达出一唱三叹的韵味,即一一指点迷津,并当即示范,使陈左高茅塞顿开。及至下一次,仍由唐先生授大课,便选定贾谊《过秦论》作诵读范例,此文气势磅礴颇不易读,唐先生仍命陈左高试读,此番左高胸有成竹,诵读时气足神定,铿锵老练,音调与节奏鲜明高亢,酣畅淋漓。读毕,唐先生大为赞赏,将陈左高许为诵读古文的惟一继承者。左高诵读《诗经》《离骚》《昭明文选》《经史百家杂抄》,凡五六百篇。那时精读之文必须背诵,务使熟极而流,惟其如此,才能终身受益,用之不尽。②

陈左高是陈以鸿印象中少数唐调功力深厚的校友,认为"他的读文水平绝不在范敬宜之下",他这样写道:

> 金石家陈巨来之胞弟陈左高,在无锡国专曾与我同学而届次比我高,是姜烈、姚国芳、林碧琰等的同级。他专攻日记学,有声于时。他学唐校长

---

① 据陈以鸿电话采访实录。
② 韦泱. 人与书渐已老:唐门弟子的佼佼者[M]. 上海:上海远东出版社,2009:158.

读文很有成绩,惜晚年卧病,未留下录音资料。①

　　就是这样一位得到唐调真传的重要传人,却在中华吟诵抢救式采录过程中,因重病住院而未能留下唐调录音。2011 年 7 月 26 日,陈左高在上海去世,享年 87 岁,陈以鸿为其撰写挽联:

> 同学几人存,立雪程门怀往事;
> 遗音何日振,读文唐调失真传。②

　　凡此遗憾,令人心痛。本书所收读文录音亦难免错漏。其中,唐文治读文缺漏处,由陈以鸿补读一二;王蘧常《过秦论》和《泰州海陵县主簿许君墓志铭》两文,以其门生陆汝挺、萧善芗录音聊作弥补。其余无从修正的录音问题,音频二维码下择要略加说明,供读者参考。而我们的国专沪校唐调传承脉络也只能因繁就简,仅做粗疏的梳理。期待未来有新发现,以补不足。不妥之处,敬请方家指正。

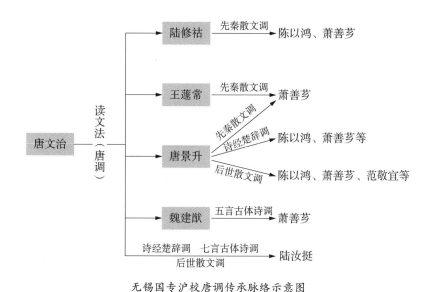

无锡国专沪校唐调传承脉络示意图

---

① 陈以鸿.续雕虫十二年——陈以鸿诗文联谜编年集[M].上海:上海交通大学出版社,2014:353.
② 陈以鸿.续雕虫十二年——陈以鸿诗文联谜编年集[M].上海:上海交通大学出版社,2014:353.

第一章　唐调宗师：唐文治

　　唐文治（1865—1954），字颖候，号蔚芝，别号茹经，清同治四年(1865年)十月十六日生于江苏太仓，民国元年(1912年)定居无锡。著名教育家、工学先驱、国学大师。

诗经

鸨　羽
《诗经·唐风》

　　【题解】此诗通过描述被征发做劳役之民众的心声，讽刺了统治者给人民带来的痛苦和灾难。晋国自昭公之后大乱五世，征役频繁，百姓终年在外服役，不能从事生产，无法赡养父母、护佑妻子，因而呼天抢地，强烈抗议统治者的深重压迫，《鸨羽》就在这种背景下诞生了。此诗深切地反映了广大劳动人民的厌战情绪和对安居乐业的向往，在思想性与艺术性上均取得了较高成就。

　　【正文】

　　肃肃鸨羽，集于苞栩。王事靡盬，不能蓺稷黍。父母何怙。悠悠苍天，曷其有所。

　　肃肃鸨翼，集于苞棘。王事靡盬，不能蓺黍稷。父母何食。悠悠苍天，曷其有极。

肃肃鸨行,集于苞桑,王事靡盬,不能蓺稻粱。父母何尝。悠悠苍天,曷其有常。

【读文示范】

唐文治读文

【读文法解析】

《鸨羽》属少阴情韵文①,以平读为主。此诗哀叹征役之苦,情绪悲切,为《诗经》怨刺诗的代表作,其"音节凄楚已极"(见唐文治评点)。

三章开端皆以"肃肃"领起,先声定式,奠定全诗感伤悲凉的基调。从诗经调低腔起调。鸨鸟属于雁类,生性只能浮水,因爪间有蹼,而缺后趾,无法抓握树枝,不能像其他鸟类一样在树上栖息,所以颤动翅膀而发出"肃肃"之声。这是以"鸨之性不树止"的苦状,比喻农民苦于劳役而不能休息。"王事靡盬"两句,陈述事实,有不胜其苦之感,以高调而吟,吟速较缓。"父母何怙"一句是由"王事靡盬,不能蓺黍稷"而来,又引出末尾的呼问苍天之句,是全诗中心。后三句不是连贯而下,而是一句一停顿。"父母何怙",以低调而吟,沉痛。末尾二句,呼天喊地,穷苦至极,以高调放声而吟,充分宣泄痛苦。

三章重章叠唱,二、三章改字换韵。首章用阴声韵,鱼韵一韵到底;次章用入声韵,职部韵一韵到底;末章用阳声韵,阳部韵一韵到底。音节由舒缓而急促而高昂,使人能透过韵律,感受到诗人如浪潮起伏不息的感情。吟诵时,韵字要吟足吟饱满。复沓式的章法,回环往复,强化了徭役带来的精神痛苦,增强了此诗兴发感动人心的力量。

附:唐文治评点(一)

此篇《传》谓:"昭公之后,大乱五世,君子下从征役,不得养其父母而作。"余

---

① 唐文治.国文阴阳刚柔大义·目录[M].朱光磊,编.扬州:广陵书社,2023.1.又,唐文治将此篇作法归入"凄入心脾法",云:"适用于哀感、吊祭并铭志之文,以发于真性情为主,用白描亦可,惟忌寒俭俚俗。"(唐文治.国文经纬贯通大义·目录[M].台北:文史哲出版社,1987:3.)

按此诗音节凄楚已极，读之而不动其孝思者，非人也。①

附：唐文治评点（二）

诗序　《鸨羽》，刺时也。昭公之后，大乱五世，君子下从征役，不得养其父母，而作是诗也。

诗旨　序言"大乱五世"，时诚悠悠矣，天亦梦梦矣、民从征役，不得养亲，呼天泣诉，伤心曷已？始则痛居处之无定，继则念征役之何极，终则恨旧乐之难复，民情怨咨极矣。养生送死之无望，仰事俯畜之维艰，而诗但归之于天，不敢有懈王事。诗人忠厚之至，于以见文、武、成、康之遗泽尚存也。

又案：孝子因久从征役，不得养其父母，至于呼天而泣，其情大可悲矣。谁秉国钧，而使人民痛苦若此？读《小雅·四牡》《皇华》之诗，常以将父将母慰劳其臣下，后世为人上者，亦思我有父母，人亦有父母，何绝不知体恤耶？②

卷　阿

《诗经·大雅》

【题解】此诗称颂中含劝戒之意，通过描写君臣出游、群臣献诗的盛况，规劝周王举贤任能，振兴国家。《毛诗序》云："《卷阿》，召康公戒成王也，言求贤用吉士也。"通常认为，此诗写的是周成王在出游卷阿时，召康公借机献诗，以赞美周王的德政，同时也寄托了对周王的期望和劝诫。

【正文】

有卷者阿，飘风自南，岂弟君子，来游来歌，以矢其音。

伴奂尔游矣，优游尔休矣，岂弟君子，俾尔弥尔性，似先公酋矣。

尔土宇昄章，亦孔之厚矣，岂弟君子，俾尔弥尔性，百神尔主矣。

尔受命长矣，茀禄尔康矣，岂弟君子，俾尔弥尔性，纯嘏尔常矣。

有冯有翼，有孝有德，以引以翼，岂弟君子，四方为则。

颙颙卬卬，如圭如璋，令闻令望，岂弟君子，四方为纲。

① 唐文治.唐文治国学演讲录[M].虞万里，导读.张靖伟，整理.上海：上海交通大学出版社，2017：77.

② 唐文治.唐文治国学演讲录[M].虞万里，导读.张靖伟，整理.上海：上海交通大学出版社，2017：490.

凤皇于飞,翙翙其羽,亦集爰止,蔼蔼王多吉士,维君子使,媚于天子。

凤皇于飞,翙翙其羽,亦傅于天,蔼蔼王多吉人,维君子命,媚于庶人。

凤皇鸣矣,于彼高冈,梧桐生矣,于彼朝阳,菶菶萋萋,雝雝喈喈。

君子之车,既庶且多,君子之马,既闲且驰,矢诗不多,维以遂歌。

【读文示范】

唐文治读文

【读文法解析】

《卷阿》属少阳趣味文①,以平读为主。此诗共十章,前六章言周王之德,后四章言群臣之贤。前从实境着笔,后由虚拟造景,抒情结构前实后虚,誉美之辞中寓规谏之意。诗篇规模宏大,分四层而抒写,于抒情转折、句式变换处,尽显音节之妙。

首章发端总叙,领起全篇,记叙简约而全面。"有卷者阿"言出游之地,"飘风自南"言出游之时,"岂弟君子"言出游之人,"来游来歌,以矢其音"二句并游、歌而叙之。"岂弟君子",是指周成王体察民情,深受人民爱戴。此章四言五句,节奏匀整,读文从高音区起调,高起高收,风格明朗,"气若翔鸁于虚无之表",以彰颂盛德音。

二、三、四章为一层。称颂周王朝疆域辽阔,一望无际;周王膺受天命,福禄安康,故而能尽情娱游,闲暇自得。三章以五言为主,皆从低音区起调,缓读,合于周王无忧无虑、优游江山之情境。"岂弟君子,俾尔弥尔性",重复三次作重章叠唱,将称颂归本于周王弥性受命。"弥"有扩充之义,"弥尔性",谓成王能充足其性。读此二句,音声在高处,赞美周王和气近人、勤于政事,"似先公酋",重读,勉励周王发扬德性,继承先王功业,主祭百神,永享天赐洪福。

五、六章为一层。承上一层周王之德,而言群臣之贤。以赞扬周王身边贤臣良士来反衬周王厚德,紧扣歌颂周王主题,逻辑谨严。两章均为四言五句,音

---

① 唐文治.国文阴阳刚柔大义·目录[M].朱光磊,编.扬州:广陵书社,2023:1.又,唐文治将此篇作法归入"钟鼓铿锵法",云:"普通适用,浅者读之,可得诵读之方;深者读之,可通声音之蕴;是为文学家之要诀。"(唐文治.国文经纬贯通大义·目录[M].台北:文史哲出版社,1987:5.)

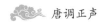

节铿锵,以"凤皇于飞"起兴,写周王有辅弼、具孝德、扬美名;以"岂弟君子,四方为……"作重章叠唱,高音重读,赞颂周王有贤良臣属竭忠尽力辅佐,而能威望卓著,声名远播,使天下诸侯归服效法。

七、八章为一层。总括前文对周王的赞美。以凤凰比周王,以百鸟比贤臣,将出游盛况比喻成百鸟随凤,渲染君臣相得的和谐气氛。四、六言句式相错,重章叠唱对应工整,音韵和美,"蔼蔼王多吉士"和"蔼蔼王多吉人"揭出诗之正意,当高声朗吟,"维君子使"和"维君子命"宜重读。

九、十章为一层。两章均为四言六句,中和之气蔼然,着重描写凤凰高声和鸣、梧桐郁郁苍苍、车多马壮威仪俨然之景。神人相和,描绘出一幅和怡安宁、繁荣强盛的社会图景,盛世雍容祥和气象令人神往。第九章为全诗精神聚会处,以高调读,呈现佳境。第十章末二句写群臣献诗,盛况空前,并点明作诗意旨,与首章之"来游来歌,以矢其音"呼应作结,章法极为明备。

附:唐文治评点(一)

钟伯敬云:"前四章浑然不露,五章以后,本旨归乎用人,所谓以人事君,大臣之义也。"

谢叠山云:"王所冯翼之人,不取非常之才,而止曰有孝有德,何也?曰:孝于亲者,必忠于君。取其孝,正求其忠也。唐虞而上,惟取人以德,无才德之分,如皋陶九德皆才也;舜取八元八恺之才,皆德也。有德,则才在其中矣。"

余按此诗序谓召康公戒成王求贤用吉士而作,而归本于弥性受命。威仪为定命之符,必本身以作则,然后贤才可进。善哉,其有周公之意乎,音节之妙,冠绝千古。[①]

附:唐文治评点(二)

《诗经》所载召康公诗,《公刘》《泂酌》《卷阿》凡三篇,而《卷阿》音节和雅冠绝全经。上六章皆言"岂弟君子",盖召公以任用君子,勉成王也。"弥性"与《召诰》"节性"工夫相合。节者,节制之义;弥者,扩充之义。召公精于性学,其寿二百余岁。召公历文、武、成、康四朝,见《尚书》。"似先公酋",承先也。"百神尔主",敬神也,故能"纯嘏尔常"。五章、七章言辅翊以爱其君。六章、八章言慈惠以爱其民。末章与首章相应,形容车马,而君子之多可知。所谓君子教育,盖周文王

① 唐文治.国文经纬贯通大义[M].台北:文史哲出版社,1987:158—159.

之家法也。然则政治家可不学为君子乎![1]

附:唐文治评点(三)

诗序 《卷阿》,召康公戒成王也,言求贤用吉士也。

诗旨 此篇音节,冠绝全经。上六章皆言"岂弟君子",七、八、九章亦皆言"君子",盖召公以岂弟君子勉成王,亦即以任用君子勉成王也。弥性与《召诰》节性功夫相合。节者节制之义,弥者充满之义,此性学之最古者。五章、七章,言辅翊以爱其君。六章、八章,言慈惠以爱其民。末章形容车马君子之多可知。然全篇要义,尤重在有孝有德。惟有孝德,所以能为四方之则也。

又案:《诗》《书》所载,周公著作较多,而召公所作较少。《尚书》惟有《召诰》一篇,《诗经》惟有《泂酌》《公刘》《卷阿》三篇。而《泂酌》与本篇皆言"岂弟君子"。召公既有节性弥性之功、加以岂弟爱民之德,慈祥之意,溢于言表,所以历辅文、武、成、康四君,寿至二百岁也。魏氏源谓"凤凰"一章,与《书·君奭篇》"我则鸣鸟不闻"、《君奭篇》,周公作。《琴操》及《古今乐录》云"成王时天下大治,凤凰来于庭,成王乃援琴而歌,作《神凤操》"合。《诗》所谓"岂弟君子,来游来歌"也。召公因鸣鸟之祥,荐诸宗庙,为诗歌以勉成王,故末章云"诗不多,维以遂歌"也。[2]

先秦散文

吕相绝秦
《左传》

【题解】《吕相绝秦》又名《绝秦书》,是晋国大夫吕相写给秦国的一封断绝两国邦交关系的书信。公元前580年,晋国和秦国以议和为名,约在令狐会盟。晋厉公先到,秦桓公却不愿意渡河当面签约,于是两国互派使者交替渡河,以一种特殊的形式缔结了和约。不久,秦国毁约,撺掇白狄和楚国背弃晋国。公元前578年,晋厉公派大夫吕相向秦国递交国书,宣布两国断交并向秦国宣战,于是便有了这篇千古名文。这篇文章在具体内容上强词夺理、不尽属实,然笔意

[1] 唐文治. 唐文治国学演讲录[M]. 虞万里,导读. 张靖伟,整理. 上海:上海交通大学出版社,2017:28.

[2] 唐文治. 唐文治国学演讲录[M]. 虞万里,导读. 张靖伟,整理. 上海:上海交通大学出版社,2017:506.

雄健、气势纵横，晋国也因此占据了道义上的优势。同年五月，晋厉公率各诸侯国伐秦，在麻隧之战大破秦军，取得了重建霸业之路上的重大胜利。

【正文】

夏四月戊午，晋侯使吕相绝秦，曰："昔逮我献公及穆公相好，戮力同心，申之以盟誓，重之以昏姻。天祸晋国，文公如齐，惠公如秦。无禄，献公即世。穆公不忘旧德，俾我惠公用能奉祀于晋。又不能成大勋，而为韩之师。亦悔于厥心，用集我文公。是穆之成也。

"文公躬擐甲胄，跋履山川，逾越险阻，征东之诸侯，虞、夏、商、周之胤，而朝诸秦，则亦既报旧德矣。

"郑人怒君之疆场，我文公帅诸侯及秦围郑。秦大夫不询于我寡君，擅及郑盟。诸侯疾之，将致命于秦。文公恐惧，绥静诸侯，秦师克还无害，则是我有大造于西也。

"无禄，文公即世，穆为不吊，蔑死我君，寡我襄公，迭我殽地，奸绝我好，伐我保城，殄灭我费滑，散离我兄弟，挠乱我同盟，倾覆我国家。我襄公未忘君之旧勋，而惧社稷之陨，是以有殽之师。犹愿赦罪于穆公，穆公弗听，而即楚谋我。天诱其衷，成王陨命，穆公是以不克逞志于我。穆、襄即世，康、灵即位。康公，我之自出，又欲阙翦我公室，倾覆我社稷，帅我蝥贼，以来荡摇我边疆，我是以有令狐之役。康犹不悛，入我河曲，伐我涑川，俘我王官，翦我羁马，我是以有河曲之战。东道之不通，则是康公绝我好也。

"及君之嗣也，我君景公引领西望曰：'庶抚我乎！'君亦不惠称盟，利吾有狄难，入我河县，焚我箕、郜，芟夷我农功，虔刘我边垂，我是以有辅氏之聚。君亦悔祸之延，而欲徼福于先君献、穆，使伯车来命我景公曰：'吾与女同好弃恶，复修旧德，以追念前勋。'言誓未就，景公即世，我寡君是以有令狐之会。君又不祥，背弃盟誓。白狄及君同州，君之仇雠，而我昏姻也。君来赐命曰：'吾与女伐狄。'寡君不敢顾昏姻。畏君之威，而受命于吏。君有二心于狄，曰：'晋将伐女。'狄应且憎，是用告我。楚人恶君之二三其德也，亦来告我曰：'秦背令狐之盟，而来求盟于我："昭告昊天上帝、秦三公、楚三王曰：'余虽与晋出入，余唯利是视。'"不榖恶其无成德，是用宣之，以惩不壹。'诸侯备闻此言，斯是用痛心疾首，暱就寡人。寡人帅以听命，唯好是求。君若惠顾诸侯，矜哀寡人，而赐之盟，则寡人之愿也，其承宁诸侯以退，岂敢徼乱？君若不施大惠，寡人不佞，其不能以诸侯退矣。敢尽布之执事，俾执事实图利之。"

【读文示范】

唐文治读文

注：音频读文至"是用告我"。其中，漏读语句有：第一自然段，"夏四月戊午"；第四自然段，"伐我保城，殄灭我费滑"；第五自然段，"'复修旧德，以追念前勋。'言誓未就，景公即世，我寡君是以有令狐之会。君又不祥，背弃盟誓。白狄及君同州，君之仇雠，而我之昏姻也。君来赐命曰：'吾与女伐狄。'"。

【读文法解析】

《吕相绝秦》根据文章性质，拟判为太阳气势文，以急读为主。全文条理清晰，先说秦国以前对晋国有恩，而晋国已报答旧恩；而晋国对秦国有恩，秦国却多次侵犯晋国。如今秦国背信弃义，所以晋国率各诸侯伐秦，是迫于无奈而名正言顺的事情。全文分五段读：

第一段（"夏四月戊午"至"穆之成也"）：追述晋国、秦国的旧情，称秦国协助晋惠公、晋文公即位，对晋国是有恩的。本段只是铺垫，并不突出秦国的恩德，整体宜用平读，以示是两国间的正常交情。中间"又不能成大勋""亦悔于厥心"的评价，稍含埋怨，然与史实不尽相符，读时宜加留意。

第二段（"文公躬擐甲胄"至"亦既报旧德矣"）：追述晋文公协助秦国征讨诸侯，已回报了旧日的恩情。此段突显晋国对秦国的恩德，宜重读、急读，一气贯注，至末句"亦既报旧德矣"，自豪感开始升起。

第三段（"郑人怒君之疆场"至"大造于西也"）：追叙秦国擅自与郑国结盟，诸侯欲对秦国不利，晋国居中调和，对秦国是有大恩的。承接上段，重读、急读，至"大造于西也"，自豪感倍增。中间"诸侯疾之""文公恐惧"事，真假参半，读时宜加留意。

第四段（"无禄，文公即世"至"是康公绝我好也"）：追述秦国忘恩负义的两件事。"无禄"至"不克逞志于我"为一小节："穆为不吊"至"倾覆我国家"，讲秦国侵犯晋国，重读、疾读，满怀愤恨；"我襄公未忘"至"是以有殽之师"，述说晋国是正当防卫，无奈抵抗；"犹愿"二字转折，至"不克逞志于我"，带有幸运的意味。"穆襄即世"至"康公绝我好也"为二小节："是以有令狐之役""是以有河曲之

战",讲晋国与秦国的两次作战,皆缘于秦国的入侵,"东道之不通""绝我好也"宜作强调,是无可奈何的失望口吻。

第五段("及君之嗣也"至"实图利之"):讲述如今秦国背信弃义的事情。"是以有辅氏之聚",同样出于秦国入侵,晋国正当护卫,与上一段相似。"君亦悔祸之延"为转折,读时宜作突出,以表明令狐之会是本次绝交的缘由。"君又不祥"为又一转折,突出秦国背弃盟约,反复无常。"楚人恶君之二三其德也"又一转折,借楚国的口吻来宣告秦国的唯利是图。"诸侯备闻此言"至"实图利之"为全文结语,讲晋国只为结两国之好,绝交纯属无奈。读时宜由重转轻,由疾转缓,传达出故作谦恭的姿态。

文中对史实多有歪曲,秦国的功劳皆一笔带过,晋国的功劳皆极度推崇;秦国的过错皆大肆渲染,晋国的过错皆轻描淡写,还带有委屈而不得已的意味。这是典型的只顾自身而不顾他人的说法,故全文计出现43处"我"字,是文章的重心,读时宜有所突出。此外,文中每讲述一事件后,皆用"以""是以""是用"作结,来表明事出有因,是文章的衔接处,读时宜加留意。

附:唐文治评点

孙月峰云:"通篇虽是造作语言,就文而论,最为工炼,叙事婉曲有条理,字法细,句法古,章法整,篇法密,诵之数十遍不厌。在辞令中又是一种格调,古今无两,可谓神品。"茅鹿门云:"述己之功,过为崇让;数秦之罪,曲加诋诬。"余谓此所谓知有我而不知有人也。故通篇以"我"字作骨,中间虚字"以""是以""是用"作为贯串。自古辞令之委婉,无过此文,或谓其近于策士习气,殊不然。《国策》文字不若是也。①

后世散文

屈原列传

[汉]司马迁

【题解】《屈原列传》节选自《史记·屈原贾生列传》,这篇传记是记载屈原生平事迹最早、最完整的文献。文章以记叙屈原生平事迹为主,同时描述了他政治上的悲惨遭遇,用记叙和议论相结合的方式歌颂了屈原的爱国精神、政治

---

① 唐文治.国文经纬贯通大义[M].台北:文史哲出版社,1987:161.

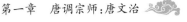

才能和高尚品德,谴责了楚怀王的昏庸和上官大夫、令尹子兰的阴险。

【正文】

屈原者,名平,楚之同姓也。为楚怀王左徒。博闻强志,明于治乱,娴于辞令。入则与王图议国事,以出号令;出则接遇宾客,应对诸侯。王甚任之。上官大夫与之同列,争宠而心害其能。怀王使屈原造为宪令,屈平属草稿未定,上官大夫见而欲夺之,屈平不与,因谗之曰:"王使屈平为令,众莫不知。每一令出,平伐其功,曰以为'非我莫能为'也。"王怒而疏屈平。

屈平疾王听之不聪也,谗谄之蔽明也,邪曲之害公也,方正之不容也,故忧愁幽思而作《离骚》。"离骚"者,犹离忧也。夫天者,人之始也;父母者,人之本也。人穷则反本,故劳苦倦极,未尝不呼天也;疾痛惨怛,未尝不呼父母也。屈平正道直行,竭忠尽智以事其君,谗人间之,可谓穷矣。信而见疑,忠而被谤,能无怨乎?屈平之作《离骚》,盖自怨生也。《国风》好色而不淫,《小雅》怨诽而不乱。若《离骚》者,可谓兼之矣。上称帝喾,下道齐桓,中述汤、武,以刺世事。明道德之广崇,治乱之条贯,靡不毕见。其文约,其辞微,其志洁,其行廉。其称文小而其指极大,举类迩而见义远。其志洁,故其称物芳;其行廉,故死而不容。自疏濯淖污泥之中,蝉蜕于浊秽,以浮游尘埃之外,不获世之滋垢,皭然泥而不滓者也。推此志也,虽与日月争光可也。

屈平既绌,其后秦欲伐齐,齐与楚从亲,惠王患之。乃令张仪详去秦,厚币委质事楚,曰:"秦甚憎齐,齐与楚从亲,楚诚能绝齐,秦愿献商、於之地六百里。"楚怀王贪而信张仪,遂绝齐,使使如秦受地。张仪诈之曰:"仪与王约六里,不闻六百里。"楚使怒去,归告怀王。怀王怒,大兴师伐秦。秦发兵击之,大破楚师于丹、淅,斩首八万,虏楚将屈匄,遂取楚之汉中地。怀王乃悉发国中兵,以深入击秦,战于蓝田。魏闻之,袭楚至邓。楚兵惧,自秦归。而齐竟怒不救楚,楚大困。明年,秦割汉中地与楚以和。楚王曰:"不愿得地,愿得张仪而甘心焉。"张仪闻,乃曰:"以一仪而当汉中地,臣请往如楚。"如楚,又因厚币用事者臣靳尚,而设诡辩于怀王之宠姬郑袖。怀王竟听郑袖,复释去张仪。是时屈平既疏,不复在位,使于齐,顾反,谏怀王曰:"何不杀张仪?"怀王悔,追张仪,不及。其后诸侯共击楚,大破之,杀其将唐眜。时秦昭王与楚婚,欲与怀王会。怀王欲行,屈平曰:"秦,虎狼之国,不可信,不如毋行。"怀王稚子子兰劝王行:"奈何绝秦欢?"怀王卒行。入武关,秦伏兵绝其后,因留怀王,以求割地。怀王怒,不听。亡走赵,赵不内。复之秦,竟死于秦而归葬。长子顷襄王立,以其弟子兰为令尹。

楚人既咎子兰以劝怀王入秦而不反也。屈平既嫉之,虽放流,眷顾楚国,系心怀王,不忘欲反,冀幸君之一悟,俗之一改也。其存君兴国而欲反覆之,一篇之中三致志焉。然终无可奈何,故不可以反。卒以此见怀王之终不悟也。人君无愚、智、贤、不肖,莫不欲求忠以自为,举贤以自佐;然亡国破家相随属,而圣君治国累世而不见者,其所谓忠者不忠,而所谓贤者不贤。怀王以不知忠臣之分,故内惑于郑袖,外欺于张仪,疏屈平而信上官大夫、令尹子兰,兵挫地削,亡其六郡,身客死于秦,为天下笑,此不知人之祸也。《易》曰:"井渫不食,为我心恻,可以汲。王明,并受其福。"王之不明,岂足福哉!

令尹子兰闻之,大怒,卒使上官大夫短屈原于顷襄王,顷襄王怒而迁之。屈原至于江滨,被发行吟泽畔,颜色憔悴,形容枯槁。渔父见而问之曰:"子非三闾大夫欤?何故而至此?"屈原曰:"举世混浊而我独清,众人皆醉而我独醒,是以见放。"渔父曰:"夫圣人者,不凝滞于物,而能与世推移。举世混浊,何不随其流而扬其波?众人皆醉,何不铺其糟而啜其醨?何故怀瑾握瑜,而自令见放为?"屈原曰:"吾闻之,新沐者必弹冠,新浴者必振衣。人又谁能以身之察察,受物之汶汶者乎?宁赴常流而葬乎江鱼腹中耳。又安能以皓皓之白,而蒙世之温蠖乎?"乃作《怀沙》之赋。……于是怀石,遂自投汨罗以死。屈原既死之后,楚有宋玉、唐勒、景差之徒者,皆好辞而以赋见称;然皆祖屈原之从容辞令,终莫敢直谏。其后楚日以削,数十年竟为秦所灭。自屈原沈汨罗后百有余年,汉有贾生,为长沙王太傅,过湘水,投书以吊屈原。

太史公曰:"余读《离骚》《天问》《招魂》《哀郢》,悲其志。适长沙,观屈原所自沈渊,未尝不垂涕,想见其为人。及见贾生吊之,又怪屈原以彼其材,游诸侯,何国不容,而自令若是!读《鵩鸟赋》,同死生,轻去就,又爽然自失矣。"

【读文示范】

唐文治读文

注:此篇读文由陈以鸿补读,唯"自屈原沈汨罗后百有余年,汉有贾生,为长沙王太傅,过湘水,投书以吊屈原。"一句漏补。

【读文法解析】

《屈原列传》属于太阳兼情韵文①，全文夹叙夹议，叙事处音宜平，议论处音宜高。文章先写屈原有才能而被放逐，之后重点写楚怀王轻信小人而遭秦国欺骗，导致丧师辱国、自己也客死他乡的故事，并在篇尾点明楚国在屈原死后数十年便告亡国，从侧面描写了屈原的忠君爱国，而才能不得施展，最后只能自沉汨罗江的悲壮。全篇叙事议论相间，分六段读：

第一段（"屈原者"至"王怒而疏屈平"）：本段叙事，整体宜平读。先写屈原的出身及个人才能，之后写上官大夫嫉妒屈原。"争宠而心害其能"句重读，突出上官大夫的小人心态。然后写上官大夫在楚怀王面前诋毁屈原，称屈原恃才傲物，"非我莫能为也"是上官大夫凭空捏造屈原的话，宜重读，突出他的小人言论。

第二段（"屈平疾王听之不聪也"至"虽与日月争光可也"）：本段议论，整体宜重读，音调宜高。分三小节。"屈平疾王"至"犹离忧也"为第一节，写屈原写作《离骚》的缘起以及"离骚"二字的含义。"夫天者"至"盖自怨生也"为第二节，写屈原写作《离骚》的真正动机，"盖自怨生也"。"《国风》好色而不淫"至"虽与日月争光可也"为第三节，作者对《离骚》的内容及写作手法进行了高度评价，音调宜逐渐加高，用感慨赞叹口吻。

第三段（"屈平既绌"至"以其弟子兰为令尹"）：本段叙事，整体平读。分三小节。"屈平既绌"至"楚大困"为第一节，写秦国为了攻打齐国，派张仪欺骗楚怀王，许诺给楚国商、於二地，让齐、楚断交。楚怀王发觉受骗后怒而攻秦，被秦国击败，又遭魏国偷袭，受到了极大的挫折。"明年"至"不及"为第二节，写秦、楚议和，楚怀王本欲杀掉张仪，又再次被他施用诡计逃脱。"其后"至"以其弟子兰为令尹"为第三节，写秦国趁与楚国联姻的机会，诱骗楚怀王入秦，楚怀王轻信子兰，进入秦国后被困，死在了秦国。

第四段（"楚人既咎子兰"至"岂足福哉"）：本段议论，整体重读，音调宜高，用无奈惋惜口吻。分两小节。"楚人既咎"至"怀王之终不悟也"为第一节，写屈原虽被流放但一直渴望被楚王召回，但最终仍没有如愿，以此见得怀王并没有

---

① 唐文治.唐文治国学演讲录[M].虞万里，导读.张靖伟，编.上海：上海交通大学出版社，2017：75.又，唐文治将此篇作法归入"布局神化法"，云："适用于纪人叙事之文。惟天资颖悟方克臻此，至学力精深熟极，则亦能为之。"（唐文治.国文经纬贯通大义[M].台北：文史哲出版社，1987：112.）

明白自己的忠心。"人君无愚智贤不肖"至"岂足福哉"为第二节,作者讨论了一个现象,历来国君都希望得到忠臣、贤臣来治国,但仍然有国破家亡的现象,这说明了国君所谓的忠、贤都出于自以为是,而楚怀王放逐屈原、轻信子兰,就是忠奸不分的典型。

第五段("令尹子兰闻之"至"投书以吊屈原"):本段叙事,整体宜平读。分三小节。"令尹子兰闻之"至"遂自投汨罗而死"为第一节,写屈原之死,重点写了与渔父的对话。渔父的话宜用不以为意的口吻读出,突出隐者看待世事的态度;屈原的话宜用悲愤慷慨的口吻读出,突出屈原不愿意随波逐流,宁可玉碎、不为瓦全的心志。"屈原既死之后"至"数十年竟为秦所灭"为第二节,写楚国宋玉等人虽然也模仿屈原的文章,但并不能直谏,进而导致楚国灭亡。"自屈原沈汨罗"至"投书以吊屈原"为第三节,写后世有贾谊过湘水,作《吊屈原赋》。

第六段("太史公曰"至"又爽然自失矣"):本段是司马迁对屈原一生的评述和感受。先叙述自己读屈原著作、途经汨罗江,以上平读,"未尝不垂涕,想见其为人"处重读,传达悲伤心情。"又怪"至"而自令若是"重读,对屈原一心为楚而鸣不平。而贾谊《鵩鸟赋》又说要把生死同等看待,不要患得患失,又让作者感觉无所适从了。"读《鵩鸟赋》"至结尾皆重读,用无可奈何的口吻。

全文体例独特,每一叙事后皆加议论,虚实相间,是传记文里的变体。读时宜区分议论和叙事的变化,从而采用不同的读法。屈原事迹本身的慷慨悲壮,宜在读文过程中留心揣摩。

附:唐文治评点

《三国》以下史书,所以不及《史记》者,由布局呆滞也。《史记》则神化无方,如《伯夷列传》,前后议论,列传在中间,以"其传曰"三字点清,其为旧史之传欤?抑子长所作欤?不可知已。至《屈原传》,则一段叙事,一段议论,用虚实相间法,其文义遥遥相承,尤为列传中之创格。读本法三传,可以悟《史记》变化之法。后来史家,虽欧阳永叔,亦不能逮也。

"心害其能","害"字下得辣,从《国策》韩廆、严遂二人相害得来。谗人离间君子,只须一二语。曰"非我莫能为也",而灵均死矣。小人舌锋,可畏如此。

第二段吸收《离骚》之菁华,朗丽哀志,声调千古独绝。"其文约"数语,从《易·系辞传》"其称名也小"数语得来。

"人君无愚智贤不肖"一段,是传外意。结处连绾贾生,余音袅袅,翔于虚廓

44

之表。

传赞丰神摇曳，与魏公子传赞同为《史记》中绝调。

韩退之《太学生何蕃传》中段"欧阳詹生言曰"至结尾，以传论作传文，亦系布局神化法，惟气局较小，故本编未录，阅者宜参考之。①

吊古战场文

[唐]李华

【题解】《吊古战场文》是李华作品中最为有名的篇目。唐开元、天宝年间边事不断，特别是从李华中进士到安史乱起的二十年间，唐帝国与吐蕃、南诏、契丹、大食等势力连年混战，天下疲敝。本文细致描绘了古战场，借对古战场的凭吊，沉痛祭悼千百年来战死疆场的将士，充分表达了作者提倡文教，推行王道，用将唯贤，守在四夷，希望和平，停止战争的人道主义愿望。名为吊古，实则借古讽今，具有很强的历史感、时代感。

【正文】

浩浩乎！平沙无垠，敻不见人。河水萦带，群山纠纷。黯兮惨悴，风悲日曛。蓬断草枯，凛若霜晨。鸟飞不下，兽铤亡群。亭长告余曰："此古战场也，常覆三军。往往鬼哭，天阴则闻。"

伤心哉！秦欤汉欤？将近代欤？吾闻夫齐魏徭戍，荆韩召募。万里奔走，连年暴露。沙草晨牧，河冰夜渡。地阔天长，不知归路。寄身锋刃，腷臆谁愬？秦汉而还，多事四夷。中州耗斁，无世无之。古称戎夏，不抗王师。文教失宣，武臣用奇。奇兵有异于仁义，王道迂阔而莫为。呜呼噫嘻！

吾想夫北风振漠，胡兵伺便。主将骄敌，期门受战。野竖旄旗，川回组练。法重心骇，威尊命贱。利镞穿骨，惊沙入面。主客相搏，山川震眩。声析江河，势崩雷电。

至若穷阴凝闭，凛冽海隅。积雪没胫，坚冰在须。鸷鸟休巢，征马踟蹰。缯纩无温，堕指裂肤。当此苦寒，天假强胡，凭陵杀气，以相剪屠。径截辎重，横攻士卒。都尉新降，将军覆没。尸填巨港之岸，血满长城之窟。无贵无贱，同为枯骨，可胜言哉！

---

① 唐文治.国文经纬贯通大义[M].台北:文史哲出版社,1987:117—118.

鼓衰兮力尽，矢竭兮弦绝，白刃交兮宝刀折，两军蹙兮生死决。降矣哉，终身夷狄；战矣哉，骨暴沙砾。鸟无声兮山寂寂，夜正长兮风淅淅，魂魄结兮天沉沉，鬼神聚兮云幂幂。日光寒兮草短，月色苦兮霜白。伤心惨目，有如是耶！

吾闻之：牧用赵卒，大破林胡，开地千里，遁逃匈奴。汉倾天下，财殚力痛。任人而已，其在多乎？周逐猃狁，北至太原，既城朔方，全师而还。饮至策勋，和乐且闲，穆穆棣棣，君臣之间。秦起长城，竟海为关，荼毒生民，万里朱殷。汉击匈奴，虽得阴山，枕骸遍野，功不补患。

苍苍蒸民，谁无父母？提携捧负，畏其不寿。谁无兄弟？如足如手。谁无夫妇？如宾如友。生也何恩？杀之何咎？其存其没，家莫闻知。人或有言，将信将疑。悁悁心目，寝寐见之。布奠倾觞，哭望天涯。天地为愁，草木凄悲。吊祭不至，精魂何依？必有凶年，人其流离。呜呼噫嘻！时耶命耶？从古如斯。为之奈何？守在四夷。

【读文示范】

唐文治读文

【读文法解析】

《吊古战场文》属少阴情韵文①，以平读为主。文章构思精密，以"古战场"为抒情基点，以"伤心哉"为感情主线，描绘了古战场一幅幅阴森凄切的画面，深融有意，纵横开合，字里行间饱蘸着忧国忧民的感伤情调，表现了鲜明的厌战情绪和深切怜悯士兵的情感。全文分七段。

第一段（首句至"天阴则闻"）：着重描写古战场一派辽远荒凉的景色，景中含情。起句低而缓，表现古战场空旷沉寂静态之景，笼罩着死寂愁惨。其后，日光、风声、飞鸟、野兽接踵四起，动态之景令人怵目惊心，渲染浓厚的萧瑟悲凉的气氛。仍以低缓语调诵读。"亭长告余曰"犹如幕外音，从听觉的角度，为肃杀凄凉的古战场，加上一道惊魂动魄的色彩。叙述语气沉痛，"此古战场也"点题，

---

① 唐文治. 唐文治国学演讲录[M]. 虞万里，导读. 张靖伟，整理. 上海：上海交通大学出版社，2017：75. 又，唐文治将此篇作法归入"一唱三叹法"，云："适用于感喟情景之文，以反覆抑扬为主。"（唐文治. 国文经纬贯通大义·目录[M]. 台北：文史哲出版社，1987：2.）

重读。"常覆三军"是一篇纲领,用高音重读。"往往鬼哭,天阴则闻"突出古战场令人毛骨悚然的气氛。

第二段("伤心哉"至"呜呼噫嘻"):批判秦汉以来的黩武开边。"伤心哉!"语气悲痛,重读。"秦欤汉欤?将近代欤?"以设问抒发作者描绘古战场的意蕴,秦代、汉代、近代为一篇之布局。"将近代欤"初露讽今之意,由触景生情过渡到缘情造境,引出思接千载的悲叹遐想。此段从战国时代写起,写初防未战的戍边苦寒。"万里"和"连年"高音诵读,以见守边时空之久远;"晨牧"和"夜渡"重读,强调夙兴夜寐之苦寒。"无世无之"再露刺今之意,直指战争根源归根结蒂是政治的需要,重读强调。秦皇汉武之好大喜功正与玄宗类似,"文教失宣,武臣用奇;奇兵有异于仁义,王道迂阔而莫为。"为文章点睛之笔,借引前几句所述秦汉以来边事不断、中州耗斁的史实为依据,阐述了自己对导致这一情况的原因的看法:文不宣扬礼乐教化,武重奇(轻正),王政不切实际,所有这一切都有悖仁义之道(所以导致了边事不断等情况的发生)。这几句,要愈唱愈高,"奇兵有异于仁义,王道迂阔而莫为"响遏行云,急读。而后,"呜呼噫嘻"直转急下,无限感慨。

第三段("吾想夫"至"势崩雷电"):正面写战事。"主将骄敌,期门受战",语带谴责;"法重心骇,威尊命贱",充满无奈。"利镞穿骨"到"势崩雷电",用急读表现两军交锋的激烈,注意入声字读得短促有力。

第四段("至若穷阴"至"可胜言哉"):铺写古战场征战之惨烈,照应前文"常覆三军"。作者以渲染夸张的动态,描写出一幅惨绝人寰的血战图,对死难士兵表示深切哀悼。"至若穷阴凝闭……堕指裂肤"用缓读,以沉重的语气,表现冬季古战场气候之恶劣,地理之险恶。"凭陵杀气,以相剪屠",低沉,读出敌人残酷的杀戮。"都尉新降,将军覆没"两句高起,凸显交战后的惨烈结果。"尸填"和"血满"重读。"无贵无贱"读高,"同为枯骨"一字一顿,强调战争之残酷。"可胜言哉",反问句,慨叹。

第五段("鼓衰兮"至"有如是耶"):倒叙三军将覆未覆之际进退维谷的矛盾心态和已覆之后的阴森死寂。这一层,用骚体而写,似一曲凄绝的挽歌,一唱三叹,把惨景哀情的典型描写推向极致。注意,此处读文随文体变化而转为楚辞调,至"伤心惨目"才重新转为后世散文调。前几句写鼓竭力衰、箭尽弦绝、白刃相拼、生死决战,场面悲壮激烈,可歌可泣,读法由缓而急,由轻而重。"降矣哉,终身夷狄;战矣哉,骨暴沙砾"四句,生死关头,战士良知猛省,以高调表现。接下来"鸟无声兮山寂寂"六句,战后战场一片万籁俱静,夜风飒飒,天昏地暗,用低沉、悲痛的语调读;"魂魄结兮天沉沉"怨魂聚集,是战争悲壮的回声,音声拔高。"伤心惨目"以伤感抒情收结,"有如是耶"反诘句情勃力坚,表达了作者对战争的谴责和鞭挞,重读强化。

第六段("吾闻之"至"功不补患"):运用对比手法,议论历代战事,褒周、赵而贬秦、汉,以宾衬主,是非分明。"任人而已,其在多乎"是关键,与前文"主将骄敌"遥相对照,隐刺玄宗用将非人,又反衬下文"汉倾天下",高音重读。周逐猃狁"全师而还","和乐且闲"高声称颂,重在说明应以守备为本,不以攻战为先。贬秦汉一在"荼毒生灵",一在"功不补患",以高声重读强调,隐刺唐玄宗穷兵黩武。周朝、秦朝、汉朝的褒贬连比,表明作者并非一概反对战争,而是强调不管是驱外族,还是得土地,筑关塞,都是以百姓生活的安宁为本。

第七段:以祭吊的凄惨场面抒情,显现出战争的灾难性。作者一连用五个反诘句,"谁无父母?……谁无兄弟?……谁无夫妇?……生也何恩?杀之何咎?……"直斥帝王违反人道。这五问,真挚沉痛,悲愤激昂,语速略快,以表现作者为天下"苍苍蒸民"鸣冤叫屈、伸张正义。而家人遥望天涯,长歌当哭,祭奠招魂的场面,满纸呜咽,读得低而平缓,淋漓尽致传达悲痛之情。"时耶命耶""为之奈何",低声慨叹,为千百万士兵乃至普天下蒸民鸣不平。"从古如斯"反结秦汉近代,再点"刺今"之意,高声重读,深广无奈的历史反思发人深省。"守在四夷"正述主张,结出一篇之旨,音声振起,顿挫收束。

全文结构谨严,虚实交错,章法多变,风格朴实,一洗六朝浮艳文风。尤其注重选韵,音韵铿锵,声文并茂。如首段全押平声真、文韵;次段分用去声遇韵、平声支韵;三段用去声霰韵;四段用平声虞韵、入声陌韵;五段用入声屑、锡等韵;六段用平声虞韵、寒韵;七段用上声有韵,平声支韵等。或低回感伤,或激越呼号,或深沉喟叹,或悲痛欲绝,或舒缓平稳,或陷入深思……读文时,要特别把韵字读饱满,将文章内在荡气回肠的节奏旋律,通过抑扬顿挫、缓急相间、张弛有致的音声充分传达出来。

附:唐文治评点(一)

所贵乎作文者,欲其感动人心耳。此文因痛当时争城争地、杀人众多,而托以古战场以讽之。末段淋漓呜咽,虽善战者读之,亦当流涕。贾君房《罢珠崖对》,苏子瞻《谏用兵书》,与此文可称三绝。吾辈今日正宜推广此等文字,《易》

所称"利武人之贞"者，正在于此。

方存之评《论语》"子路从而后"章，云："上数节，将隐者气象写足，中间点出'隐者也'三字，为画龙点睛法。后来《吊古战场文》《秋声赋》《方山子传》皆用此法。"其说极精。此文首段先将古战场景象写足，下接"此古战场也，常覆三军"数句，遂格外有力，而"伤心哉"数句，亦格外有神。

第二段用"吾闻夫"，第三段用"吾想夫"，第六段用"吾闻之"，句调重复。"牧用赵卒"一段，时代倒置，然其炼字选韵，备极精能，且用意忠厚，溢于言外，虽有小疵，不足掩大醇也。①

附：唐文治评点（二）

一、层次

方望溪先生论文引《周易》云"言有物""言有序"。有物者，穷理奥也。有序者，分层次也。劣手作文，譬诸乡愚述事，指东话西，莫明其意旨所在，语无层次也。故初学先宜分清层次。此文自首句至"天阴则闻"止为第一段，虚冒到题。"伤心哉"至"呜呼噫嘻"止为第二段，言战祸所由始。"吾想夫"至"势崩雷电"止第三段，言战事正面，"至若穷阴"至"可胜言哉"止为第四段，入战场。"鼓衰兮"至"有如是耶"止为第五段，仿《楚词·九歌》句法，写足战场惨酷之状。"吾同之"至"功不补患"止为第六段，本可接入吊意，偏推开作唱叹法，俾局势开展，文气纡徐有致。末段始写足吊字，揭出命意，层次井然。后代词章家文每多蒙头盖面，当以此法矫之。

二、练辞选韵

首段横空而来，苍苍莽莽，包括天地人物，曲尽写景之妙，浅人写景文，有参用卦名、干支及颜色字面者，却须自然，否则落小样矣。盘旋作势，点出古战场格外有力，已于读《秋声赋》中详论之。二段"文教失宣"五句，语含讽刺，深得谲谏之旨。三、四段选的尤响亮。五段纯系《国殇》篇神韵，笔端有饮恨声。"降矣哉"四句，生死关头，良知不昧，宜猛省。七段悱恻缠绵，愁惨欲绝，虽善战者读之亦当流涕，可谓性情中至文。遐叔自负文过于萧颖士，洵非虚也。惟二段用"吾闻夫"，三段用"吾想夫"，六段用"吾闻之"，句调重复。"牧用赵卒"叙在"周逐猃狁"之前，时代倒置。然此小疵，不足掩大醇也。

---

① 唐文治.国文经纬贯通大义［M］.台北：文史哲出版社，1987：48.

三、命意

老子《道德经》云"夫乐杀人者,不可得志于天下",此语实含天地生生之德。《左氏传》叙战事,于诛戮人命多用隐藏法,亦以养人不忍之心也。昔人谓退叔因藩镇之祸而作此文,然按二段云"四夷"、云"戎夏",三段云"胡兵",四段云"强胡",六段连言"匈奴",而结末又云"守在四夷",自当指戎祸而言。唐初兵力极于西域,将士征役之苦,百姓运输之劳,流离之惨,殆不堪言,故退叔此文极意讽谏,与贾君房《罢珠崖对》、苏子瞻《谏用兵书》可称三绝,孟子痛战国时争地争城,杀人盈野,特大声疾呼曰:"善战者服上刑。"又于"今之事君者"与"我善为战"两章,发明仁人不嗜杀人之意。千载而后,皆当深体其苦心孤诣,广为宣传。故吾辈今日作文,尤以感动人心为第一要务,凡属此等文章,宜尽力提倡,涵养不忍之心,或可救世界之杀机乎!①

附:钱树森评点

又如选读李华之《吊古战场文》,对文中描写古战场阴森恐怖之情景,则以极其愁苦之声调,加以渲染,以情带声,倍觉凄苦,令人不堪卒读。对古代不义争战,自然产生了厌离情绪,而对和平生活,则产生了追求与向往。②

送李愿归盘谷序

［唐］韩愈

【题解】 在韩愈诸赠序中,这篇《送李愿归盘谷序》可谓"别具一格",历来受到读者的喜爱。相传,此文曾受到苏轼的高度推崇:"唐无文章,惟韩退之《送李愿归盘谷》一篇而已。"(《跋退之送李愿序》)③。文章写于唐德宗贞元十七年(801年),当时韩愈34岁,离开徐州幕府到京城谋职。他一直为仕进汲汲奔走,却始终没有得到朝廷的重用,心情沉重,牢骚满腹。李愿,据唐人高从所《跋盘谷序后》,是"不干誉以求进""寄迹人世,心游太清"的大隐士。韩愈借送友人李愿归盘谷隐居之机,写下这篇赠序,一吐胸中块垒。

---

① 唐文治. 唐文治国学演讲录[M]. 虞万里,导读. 张靖伟,整理. 上海:上海交通大学出版社,2017:80—81.
② 陈国安,钱万里,王国平. 无锡国专史料选辑[M]. 苏州:苏州大学出版社,2012:318—319.
③ 苏轼. 苏轼文集编年笺注[M]. 李之亮,笺注. 成都:巴蜀书社,2011:46.

【正文】

太行之阳有盘谷。盘谷之间,泉甘而土肥,草木丛茂,居民鲜少。或曰:谓其环两山之间,故曰"盘"。或曰:是谷也,宅幽而势阻,隐者之所盘旋。友人李愿居之。

愿之言曰:"人之称大丈夫者,我知之矣。利泽施于人,名声昭于时,坐于庙朝,进退百官,而佐天子出令。其在外,则树旗旄,罗弓矢,武夫前呵,从者塞途,供给之人,各执其物,夹道而疾驰。喜有赏,怒有刑。才畯满前,道古今而誉盛德,入耳而不烦。曲眉丰颊,清声而便体,秀外而惠中,飘轻裾,翳长袖,粉白黛绿者,列屋而闲居,妒宠而负恃,争妍而取怜。大丈夫之遇知于天子,用力于当世者之所为也。吾非恶此而逃之,是有命焉,不可幸而致也。

"穷居而野处,升高而望远,坐茂树以终日,濯清泉以自洁。采于山,美可茹;钓于水,鲜可食。起居无时,惟适之安。与其有誉于前,孰若无毁于其后;与其有乐于身,孰若无忧于其心。车服不维,刀锯不加,理乱不知,黜陟不闻,大丈夫不遇于时者之所为也,我则行之。

"伺候于公卿之门,奔走于形势之途,足将进而趑趄,口将言而嗫嚅,处污秽而不羞,触刑辟而诛戮,侥幸于万一,老死而后止者,其于为人贤不肖何如也?"

昌黎韩愈闻其言而壮之,与之酒而为之歌曰:"盘之中,维子之宫;盘之土,维子之稼;盘之泉,可濯可沿;盘之阻,谁争子所?窈而深,廓其有容;缭而曲,如往而复。嗟盘之乐兮,乐且无央。虎豹远迹兮,蛟龙遁藏;鬼神守护兮,呵禁不祥;饮且食兮寿而康,无不足兮奚所望?膏吾车兮秣吾马,从子于盘兮,终吾生以徜徉!"

【读文示范】

唐文治读文

【读文法解析】

《送李愿归盘谷序》属少阳趣味文①,以平读为主。文章构思奇巧,借李愿

---

① 唐文治. 唐文治国学演讲录[M]. 虞万里,导读. 张靖伟,整理. 上海:上海交通大学出版社,2017:74. 又,唐文治将此篇作法归入"段落变化法",云:"适用于哀感、吊祭并铭志之文,以发于真性情为主,用白描亦可,惟忌寒俭俚俗。"(唐文治. 国文经纬贯通大义·目录[M]. 台北:文史哲出版社,1987:2.)

之口以成文,下笔琳琅恣肆,毫无板滞。人物描绘逼肖,与议论、抒情融为一炉,相得益彰。序文、韵文合璧,句式骈散错落,造辞生动奇警,音节铿锵,为韩文之精品。全文共五段。

第一段("太行之阳有盘谷"至"友人李愿居之"):写盘谷之地理位置适合隐居。寥寥数语写出盘谷环境之清静幽邃,渲染出一片超凡脱俗的人间净土。作者惜墨如金,用笔简净,转折深化,将人、地绾合于送别题面,文气跌宕有致。起笔处为客观陈述,用相对平静的叙述语调平平读过,至"泉甘而土肥"高读,"草木丛茂,居民鲜少"一字一顿加以强化,"隐者之所盘旋""友人李愿居之",愈唱愈高,突出盘谷的曲深险远,与隐者的心态相合。

第二段("愿之言曰"至"不可幸而致也"):写第一种人。高官权臣,声势显赫,穷奢极欲。"愿之言曰"四字,将全题摄在空中,飞扬生动,有画龙点睛之效。这四字要读得格外响亮,令人精神为之振起。其后笔酣墨饱、痛快淋漓地记述了李愿的一番宏辞。

第三段("穷居而野处"至"我则行之"):写第二种人。隐居之士,洁身自好,无毁无忧。

第四段("伺候于公卿之门"至"其于为人贤不肖何如也"):写第三种人。钻营之徒,趋炎附势,行为可鄙。

三个段落构成文章主体部分,作者借李愿之口而传心中隐曲。三种人所作所为相互映衬,对比鲜明,褒贬之意,抑扬取舍寓于字里行间,对友人的同情、赞赏,为他遭遇的不平、无奈等等复杂感情尽在言外。"大丈夫之遇知于天子,用力于当世者之所为也",语中含讽,以高声重读突出。"是有命焉,不可幸而致也","我则行之","其于为人贤不肖何如也",无限感慨流露于笔端,借题写意,意在言外。此三处都是文章关键所在,用感叹停顿法而作,读时音声皆在高处盘旋,以彰显其意。

第五段("昌黎韩愈闻其言而壮之"至"终吾生以徜徉"):以盘谷之可乐作结。"昌黎韩愈闻其言而壮之"中的"昌黎韩愈"重读,领起"闻而壮之"的喟叹。歌中"无不足"句,有知足不辱之良规,当于言外求之。此段用的是楚辞体,由后世散文调转为唐调楚辞调诵读,音韵铿锵,一唱三叹,抒发作者向往隐居之乐的情怀。

文章首段全用散体。中间部分以散驭骈,既有骈赋的章法,又有散文的气韵,骈散交融,浑然一体,警句迭出。句末用韵,长短错落,富有节奏感,抒情意味浓厚。末段以歌赋韵文的形式,极言盘谷之美、隐居之乐和向往之情。大笔挥洒铺叙,一言挈领收束,纵横开阖。每一段"文法"富于变化,不拘一格,令人拍案叫绝。布局章法精密谨严,前呼后应,气度不凡,文格极高。

附:唐文治评点(一)

一、段落

首段序地理,次段"愿之言曰",三段"穷居而野处",四段"伺候于公卿之门",均为硬接法。首段"友人李愿居之",为突入法。次段"不可幸而致也",为推开法。三段"我则行之",为重顿法。四段"其于为人贤不肖何如也",为比较法。可知作文不独布局当变化,凡每段之起讫处皆应变化;不独段落当变化,即句法亦皆当变化。此篇之法,最便初学。

二、精神

文必有精神而后有精采。次段若将"愿之言曰"删去,改"呜呼"二字,下"我"字均改"李君",末段改"昌黎与之饮酒而为之歌",亦无不可,乃插入"愿之言曰"一句,全篇精神一振,遂觉格外生色。不知韩子布局时已有此意耶?抑润色时点缀成之耶?要知此乃画龙点睛之精神也。

三、气骨

此文有格局之变化,有段落接笋处之变化,有句调参差错落之变化,读者固当注意。然自来文家皆赏此文之闲适,吾独赏其倔强。盖惟有大气包举其间,乃更有浩浩落落之致,故人生必须涵养其气骨,而后作文乃有气骨。孟子云富贵不淫、贫贱不移、威武不屈,所谓傲骨嶙峋也。吾人生今之世,尤当以气节自励。[①]

附:唐文治评点(二)

感叹停顿法 学者读文,于每段结处,务宜格外注意,学其停顿之法,余已于《读文法》中略言之。如昌黎《送李愿归盘谷序》,第二段结处,"大丈夫遇知于天子"五句,三段"大丈夫不遇于时者"二句,四段"其于贤不肖何如也",皆用停顿法,此少阳文恬适之趣也。

① 唐文治.唐文治国学演讲录[M].虞万里,导读.张靖伟,整理.上海:上海交通大学出版社,2017.176.

丰乐亭记

[宋]欧阳修

【题解】《丰乐亭记》是欧阳修的一篇山水游记佳作。欧阳修因支持"庆历新政"被政敌罗织罪名,于庆历五年(1045年)贬知滁州。他虽在贬谪之中,却并未走向颓废,而是奋发有为,使当地的生产得到了发展,老百姓安居乐业。第二年,欧阳修"偶得一泉于州城西南丰山之谷中,水味甘冷,因爱其山势回抱,构小亭于泉侧",以"宣上恩德,以与民共乐",并名之为"丰乐亭"。文章以简淡传神、摇曳多姿的语言,描绘了滁州从兵连祸结到"休养生息"的变迁,歌颂百年未有之盛世,赞美皇帝休养生息之仁政,体现了作者时刻关注国家治安、百姓安乐的社会责任感,表达其"与民同乐"的心愿。

【正文】

修既治滁之明年,夏,始饮滁水而甘。问诸滁人,得于州南百步之近,其上则丰山,耸然而特立;下则幽谷,窈然而深藏;中有清泉,滃然而仰出。俯仰左右,顾而乐之。于是疏泉凿石,辟地以为亭,而与滁人往游其间。

滁于五代干戈之际,用武之地也。昔太祖皇帝,尝以周师破李景兵十五万于清流山下,生擒其将皇甫晖、姚凤于滁东门之外,遂以平滁。修尝考其山川,按其图记,升高以望清流之关,欲求晖、凤就擒之所,而故老皆无在者。盖天下之平久矣。

自唐失其政,海内分裂,豪杰并起而争,所在为敌国者,何可胜数?及宋受天命,圣人出而四海一。向之凭恃险阻,划削消磨,百年之间,漠然徒见,山高而水清。欲问其事,而遗老尽矣!

今滁介江淮之间,舟车商贾、四方宾客之所不至。民生不见外事,而安于畎亩衣食,以乐生送死。而孰知上之功德,休养生息,涵煦百年之深也。

修之来此,乐其地僻而事简,又爱其俗之安闲。既得斯泉于山谷之间,乃日与滁人仰而望山,俯而听泉,掇幽芳而荫乔木,风霜冰雪,刻露清秀,四时之景,无不可爱。又幸其民乐其岁物之丰成,而喜与予游也。因为本其山川,道其风俗之美,使民知所以安此丰年之乐者,幸生无事之时也。夫宣上恩德,以与民共乐,刺史之事也,遂书以名其亭焉。

【读文示范】

唐文治读文

【读文法解析】

《丰乐亭记》属少阴情韵文①，以平读为主。文章立意正大，怀古感今，放眼天下，关怀民生，情挚意深，值得深入体会。尤其善用顿挫笔法，一唱三叹，情韵丰美，均从读文中显现。全文分三段。

第一段（"修既治滁之明年"至"而与滁人往游其间"）：简介建亭缘由。起笔点明时间，即在作者到滁的第二年，也即初具政绩之时。"始饮滁水而甘"暗含"乐"意。接着逐一点出文题"丰乐亭"：滁水"其上丰山，耸然而特立"，点出"丰"字；"俯仰左右，顾而乐之"，点出"乐"字；由"于是疏泉凿石，辟地以为亭，而与滁人往游其间"，点出"亭"字。开篇点题，层层剥笋，新颖别致，不同凡响。"其上""下则"两层对仗，又与"中有清泉"一层形成排比，奇偶相生，骈散间出，摇曳生姿。这几句平读轻读为主，不疾不徐，有俶然自适之乐。其后"顾而乐之"，喜悦之情，一气流注，语速略快，至"辟地以为亭，而与滁人往游其间"，以高音重读突出"与民共乐"之旨。

第二段（"滁于五代干戈之际"至"百年之深也"）：通过对滁州历史的回顾和地理位置的介绍，歌颂宋王朝结束战乱使人民安居乐业的功德。作者用对比手法，顿挫之笔，突出主题，饶有神韵。第一层对比："滁于五代干戈之际……遂以平滁"写历史，赞美宋朝开国皇帝的武功；"修尝考其山川……盖天下之平久矣"写当代，如今"故老"都不在，已难考察昔日战场具体地点，而天下太平日子已久。第二层对比：从"自唐失其政"至"涵煦百年之深也"，通过对人间沧桑的感慨，再次颂扬宋王朝统一国家、让人民休养生息的功德。第三层对比："自唐失其政。海内分裂，豪杰并起而争"，说明当时百姓不能"丰乐"；"圣人出而四海

---

① 唐文治. 唐文治国学演讲录[M]. 虞万里, 导读. 张靖伟, 整理. 上海：上海交通大学出版社，2017：75. 又，唐文治将此篇作法归入"响遏行云法"，云："各种文均适用，尤宜于典制金石之文，务求高远、求厚重、忌浮滑。"（唐文治. 国文经纬贯通大义·目录[M]. 台北：文史哲出版社，1987：4.）

一"后,百姓能够"安于畎亩衣食,以乐生送死",是"上之功德"。作者借古颂今,反复感叹,照应文题与主题,以证明四海安乐来之不易。本来只需一层就说完的,作者却迂回缓转,运用顿挫之笔,从而更见丰神。此一段奇峰突起,是全篇精神贯注处。读文当高声朗诵,以昌盛大之气,愈唱愈高,急读,至"圣人出而四海一",音声响遏行云,"气翔于虚无之表"。

第三段("修之来此"至末句):此段呼应篇头,归结主题。写"与滁人仰而望山,俯而听泉"的四时之景,凝炼而生动;道滁地风俗之美,淳厚而安闲。段中,交错用了四个"乐"字,淋漓酣畅抒写愉悦情怀;庆幸远脱风波而"乐其地僻而事简,又爱其俗之安闲",一乐也;滁人"乐其岁物之丰成,而喜与予游",二乐也;为文纵谈,意在让百姓了解"安此丰年之乐者,幸生无事之时也",三乐也;凡此种种,皆因"宣上恩德,以与民共乐",是地方官应做之事,四乐也。"乐"贯串文章始终。此四"乐",皆以高音突出。其中一"幸"字,意味深长,隐约透露作者的忧患意识,更当重读以强调,将其心事托出。

附:唐文治评点(一)

凡作文必须愈唱愈高,不宜愈唱愈低,其人之富贵贫贱,穷通寿夭,皆可于文之声音验之。此文"滁于五代干戈之际"一段,兼奇峰特起法,而其音愈提愈高,如凤凰鸣于寥廓。欧公生平性情事业,均属不凡,于此可见。读者学其文,当学其人也。[①]

附:唐文治评点(二)

一、布局

方望溪先生论文,引《易传》曰"言有序",谓布置取舍,适得其宜,是为构局最要之方。此篇自首句起至"与滁人往游其间"为第一段,须学其简洁明净之法。自"滁于五代"起至"百年之深也"为第二段,是全篇精神贯注处。"天下之平久矣"与"遗老尽矣",语气似重复,要知"自唐失其政"后,系推开说,更进一层,故局度更为宏远。自"修之来此"起至末为第三段,揭出命意。"掇幽芳而荫乔木"数句,是宋以后写景点缀法,若六朝唐代,则语厚辞酿,然不免堆垛字面矣。

二、炼气炼声法

韩文公云"气盛则言之短长与声之高下皆宜",故炼声必先炼气,当愈唱愈

---

① 唐文治.国文经纬贯通大义[M].台北:文史哲出版社,1987:125.

高，不宜愈唱愈低。此文余于《国文经纬贯通大义》中编入"响遏行云法"，因第二段奇峰突起，其音愈提愈高，如凤凰鸣于寥廓。曾文正所谓"其气翔于虚无之表"，又云"九天俯视，落落寡群"。学者读时，务宜体会此意，朗诵高骞，庶作文精采飞腾。《文心雕龙·神思篇》云："观山则情满于山，观海则意溢于海。我才之多少，与风云而并驱矣。"文章家乐事，无逾于此。

三、题之本旨

"生无事之时""安丰年之乐"二语，吾辈生值患难，读之歆美。所以能致此者，自有本原在。《易传》曰："各正性命，保合大和。首出庶物，万国咸宁。"可见百姓所以各正性命，万国所以咸宁，要在保合太和而无乖戾之气。《周礼》"行人"之职，辑和亲、康乐为一书，惟和而后能亲，惟和亲而后能康乐。本篇宗旨，上有恩德，故能与民共乐。益当宋仁宗时，韩魏公、范文正公、富郑公与欧公共枋国政，乃极一时之盛，非偶然也。欧公生平、性情、事业均属不凡。学者读其文当学其人。①

秋声赋

［宋］欧阳修

【题解】《秋声赋》作于宋仁宗嘉祐四年（1059 年）年秋。欧阳修时年五十三岁，虽晚年身居高位，然回首宦海沉浮，内心隐痛难消，加之"庆历新政"失败，心情抑郁、苦闷，乃以"悲秋"为题，抒发人生苦闷与感叹。文章由秋声起兴，从山川寂寥、草木零落的萧条景象，联想到人生易老，抒发了世事艰难、人生忧劳的无限感慨。《秋声赋》开宋代文赋先河，文笔精秀，描述精妙，艺术价值很高，是宋文名篇。

【正文】

欧阳子方夜读书，闻有声自西南来者，悚然而听之，曰："异哉！"初淅沥以萧飒，忽奔腾而砰湃，如波涛夜惊，风雨骤至；其触于物也，鏦鏦铮铮，金铁皆鸣；又如赴敌之兵，衔枚疾走，不闻号令，但闻人马之行声。予谓童子："此何声也？汝出视之。"童子曰："星月皎洁，明河在天，四无人声，声在树间。"

余曰："噫嘻悲哉！此秋声也，胡为而来哉？盖夫秋之为状也：其色惨淡，烟霏云敛；其容清明，天高日晶；其气栗冽，砭人肌骨；其意萧条，山川寂寥。故其

① 唐文治.唐文治国学演讲录［M］.虞万里，导读.张靖伟，整理.上海：上海交通大学出版社，2017：172.

为声也,凄凄切切,呼号愤发,丰草绿缛而争茂,佳木葱茏而可悦;草拂之而色变,木遭之而叶脱,其所以摧败零落者,乃一气之余烈。

"夫秋,刑官也,于时为阴;又兵象也,于行为金;是谓天地之义气,常以肃杀而为心。天之于物,春生秋实,故其在乐也,商声主西方之音,夷则为七月之律。商,伤也,物既老而悲伤;夷,戮也,物过盛而当杀。

"嗟乎!草木无情,有时飘零,人为动物,惟物之灵。百忧感其心,万事劳其形,有动于中,必摇其精。而况思其力之所不及,忧其智之所不能,宜其渥然丹者为槁木,黟然黑者为星星。奈何以非金石之质,欲与草木而争荣,念谁为之戕贼,亦何恨乎秋声!"

童子莫对,垂头而睡,但闻四壁虫声唧唧,如助予之叹息。

【读文示范】

唐文治读文

【读文法解析】

《秋声赋》属少阴情韵文①,以平读为主。《秋声赋》以赋体写成,以"秋声"贯穿全文,骈散结合,铺陈渲染,词采讲究,是宋代文赋的典范。文章分五段。

第一段("欧阳子方夜读书"至"声在树间"):以"秋声"开篇。作者从不同角度,从静到动,由小到大,由远及近,形象生动地写出秋声令人悚惊的特点,营造悲凉气氛。读这段文字,起句用轻读、缓读,表现作者凝神夜读的情景。"闻有声""西南来""悚然""异哉",秋声打破夜的宁静,文势由伏到起,需高读重读。"听"字,立全篇艺术境界之"眼",需读高读重。其后,以细雨之声、波涛之声、金铁之声、行军之声一连串比喻,描摹秋声夜至的动态过程,突出秋声变化急剧和来势猛烈。读法上,重读"初""忽""如""又如",突出秋声随时间而变化的过程。细雨之声、行军之声音量小,轻读缓读,音声在低处;波涛之声、金铁之声音量大,重读急读,音声在高处。如此轻重缓急,高低起伏,层次分明,旋律极具变化。

---

① 唐文治.国文阴阳刚柔大义·目录[M].朱光磊,编.扬州:广陵书社,2023:6.又,唐文治将此篇作法归入"选韵精纯法",云:"适用于诗赋铭颂之类,为学音声者最要之领,前人未有发明之者。"(唐文治.国文经纬贯通大义·目录[M].台北:文史哲出版社,1987:7.)

第二段（"余曰噫嘻悲哉"至"乃一气之余烈"）：寻根溯源,探究秋声所以形成的缘由。用铺陈手法写秋之"色""容""气""意",陪衬秋之"声",为下文"故其为声也"蓄力。"色""容""气""意"重读突出。此一段纵意挥写,多方渲染,把秋天到来之后万物所呈现的风貌和秋之内在"气质"描绘得具体可感。"惨淡""清明""栗冽""萧条"为作者精心选词,着意描绘出秋的枯寂与萧瑟,当用重读突出。秋气,是一种肃杀之气,只需一点余威,即可令绿草变色,茂树凋零。"一气之余烈",也要重读。

第三段（"夫秋,刑官也"至"物过盛而当杀"）：从社会和自然两个方面,对秋声进行剖析和议论。此段围绕上一段"烈"字铺排文字,用刑狱、兵象、五行、天文、音乐为喻,多方论说。"故其在乐也",以乐声陪衬秋声。"肃杀""悲伤"两词,重读。

第四段（"嗟乎"至"亦何恨乎秋声"）：由感慨自然,转而议论人世,揭示题旨。先写人的劳形劳心,"而况"一词迭进文意,"思其力之所不及"两句造成新的转折。"念谁为之戕贼"两句,用反诘句,是又一转折。人事忧劳的伤害,比秋气对植物的摧残更为严重！人生有限,岁月无情,烦恼生自本心,不必怨恨秋声,唯有超然物外,才能安顿心灵。此段,需注意读出层次转折中作者的心理变化与思考,一"思"一"忧",一"念"一"恨",都需着力强调。

第五段（"童子莫对"至"如助余之叹息"）：呼应开头,在秋虫唧唧中结束全篇。作者以童子的单纯反衬自己思绪的复杂,唧唧虫声更衬出无限感慨、孤独和力求超脱的无奈。收束处,要放慢读文速度,余音袅袅,不绝如缕,将激越的感情引向平缓,收到"言有尽而意无穷"之效。

文章主要段落段首部分皆插入感叹词,反复慨叹,极富创意。如第一段的"异哉",第二段的"噫嘻悲哉",第四段的"嗟乎"。作者唏嘘之声回环全篇,一唱三叹,使文章结构逐步向深层迭进。

欧阳修为文向来注重声情契合。此篇韵文中间段落,多选用声情激越的入声韵,读来短促有力,格外响亮,能将秋声的"肃杀"特点表现得淋漓尽致。在读文中,需仔细体会入声韵字表达声情的独特功效,读出抑扬顿挫音节之妙。

附：唐文治评点

点题法

《论语·微子》"楚狂接舆""沮溺""丈人"三章,摹绘隐者气象,极为酣足,而于"丈人"章点出曰"隐者也",三章神气俱栩栩欲活。唐李遐叔《吊古战场文》首

段写足古战场凄惨情状,末乃点出曰"此古战场也";此文首段摹绘一片秋声,第二段乃点出曰"此秋声也";苏子瞻《方山子传》首段写足陈季常阴鸷之概,二段点出曰"此吾故人陈慥季常也":实皆脱胎《论语》笔法。惟此等点题,首段务须将题面隐藏,以下方有画龙点睛之妙,否则索然乏味矣。

陪衬法、慨叹法

此文分四段,起处至"声在树间"为第一段,"予曰"至"一气之余烈"为第二段,"夫秋"至"物过盛而当杀"为第三段,"嗟夫"至"何憾乎秋声"为第四段,末四句结束。第二段秋色、秋容、秋气、秋意俱系陪衬"声"字,下接"故其为声也"乃倍有力。第三段以乐音陪秋声,潜气内转。四段慨叹,更有神味。"思其力之所不及"两句,与"念谁为之戕贼"两句,唤醒世人知觉。彼薰心富贵,设计营求,沉溺老死于水火中者,可以鉴矣。

选韵法、间句用韵法

古人诗赋箴铭等,凡发扬蹈厉者,多用东、阳、庚、蒸等韵,与入声韵间用。盖东、阳等韵合于宫音,故发皇;入声韵合于徵音,故激越。次之用支、先、豪、尤韵,各相题之所宜。《天保》诗第二章以下及《大明》全篇,《商颂·长发》《殷武》等篇,选韵皆系此法,所以格外响亮。《楚词·九歌·东皇太一》阳韵,《云中君》兼用阳、东韵,《湘夫人》第二章庚韵,以下入声韵,其音皆缥缈于虚无之表。厥后韩退之用之,作《张彻墓铭》;永叔用之,作此文。及《黄梦升墓志铭》:皆间一句以成韵。文文山先生《正气歌》起处用青、蒸韵,继用入声韵,后半篇用蒸韵、入声韵,亦系此法。音节之妙,绎如以成,古人三昧法,全在于此。学者宜熟读注意。近代彭刚直《游泰山》集成句作联云:"我本楚狂人,五岳寻仙不辞远;地犹鄹氏邑,万方多难此登临。"其声音之所以响亮者,在人字、临字系真韵,而岳字、邑字系入声字故也。又曾文正作扬州梅花馆史忠正公祠堂联云:"心痛鼎湖龙,半壁江山双血泪;魂归华表鹤,二分明月万梅花。"其声音之所以响亮者,在首句用东韵,而壁字、血字、鹤字、月字又都系入声字故也。虽间字音节,亦复雄迈,于此并可悟撰联之法。①

附:钱树森评点

读《秋声赋》一文,于文中形容秋之为状,秋之为声,委婉细致,曲尽其妙。

① 唐文治. 唐文治国学演讲录[M]. 虞万里,导读. 张靖伟,整理. 上海:上海交通大学出版社,2017:73—74.

若非于文字章句，涵咏深透者，绝不能臻此妙境。如读至"其触于物也，鏦鏦铮铮，金铁皆鸣；又如赴敌之兵，衔枚疾走，不闻号令，但闻人马之行声"，此段文字，读来一气呵成，略无停涩阻隔之感。①

古诗

迎春诗

［清］唐若钦

【题解】 传统立春时节，中国各地有迎春的习俗，读书人也以"迎春"为题作诗，这首《迎春诗》是唐文治的父亲唐若钦以"迎春"为主题所作的诗②。诗人通过描写对春天的盼望、春天的景象、春天的宴饮以及春天的感受，表达了对春天到来的欣喜和珍惜。

【正文】

一番花信回阳春，千门万户景象新。　来从东郊德在木，太和元气相弥纶。
记得鼕鼕鸣腊鼓，桃梗悬符并画虎。　预识平原春草生，争看曲径寒梅吐。
几度冰霜着意催，渡江已报早春来。　二分艳色梨云酿，十里晴光杏坞开。
东风处处闻莺燕，夜游秉烛谁开宴。　相期刻翠并裁红，金谷联吟集群彦。
豪情醉月迭飞觞，花落分沾衣袖香。　但取词章谐鼓吹，哪须管弦按官商。
朝吟一曲春光晓，婉转繁音答好鸟。　隔院藤阴绿渐浓，入帘柳絮烟微袅。
何人拾翠向晴郊，潜听花丛蝶版敲。　斗酒双柑饶别趣，忍将春色等闲抛？
盎然淑气周环宇，千红万紫从头数。　迎得韶光有几时，莫遽离情动南浦。

【读文示范】

唐文治读文

---

① 陈国安，钱万里，王国平. 无锡国专史料选辑［M］. 苏州：苏州大学出版社，2012：318—319.
② 唐若钦（1841—1924），名受祺，号兰客，为清朝恩贡生，以课徒教书为业。辑刻有《陆桴亭先生遗书》，著有《浣花庐诗钞》《赋钞》等。

【读文法解析】

《迎春诗》根据诗歌性质,拟判为少阳趣味文,用唐调七言古体诗吟调读。全诗共三十二句,每四句为一小节,共分八小节来读。

第一节("一番花信回阳春"至"太和元气相弥纶"):总写春风吹来,大地回春,家家户户都有了新的气象。"来从东郊"指东见,是春天的阳气,五行中东方属木,是滋养万物的气息,故称"德在木",此三字宜重读突出。"太和元气"指天地阴阳会和、冲和之气,是万物生长的根本。"相弥纶"指春天的气息笼罩和覆盖了一切,宜读出宽宏广大的感觉。

第二节("记得鼕鼕鸣腊鼓"至"争看曲径寒梅吐"):回忆腊月时节盼望春天的情形。在腊月时节击腊鼓,悬符画虎,皆是迎春的习俗。又看到有青草新生,寒梅开放,无疑是春天将要到来的信号。宜读欢快,传达欣喜的情绪。

第三节("几度冰霜着意催"至"十里晴光杏坞开"):写春天到来时的景象。江面的冰霜渐渐地融化,白云、杏花都泛出了亮丽的光彩。这一节宜缓读,传达春光无限的画面。

第四节("东风处处闻莺燕"至"金谷联吟集群彦"):写处处莺歌燕语,是友朋宴饮的好时节。于是与好友相约,在园林里赋诗联吟。

第五节("豪情醉月迷飞觞"至"哪须管弦按宫商"):承上一节,详写友朋相聚欢饮的场景。对月饮酒、敬酒,有花朵落在衣袖。拿来诗词伴着鼓声节奏吟诵,都不需要管弦来伴奏。这里写酒兴正酣,宜稍快读,表达畅快无拘束的感觉。

第六节("朝吟一曲春光晓"至"入帘柳絮烟微袅"):写酒醒后次日所见的春光景象。早上起来吟唱一曲,婉转的鸟声与我唱和。藤阴越来越浓,柳絮如烟尘一样多了起来。

第七节("何人拾翠向晴郊"至"忍将春色等闲抛"):承上一节,写要珍惜美好春光,不要让春光虚度。在这样的春色里,去郊外欣赏绿色,去听花丛的蝶飞,与友朋春日雅游就能很开心,怎么能平空浪费呢?宜读稍缓,传达春光易逝、珍惜留恋的情感。

第八节("盎然淑气周环宇"至"莫遽离情动南浦"):呼应开篇"太和元气相弥纶",此处写"盎然淑气周环宇",到处都是温和怡人的气息,万紫千红数也数不清。像这样难得的春光能持续多久呢?这不是一个适时分别的季节,要安住当下,珍惜这大好时光,去做那让内心快乐的事。"南浦"代指离别,末句"莫遣离情"是一个提醒,宜读缓慢,用谆谆告诫的口吻。

诗的主题是迎春,所传达是盼望、欣喜、希望的感情,在吟诵时整体宜稍快,以表达欢快、向往的喜悦之情。

送春诗

[清]唐若钦

【题解】 这首《送春诗》是唐若钦以"送春"为主题所作的诗。春尽日送春是独属于诗人的送别仪式,诗人通过描写春光的美好、春日的宴饮以及暮春的凄凉、暮春的离绪,进而感慨春光易逝,不如珍惜时间,享受这最后的一点春光,从而表达了作者对春天即将离去的惋惜和依恋之情。

【正文】

莺莺燕燕啼江南,晴天沈醉春光酣。　碧桃盛开杂秾李,争艳斗媚何狂憨。
探春有约筵开绮,歌席平铺泛绿蚁。　雅因待月故迟眠,曾为惜花频早起。
昨宵风雨逼江城,狼藉台阶尽落英。　金粉亭台空寂寞,愁红惨绿不胜情。
声声杜宇催归去,一梦如云不知处。　零落天涯离绪多,剧怜踪迹随飞絮。
繁华过眼太匆匆,安得推迁挽化工。　芳草有情依院落,夕阳无语上帘栊。
兰亭禊事成陈迹,惆怅香车拥油碧。　九十韶光转瞬中,春阴孰与加珍惜。
几日重阴郁未开,留春无计暂徘徊。　荼蘼老去芭蕉绿,不信东风唤不回。
呼童明日重开径,杯衔婪尾余清兴。　愿花常好月常圆,斯言我欲相持赠。

【读文示范】

唐文治读文

【读文法解析】

《送春诗》根据诗歌性质,拟判为少阴情韵文,用唐调七言古体诗吟调读。全诗共三十二句,每四句为一小节,共分八小节来读。

第一节("莺莺燕燕啼江南"至"争艳斗媚何狂憨"):写暮春三月是春光最盛的时节,有莺歌燕语、桃李争妍。仍宜读稍快,表达欣喜欢快的情感。

第二节（"探春有约筵开绮"至"曾为惜花频早起"）：写与友朋友宴饮，流连酒宴，忘记了时间，经常贪花起早、受月眠迟。承上一节，仍读欢快。

第三节（"昨宵风雨逼江城"至"愁红惨绿不胜情"）：写春天结束的凄凉景象。风雨到来，落花遍地，亭台里落寞无人，到处是忧愁悲惨的景象。语速转慢，用悲伤失落的口吻，传达悲凉的感受。

第四节（"声声杜宇催归去"至"剧怜踪迹随飞絮"）：承上一节，用各种意象来写春天离去的悲伤。听到杜鹃鸟声声"不如归去"，如梦一样的春光也一去不返，天涯各处弥漫着离愁别绪，春天的踪迹如飞絮一样飘散了。整体读法同上一节。

第五节（"繁华过眼太匆匆"至"夕阳无语上帘栊"）：感慨春光流逝，转眼就已经结束，无法通过人力来挽回。花草依着院落生长，夕阳默默地照在窗前，仿佛也对春天的离去感到不舍。后两句宜读缓慢，音调稍低，传达依依不舍的感情。

第六节（"兰亭禊事成陈迹"至"春阴孰与加珍惜"）：写对春天过去的惆怅，以及对暮春的珍惜。"兰亭禊事"指代昔日宴饮，如今都已成了往事，此处宜用感慨惆怅的口吻。九十天的春季转瞬即逝，面对这剩下的日子，不如倍加珍惜。此处声调转稍高，传达重新振作精神的感情。

第七节（"几日重阴郁未开"至"不信东风唤不回"）：写唤不回春光的无奈。几天阴云不散，没有办法留下春天，只能无助徘徊。此处读稍缓，用无奈的口吻。看荼蘼老去，但芭蕉变绿，相信一定还有办法唤回春天。此处转稍快，用坚定口吻。

第八节（"呼童明日重开径"至"斯言我欲相持赠"）：承上一节，写明天继续雅集，以及对友朋友的祝愿。"开径"指接待少数高人雅士，"杯衔娄尾"指行酒到最后一位，同时也指代享受春光到最后一天。此处宜读欢快。"愿花常好月常圆"两句，是诗人的祝福语，语速转缓，音调宜低，传达深切的感情。

诗的主题是送春，所传达是惜春、恋春的感情，在吟诵时整体宜稍缓，以表达忧伤、留恋的难舍之情。

词

满江红

[宋]岳飞

【题解】《满江红》通常被认为是宋代抗金名将岳飞的作品。该作品的确切创作时间众说纷纭,事实上已不太可能出现定论,但从其文字中所含之韵味研判,可能是写于绍兴四年(1134年)岳飞克复襄汉,荣升节度使之后。

【正文】

怒发冲冠,凭栏处、潇潇雨歇。抬望眼、仰天长啸,壮怀激烈。三十功名尘与土,八千里路云和月。莫等闲、白了少年头,空悲切。

靖康耻,犹未雪。臣子恨,何时灭。驾长车,踏破贺兰山缺。壮志饥餐胡虏肉,笑谈渴饮匈奴血。待从头、收拾旧山河,朝天阙。

【读文示范】

唐文治读文

【读文法解析】

《满江红》根据诗歌性质,拟判为太阳气势文,以急读为主。全词分两段读:

上阕写景抒情。开篇音调即高,"冲冠""长啸""激烈"重读,突出内心的愤怒。"三十功名"两句语速稍缓,传达人到中年,功业未建的感慨。"莫等闲"后三句语速转快,"切"字重读读长,表达珍惜时光建功立业的决心。

下阕纯抒情言志。文中用了很多典故和人名地名,注意重点读出。"靖康耻"四句重读,强调作者悲愤的根本的原因;"贺兰山缺"重读,强调敌人所在的位置。"壮志饥餐"两句写将来战胜金人的向往,用期盼口吻,宜快读。"朝天阙"句"天"字读稍长,传达为天子效力、忠心为国的情感。

全词押仄声韵,宜于传达悲伤、激烈的感情。"歇""烈""月""切""雪""灭""缺""血""阙"诸韵脚字,在吟诵时尤其注意重读强调。

第二章　唐调津梁：王蘧常

王蘧常(1900—1989)，字瑗仲，号明两，浙江嘉兴人。著名历史学家、诗人、书法家。王蘧常先生以经学、史学、诸子学研究著称，又以书法、书学名世。王蘧常先生师承沈曾植、康有为、梁启超、唐文治等大家。后先后任教于无锡国专、大夏大学、之江大学、交通大学，并长期任职复旦大学哲学系。主要论著包括《秦史》《诸子学派要诠》《明两庐诗》《王蘧常文集》等。

先秦散文

学而时习之

《论语·学而》

【题解】《论语》成书于战国初期，由孔子弟子及再传弟子编写而成，是儒家经典著作之一，与《大学》《中庸》《孟子》合称"四书"。在我国先秦典籍里，《论语》占有十分重要的地位。这部语录体散文，记载了孔子及其门人的言论，集中体现了孔子的政治主张、伦理思想、道德观念及教育原则等，其思想内容成为后世主流思想的重要组成部分，影响深远。《论语》语言简洁凝练，思想含蓄深刻，名言警句生动深邃，在我国古代文学史上也具有极其重要的艺术价值。

【正文】

子曰："学而时习之，不亦说乎？有朋自远方来，不亦乐乎？人不知而不愠，不亦君子乎?"

【读文示范】

王蘧常读文

【读文法解析】

本文根据思想内容,拟判为少阳趣味文。先秦语录体散文,明白如话,古朴庄重,以平读为主,平和中正,读文时要注意体察人物说话的语气、神情。

孔子说:"学习了知识和道理,并能将其时时实习和践行,不也觉得很喜悦吗? 有志同道合的朋友从远方来,不也觉得很快乐吗? 别人不了解我,而我并不恼怒生气,不也是有道的君子吗?"此章谈到三种快乐,三个反问句,分三层读。

第一层,学习之乐。"学"是向老师和贤者学习,学习的内容是知识和技能,还有道、道理、真理和智慧;"习"本意是小鸟试飞,这里指通过向老师和贤者学习后自己不断地实践和践习。"时习",突出行的重要性,强调了既要靠老师,也要靠自己,学习的快乐和成就感,在于自己不断地领悟、践行和付出。"悦"是心有所得的快乐,重读。

第二层,友情之乐。朋是指志同道合的人。近者悦,远者来。"有朋自远方来","远方"音声在高处,快乐溢于言表。"乐",重音强调突出。

第三层:修养之乐。"人不知"是别人误解或不了解"我",甚至是侮辱和诽谤"我",这是所遭受的境遇,读时音声在低处,"不愠""君子",重读,强调通过修心,保持平和心态,心平气静,泰然自若,淡然处之,君子因此而养成。

以上三"乐",均以"不亦"引出,三个"不亦"层层推进,反复强化,表现孔子循循善诱的良师形象。

附:唐文治评点(一)

子曰:"学而时习之,不亦说乎?"

"学"字或训效,或训觉,皆未能征之于实。陆氏曰:"此所谓学,《大学》八条目是也。"陈氏曰:"'学'字从孝,即下章所谓孝弟,以及本篇中诸学字皆是也。"黄氏曰:"圣门之教,必读书然后为学也。"后说为长。时习者,反复不厌,日新而月异也。之,代名词,如"默而识之""敏以求之"之例,即指学而言。说者,思绎

既久,意渐解释,所谓"优而柔之,餍而饫之""涣然冰释,怡然理顺"也。

"有朋自远方来,不亦乐乎?"

朋,同志也。自远方来,同声相应、同气相求也。孟子曰:"得天下英才而教育之,三乐也。"

"人不知而不愠,不亦君子乎?"

人者,非皆同志也。知与不知,听之而已。不愠者,非特不含怒,盖绝无丝毫之芥蒂也。不愠,与说、乐相对。说生意内,发为元;乐散于外,为亨;不愠则生意,又收敛于内,为利贞也。《易传》曰"遯世无闷""不见是而无闷",君子以成德为行,为己之学,固当如是也。玩三"不亦"字,圣人循循善诱之意深矣。①

附:唐文治评点(二)

《论语》开宗明义曰学。学字,古文从爻、从子,即古孝字。学者何?孝弟而已矣。仁者,人心之德,所以为人之本也。为仁之本,自孝弟始。失仁之端,自巧言令色始。自古圣贤豪杰,孰不从家庭爱敬中来?天下穿窬盗贼,孰不从逢迎谄媚中来?养正之功,端在于是。此贯串之义,读《论语》者入门法也。曰"不亦说乎""不亦乐乎",明为学当求说与乐也。《易·乾卦》之初爻曰"潜",潜者,圣人之至德。《学而》首章曰"人不知而不愠",其末章曰"不患人之不己知",《尧曰》之末章曰"不知命无以为君子",皆潜德也。学问浅露,动辄表暴于人,浸至驰逐于名利之场,赝其品行,皆求知之一念为之,此圣人所深痛,而学者之大戒,是《论语》二十篇彻始彻终之要旨也。②

附:王蘧常评点

《周易》《论语》《老子》等短章,则宜平读。平读,就是说不必分高低,只需平平读去。现在举《论语》第一篇首章为例。这一章,小学五年级的课本就选的。③

秦 誓
《尚书》

【题解】《尚书·秦誓》是秦穆公面对众将士悔过并发誓的言辞。公元前

① 唐文治.四书大义·论语大义[M].上海:上海人民出版社,2018:1—2.
② 唐文治.四书大义·论语大义[M].上海:上海人民出版社,2018:10—11.
③ 据王蘧常读文解说录音整理。

628 年,郑文公、晋文公先后去世。是年冬,之前被秦穆公留在中原腹地郑国协助戍守的杞子给秦穆公送来密信,称自己已掌握郑国国都北门控制权,请求秦国发兵偷袭郑国,以图称霸中原。秦穆公遂不顾重臣蹇叔等劝告悍然出兵,假道晋国崤山地区偷袭郑国,而且为保密故未通知晋国。此后秦军因"弦高犒师"一事放弃伐郑,顺路灭滑国而返,在回师途中于崤山遭晋军伏击,全军覆没,领军的孟明视、西乞术、白乙丙三位将领也尽数被俘。后来三将领获释回到秦国,秦穆公痛定思痛,面对众将士,作了《秦誓》,以示自悔自责、唯贤是举的心意。

【正文】

公曰:"嗟! 我士听无哗! 予誓告汝群言之首。古人有言曰:'民讫自若是多盘。'责人斯无难,惟受责俾如流,是惟艰哉! 我心之忧,日月逾迈,若弗云来。惟古之谋人,则曰未就予忌;惟今之谋人,姑将以为亲。虽则云然,尚猷询兹黄发,则罔所愆。番番良士,旅力既愆,我尚有之。仡仡勇夫,射御不违,我尚不欲。惟截截善谝言,俾君子易辞,我皇多有之! 昧昧我思之。

"如有一介臣,断断猗无他技,其心休休焉,其如有容。人之有技,若己有之。人之彦圣,其心好之,不啻若自其口出。是能容之,以保我子孙黎民,亦职有利哉! 人之有技,冒疾以恶之;人之彦圣,而违之俾不达,是不能容,以不能保我子孙黎民,亦曰殆哉! 邦之杌陧,曰由一人;邦之荣怀,亦尚一人之庆。"

【读文示范】

王蘧常读文

【读文法解析】

《秦誓》属太阳气势文[①],以急读为主。以"昧昧我思之"一句为分界,之前是秦穆公对以往的种种反思,之后是对任用贤人的期望。全文分两段读:

第一段("公曰"至"昧昧我思之"):分两小节读。"公曰"至"是惟艰哉"为第一节,秦穆公称自己后悔不听从忠臣之言,受到大家的指责,从而要改过自新,确实是一件艰难的事。这一段交代前情,整体平读,至"是惟艰哉"句感慨,读音

---

① 见本书附录三《王蘧常:唐老大子对我的感染》。

转高。"我心之忧"至"昧昧我思之"为第二节,讲秦穆公深切反思自己的过往。"我心之忧,日月逾迈,若弗云来"三句为虚写,感慨担忧时光飞逝、悔之无及,当逐字着重读出诚挚的感受。接下来主要反思了三点:一是谋人、二是良士、三是君子。至"则罔所愆"反思要亲近当今的谋臣尤其是年老的谋臣,在"虽则云然尚犹"处是一处递进转折,当作重读。至"我尚不欲"反思要崇尚良士而不是勇士,此两处"尚"字当作重读以强调。至"我皇多有之"喟叹自己过往亲近小人,让君子不敢说话,于"我皇多有之"读渐高。"昧昧我思之"五字为以上反思作结,是更深的感慨,读时要特别提高。

第二段("如有一介臣"至"亦尚一人之庆"):分三小节读。"如有一介臣"至"亦职有利哉"为第一节,写理想中的贤人。"如有"二字说明是秦穆公的想象,作重读以强调;"其如""若""不啻如"皆作重读,以强调贤人的特征;"亦职有利哉"句感慨读渐高,于"亦职有"字重读,以示想象中的欣喜。"人之有技"至"亦曰殆哉"为第二节,写非贤人的样子。"以不能"三字重读,强调任用非贤人的过患,"亦曰殆哉"句感慨读渐高,"亦曰"重读强调当下的失落。末四句为第三节,为本段作结。讲国家的衰危,是因为任用错了那个人;国家的兴盛,也是因为用对了那个人。"曰""亦尚"字重读,以突出强调后面"一人"的重要性。

唐文治列此篇于"响遏行云法",称之为"典制金石之文,务求高远、厚重",则全文不宜读过快,当以高音、浑厚为主。"昧昧我思之"一句为全文关节,于此五字要特别注意读出。之前为反思,之后为向往,需要注意情绪的变化。

附:唐文治点评

"响遏行云"者,如鹤鸣九皋、凤鸣朝阳,清音嘹亮,行云若为之停滞,弥觉有姿态也。此文后人以为孔子知秦之将王,故以之殿于典、谟、训、诰之后,此等谶纬之说,固不足信,惟吴季子观乐,以秦声为夏声,夏者,大也。此文声大而远,实古书中不易得者。

穆公求贤若渴,托之理想之中,"昧昧我思之"一句为凭空提笔,其余虚字旁边圈处,皆属摹绘思想,如见至诚之意。①

附:王蘧常点评

现在我选读阳刚之文《秦誓》一篇,这一篇声大而远,是古书中不易得到的。

---

① 唐文治.国文经纬贯通大义[M].台北:文史哲出版社,1987:118.

春秋时鲁国的季札说"秦声为夏声"，夏是大的意思，《秦誓》可作为代表。在念它以前，我想简单地讲一下这一篇《秦誓》的时代背景。在春秋时代，秦穆公的三十二年，他轻信杞子的话，拒绝了两位老臣的劝谏，出兵千里外，想偷袭占据郑国，但是一无所得，撤兵而回，在半途上给晋国围住了，结果是全军覆没，三个元帅被擒，这个惨痛教训使秦穆公非常的悔过。这篇文章就是向秦国臣子、军队他们发出的誓言。这一篇可以看见秦穆公悔过求贤的意思，托之理想之中。"昧昧我思之"一句为凭空提笔，读时要特别的高。其余各句的虚字，如"是惟艰哉！我心之忧，日月逾迈，若弗云来"等等，皆是摹绘思想，好像看见他挚诚的意思，读时要字字着重读出来。我年老气衰，万万不能表达其万一，不过举一个例子罢了。①

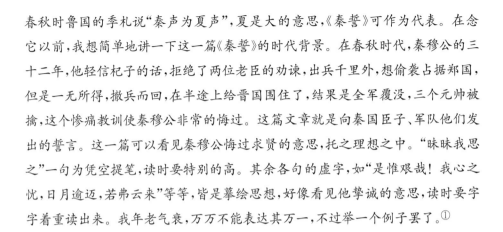

辞赋

项王垓下闻楚歌赋

［清］何忠万

【题解】《项王垓下闻楚歌赋》是一篇应科举试所作的律赋，题目下原有"是何楚人之多也"七小字，要求以此七字为韵。"是何楚人之多也"句出《史记·项羽本纪》，项羽与刘邦争霸，垓下被围，夜闻汉军四面皆唱楚歌，项羽大惊，说："汉皆已得楚乎？是何楚人之多也！"本篇律赋即围绕此句展开，通过描绘项羽的英雄过往，战略、战术的失误，以及决战垓下被围的景象，生动展现了楚霸王项羽波澜壮阔的一生和英雄末路的悲惨结局。

【正文】

头募生王，心携死士。剑气如生，鼓声已死。惊霸业之全灰，倏悲歌之飒起。重围唱合，倒戈绝望于刀头；四顾忧来，警枕独愁于里耳。壮岁学万人之敌，庸有济乎？中原收百战之功，而今去矣。一霎风号虎帐，酒醒时身世都非，千秋波咽乌江，浪淘尽英雄如是。

当项王之阿房纵炬，函谷冲戈。大王风布，壮士星罗。惟犹豫而莫知所主，亦狼贪而遑恤其他。竦诸侯壁上之观，臂使八千子弟；背义帝关中之约，手提百二山河。斗智绌而斗力赢，善战终婴天忌；私仇多而私恩少，分疆尤螫人和。封

---

① 据王蘧常读文解说录音整理。

三县于南皮，突见异军起赵；畔九江于北面，惊闻间使迎何。

　　盖其上游迫故主之终，善地滥诸臣之与。印刓则麾下情漓，玦举而席间谋沮。田荣发难以连衡，彭越贪封而反距。唇齿寒而螳欲吞蝉，爪牙落而虎将变鼠。范亚父怒撞玉斗，投暗珠湮；汉高皇祥冶金刀，摩天刃巨。矧复登坛大将，相当惊旗鼓之来；何期仗剑亡人，反间恣金钱之予。悔未手鐥项伯，竟完功狗于兴刘；只应舌烂韩生，犹笑沐猴于伧楚。

　　方其受垓下之围也，云屯壁垒，星厄勾陈。正敌氛之旁午，忽宵籁之酸辛。抗乡音其互递，挫霸气以难伸。宛然下里之吟，触听而此随彼唱；直是原田之诵，反颜而舍旧谋新。帐中麕喑嗫之声，独叹逝骓不利；隍下破仓皇之梦，始知得鹿非真。诸王之印难销，前箸先输汉策；降卒之阬未远，后车已续秦轮。长离曲且和虞兮，我怜卿卿当怜我；变徵声都成楚些，人负汝汝亦负人。

　　明月欲黯，雄风忽雌。怅南音之不竞，慨东首之无期。岂乞食朝云，歌散思归之士；岂升陴越石，歌回索斗之师。遏云而志郁飞扬，怆甚胡笳之拍；曦露而情伤契阔，飒如虞殡之辞。天将扶火德而王，胡不预销剑戟；地则据咸阳为胜，奈何自撤潘篱。从兹衣锦昼行，富贵故乡何在？不识溃围宵遁，君王末路安之？

　　诚以楚歌之闻也，惊疑唤鹤，傫杂吹螺，千百人如讴郢市，一再行如奏阳阿。袅袅其音，兼楚咻之纷沓；行行且止，和楚舞之婆娑。顾此头颅，尽今夕一杯之酒；将何面目，见来时千顷之波？岂期相伟重瞳，寿考异苍梧之狩；不分兵哗十面，荒凉同黄竹之歌。乡心落亭长船中，春涨舆军声并息。战血洒老君岩下，秋则磷鬼唱犹多。

　　迄今庙貌荒寒，英姿潇洒。高台怅宋玉之登，残碣恫鲁公之写；泣穷途于杜默，泪流冥漠之中；褒特笔于史迁，名列谛煌之下。妇人仁而匹夫勇，凤疑此论非公；敌国破而谋臣亡，堪笑何王不假。善将兵善将将，蒙有猜焉；不学驷不学书，公真健者。走马定两军成败，天实为之；斩蛇争一代江山，今安在也。

【读文示范】

王蘧常读文

注：录音内容为文章首段。

【读文法解析】

《项王垓下闻楚歌赋》根据文章性质，拟判为太阳气势文，以急读为主。本文主要描摹项羽一生称王称霸，最后垓下被围的凄惨景象，整体宜用慷慨悲凉的口吻来读。全文以"是何楚人之多也"七字为韵，依科举考试要求，正文必须分七段，第一段末字必须用"是"字，同时全段与"是"字押韵，第二段末字必须是"何"字，同时全段与"何"字押韵。以此类推。全文分七段读：

第一段（"头募生王"至"浪淘尽英雄如是"）：描绘项羽四面被围的凄凉场景，回顾并感慨其过往的英勇、功绩一切成空。分两小节。"头募生王"至"警枕独愁于里耳"为第一节，描绘垓下被围的场景，以及项王的悲愁绝望心情。"壮岁学万人之敌"至"浪淘尽英雄如是"为第二节，回顾项王的英勇过往，转眼间成了眼前的凄凉景象，不胜英雄末路之感。这一节为作者对项王的一生评价，宜整体着重读出，由激昂转为悲伤，音调由高转低，传达悲伤的情绪。

第二段（"当项王之阿房纵炬"至"惊闻间使迎何"）：回顾项羽的一生功绩和过失，分两小节。"当项王"至"手提百二山河"为第一节，描绘项羽一生的英勇事迹。"当项王之阿房纵炬"至"遑恤其他"，回顾项羽经历，平读即可；"竦诸侯壁上之观"四句重读，音调转高，以传达激烈之情。"斗智绌而斗力赢"至"惊闻间使迎何"为第二节，描绘项羽的失误。"斗智绌而斗力赢"四句，感慨项羽的个性特征以及战略失误，音调转低沉；"封三县于南皮"四句重读，加强感慨口吻。

第三段（"盖其上游迫故主之终"至"犹笑沐猴于伧楚"）：详细列举项羽过往的失误，分两小节。"盖其上游"至"摩天刃巨"为第一节，前六句分别讲其封赏、计策的失误，从而导致了诸侯的反抗，叙述故事，平读即可。"唇齿寒而螳欲吞蝉"至"摩天刃巨"为作者感叹，宜皆作重读，传达惋惜之情。"剗复登坛大将"至"犹笑沐猴于伧楚"为第二节，从刘邦用人得当来反衬项羽的失误，此段夹叙夹议，整体平读，"悔未手鎚项伯"四句重读，传达无奈之情。

第四段（"方其受垓下之围也"至"人负汝汝亦负人"）：描绘垓下之围的悲惨场景。分两小节。"方其受垓下之围也"至"始知得鹿非真"为第一节，通过描写天色、战场、楚歌的景象，用悲伤的口吻读出，以反衬内心的悲凄。"诸王之印难销"至"人负汝汝亦负人"为第二节，转写人事的凄凉，实写身经百战后，项羽与虞姬的离别，宜作重读强调。

第五段（"明月欲黯"至"君王末路安之"）：继续描绘英雄末路的悲惨。分两

小节。"明月欲黯"至"飒如虞殡之辞"为第一节,用不同的比喻和意象来写身陷重围的绝望。读法同上。"天将扶火德而王"至"君王末路安之"为第二节,写天下即将归刘邦,项羽大势已去,无力无天,此节为实写,宜作重读强调。

第六段("诚以楚歌之闻也"至"秋则磷鬼唱犹多"):围绕楚歌为中心,通过描绘与声音相关的内容,来传达英雄末路的悲凄。分两小节。"诚以楚歌之闻也"至"和楚舞之婆娑"为第一节,用了唳鹤、吹螺、讴郢市、奏阳阿等传达凄凉声音的典故,用悲伤口吻读出即可。"顾此头颅"至"秋则磷鬼唱犹多"为第二节,写项王的结局,无颜见江东父老而自刎乌江,此节重读,传达慷慨悲壮的情绪。

第七段("迄今庙貌荒寒"至"今安在也"):总结项羽的悲壮一生,并发出了成败天定、一切历史转眼成空的感叹,整体宜用感慨的口吻读来。分两小节。"迄今庙貌荒寒"至"堪笑何王不假"为第一节,写项羽虽然战败,但英姿潇洒,被列入《史记》而褒扬,同时作者对司马迁的一些评价提出了质疑,此节平读即可。"善将兵善将将"至"今安在也",是作者对历史人物和历史的感慨,宜作重读,传达成败已矣、不胜唏嘘的感情。

附:唐文治评点

奇情壮志,腾跃飞骞,用笔沈郁顿挫,如闻变徵之音,此才岂可以斗石计?①

附:王蘧常评点

骈文读法,本应选汉赋,或是初唐人的作品。但是因为文较长,(我)又衰老不能多读,所以选读清人何子青《项王垓下闻楚歌赋》律赋一段,聊备一格。这一篇赋格调并不高,但全文奇情壮彩,非常动人。尤其是这一段,总写称王称霸的悲惨下场,真是字字惊心动魄,句句腾跃飞骞,很是难能可贵。②

后世散文

过秦论

[汉]贾谊

【题解】 西汉文帝时期,是历史上有名的"文景之治"前期。贾谊以敏锐的

---

① 唐文治.国文经纬贯通大义[M].台北:文史哲出版社,1987:147.
② 据王蘧常读文解说录音整理。

政治观察力，看到了西汉王朝潜伏的危机，向朝廷提出了不少改革时弊的政治主张。《过秦论》以劝诫的口吻，分析了秦王朝政治的成败得失，为汉文帝改革政治提供借鉴。"过秦论"，即探讨秦王朝的过错，文章讲述了秦自孝公以迄始皇帝逐渐强大的原因，之后写陈涉虽然本身力量微小，却能使强大的秦国覆灭，在对比中得出秦亡于"仁义不施"的结论。

【正文】

秦孝公据崤函之固，拥雍州之地，君臣固守以窥周室，有席卷天下，包举宇内，囊括四海之意，并吞八荒之心。当是时也，商君佐之，内立法度，务耕织，修守战之具，外连衡而斗诸侯。于是秦人拱手而取西河之外。

孝公既没，惠文、武、昭襄蒙故业，因遗策，南取汉中，西举巴、蜀，东割膏腴之地，北收要害之郡。诸侯恐惧，会盟而谋弱秦，不爱珍器重宝肥美之地，以致天下之士，合从缔交，相与为一。当此之时，齐有孟尝，赵有平原，楚有春申，魏有信陵。此四君者，皆明智而忠信，宽厚而爱人，尊贤而重士，约从离衡，并韩、魏、燕、楚、齐、赵、宋、卫、中山之众。于是六国之士，有宁越、徐尚、苏秦、杜赫之属为之谋，齐明、周最、陈轸、召滑、楼缓、翟景、苏厉、乐毅之徒通其意，吴起、孙膑、带佗、倪良、王廖、田忌、廉颇、赵奢之伦制其兵。尝以十倍之地，百万之众，叩关而攻秦。秦人开关延敌，九国之师，逡巡而不敢进。秦无亡矢遗镞之费，而天下诸侯已困矣。于是从散约败，争割地而赂秦。秦有余力而制其弊，追亡逐北，伏尸百万，流血漂橹；因利乘便，宰割天下，分裂山河。强国请服，弱国入朝。延及孝文王、庄襄王，享国之日浅，国家无事。

及至始皇，奋六世之余烈，振长策而御宇内，吞二周而亡诸侯，履至尊而制六合，执敲扑而鞭笞天下，威振四海。南取百越之地，以为桂林、象郡；百越之君，俯首系颈，委命下吏。乃使蒙恬北筑长城而守藩篱，却匈奴七百余里；胡人不敢南下而牧马，士不敢弯弓而报怨。于是废先王之道，焚百家之言，以愚黔首；隳名城，杀豪杰；收天下之兵，聚之咸阳，销锋镝，铸以为金人十二，以弱天下之民。然后践华为城，因河为池，据亿丈之城，临不测之渊，以为固。良将劲弩守要害之处，信臣精卒陈利兵而谁何。天下已定，始皇之心，自以为关中之固，金城千里，子孙帝王万世之业也。

始皇既没，余威震于殊俗。然而陈涉瓮牖绳枢之子，氓隶之人，而迁徙之徒也；才能不及中人，非有仲尼、墨翟之贤，陶朱、猗顿之富；蹑足行伍之间，而倔起阡陌之中,率疲弊之卒,将数百之众,转而攻秦;斩木为兵,揭竿为旗,天下云集响应,赢粮而景从。山东豪俊遂并起而亡秦族矣。

且夫天下非小弱也,雍州之地,崤函之固,自若也。陈涉之位,非尊于齐、楚、燕、赵、韩、魏、宋、卫、中山之君也;锄櫌棘矜,非铦于钩戟长铩也;谪戍之众,非抗于九国之师也;深谋远虑,行军用兵之道,非及乡时之士也。然而成败异变,功业相反,何也?试使山东之国与陈涉度长絜大,比权量力,则不可同年而语矣。然秦以区区之地,致万乘之势,序八州而朝同列,百有余年矣;然后以六合为家,崤函为宫;一夫作难而七庙隳,身死人手,为天下笑者,何也?仁义不施而攻守之势异也。

【读文示范】

陆汝挺读文　　萧善芗读文

注:此篇王蘧常无读文录音,选其门弟子读文供读者参考。

【读文法解析】

《过秦论》属太阳气势文①,以急读为主。全文先依次讲述秦孝公至秦始皇的历代秦王之功业,之后转写陈涉起兵亡秦,最后讨论秦国灭亡的原因。全文分五段读:

第一段("秦孝公据崤函之固"至"于是秦人拱手而取西河之外"):写秦孝公一统天下的雄心,以及在商鞅辅佐下所取得的功业。本段总摄全篇,整体急读重读。分两小节,"秦孝公"至"并吞八荒之心"为第一节,虚写秦孝公的雄心,其中"席""举""吞"等表示宏大的动作词,尤其要重读突出。"当是时也"至"取西河之外"为第二节,实写在商鞅的辅佐下,秦孝公所取得的功业。"当是时"处为一递进转折,宜作重读,之后语气稍缓。

第二段("孝公既没"至"国家无事"):写秦惠文王、秦武王、秦昭襄王的业

① 唐文治. 唐文治国学演讲录[M]. 虞万里,导读. 张靖伟,整理. 上海:上海交通大学出版社,2017:74. 又,唐文治将此篇作法归入"翕纯皦绎法",云:"适用于论著之文,知此法,则炼气炼局变化无方,要在纯任自然,行乎其所不得不行,止乎其所不得不止,若有意为之,则弊矣。"(唐文治. 国文经纬贯通大义[M]. 台北:文史哲出版社,1987:232.)

绩,通过对比秦国与六国各自的局势,衬托出秦国实力之强。此段为叙事,整体平读即可。分三小节。"孝公既没"至"相与为一"为第一节,写惠王、武王在秦孝公所取得的功业的基础上,进一步开疆拓土,引起六国恐惧。"当此之时"至"中山之众"为第二节,写六国各有人才,合从缔交谋划攻秦。"于是六国之士"至"而天下诸侯已困矣"为第三节,写六国联合攻秦的情形。"于是从散约败"至"国家无事"为第四节,写六国惨败后的结果,导致秦国更加强大。每节句首的"当是时""于是""于是"处为转折词,宜重读突出。

第三段("及至始皇"至"子孙帝王万世之业也"):详细描写秦始皇所取得的功业,是本文的主要论述对象,整体音调宜转高。分三小节。"及至始皇"至"士不敢弯弓而报怨"为第一节,先讲秦始皇在前辈的基业上威震四海,次讲其南取百越、北却匈奴的功绩。"于是废先王之道"至"以弱黔首之民"为第二节,写始皇在国内焚书、平定叛乱。"然后践华为城"至"子孙帝王万世之业也"为第三节,写秦王修筑国防,自以为江山稳固,可为子孙打下万世基业。每节句首的"于是""然后"处为转折,宜重读突出。

第四段("始皇既没"至"遂并起而亡秦族矣"):详写陈涉的出身、经历和起义抗秦,而引发全国起兵,遂至秦国灭亡。与上文详写秦国历代君王的功绩相对比,反衬了秦国霸业的不堪一击。整体平读即可。"然而"处为一转折,宜作重读,突出陈涉的普通出身,至"遂并起而亡秦族矣",宜皆稍用疑虑的口吻,表达陈涉起兵导致秦国灭亡的不可思议。

第五段("且夫天下非小弱也"至"而攻守之势异也"):通过陈涉与六国的对比,揭示陈涉之所以能亡秦而六国不能亡秦的原因,在于秦国不施仁政和形势有异。本段为作者议论感慨,"且夫"以下整体皆作重读,音调宜高。分两小节。"且夫天下非小弱也"至"则不可同年而语矣"为第一节,拿陈涉与六国相比,无论是地位、兵力、人力、谋略,陈涉都远远不及,但六国战败,陈涉却成功了。"然秦以区区之地"至"而攻守之势异也"为第二节,拿秦国与陈涉相比,百年基业不敌一人起兵,可见施行仁义、顺应形势的重要性。

这篇文章用了欲抑先扬的手法,为了揭示秦国不施仁政的失误,先用了三段文字详细描绘了历代秦王的功业,之后写陈涉起兵,寥寥数语,更反衬出秦国百代基业的不堪一击,也更好地传达出了施行仁政的重要性,要远大于所谓的帝王功业。

附:唐文治评点(一)

一、翕纯皦绎法

鄙人编《国文经纬贯通大义》卷七"翕纯皦绎法"首列本篇。原评云:

《论语》"子语鲁太师乐",翕、纯、皦、绎之法,此即始终条理。文章构局,要不外是。余以之律古文,大家之中多有相合者。此文自"秦孝公"起,至"拱手而取西河之外",振摄全篇之局,所谓"翕如"也。"当是时"以下,连接"于是"数段,所谓"从之纯如、皦如"也。末段"且夫"以下,八音齐奏,络绎不绝,所谓"绎如以成"也。

韩子《原道》、柳子《封建论》,局度气势,大略相同。欧公运用此法,常在无形之中,盖其法实本于《史记》诸表序,熟读之自知其矩镬也。

二、抑扬擒纵法

论共三篇,上篇过始皇,中篇过二世,下篇过子婴。兹专选上篇。过之者,抑之也。然惟扬之愈高,则抑之愈深,而擒纵之法,即在其中。纵之愈远,则擒之愈有力。此论首段用扬法,二段稍用抑法。"于是从散约解"一扬,至"弱国入朝"顿足,盘旋作势。"及至秦王"乃更一扬,至"子孙帝王万世之业也",扬足,重顿更足。"秦王既没"二句至"然而陈涉"一抑,乃有千钧之力。"且天下"一段作比较法,又复一扬。"然而成败异变",又复一抑。凡扬处皆纵法,抑处皆擒法,曾文正所谓"跌宕顿挫,扣之尤芒",此擒纵法之妙也。文章家开阖变化,驰骋纵横,终不外此。

三、用虚字作线索及偶句叠句法

文之妙者,常以虚字作线索,余于韩子《原道篇》中详论之。此篇用四"于是",一路作纵法;用两"然而"作擒法;第三段"然后"二字与末段"然后"二字,遥遥相应,亦皆纵法。至起处即用偶句;二段"当此之时"以下,用叠句;"及至秦王"下至"遂并起而亡秦族矣"一段,多用偶句;"且夫天下"一段,多用叠句,又用偶句相间。魏晋以后文,多用偶句而文体衰;唐宋以后文,多用单行而文气弱:是文章一大关键。近代阳湖恽子居用本篇法作《辨微论》二篇,亦能大气包举。善学古人者,遗貌取神,心知其意,当从此等处悟入。

四、全篇起法结法

文章起法,以退之为最善,以其能破空而来。如"伯乐一过冀北之野而马群遂空""大凡物不得其平则鸣""太行之阳有盘谷"等是也。苏子瞻《韩文公庙碑》

"匹夫而为百世师，一言而为天下法"，实即用韩文起法。至结法以《国策》为最善，硬住处如屹然蠹立，虚住处则悠然不尽，绰有余味。如"苏秦始将连横"一段，结云："势位富厚，盖可以忽乎哉！""冯煖焚券"一段，结云："狡兔有三窟，可以高枕而卧矣！""聂政刺韩傀"一段，结云："其姊不避菹醢之诛以扬其名也。"俱有余韵。"邹忌修八尺有余"一段，结云："此所谓战胜于朝廷。""颜斶见齐宣王"一段，结云："归真返璞则终身不辱。""豫让报仇"一段，结云："死之日，赵国之士闻之，皆为涕泣。"俱有斩钉截铁之概。本篇"秦孝公据崤、函之固"，乃直起法。二段"孝公既没"，三段"及至秦王"，俱衔接法。末段"一夫作难"三句，乃硬接法。结处"仁义不施"二句，如千山万壑赴荆门，江汉朝宗于海，又如万骑奔腾，悬崖勒马，可谓雄奇已极。①

附：唐文治评点（二）

文章本天成，妙手偶得之。若有心造作，则浅妄可笑矣。文气雄骏，大波澜中伏无数小波澜，千回百折，朝宗于海。汉唐以后，未有能及之者。袁爽秋先生云："'仁义不施'言失政，'攻守不同'言失势。图中见匕首只一寸铁，老吏断案只一两语定谳耳。使上文层层笔墨，化为烟云，可称极至之作。"②

附：王蘧常评点

读的方法，简括起来，实在只有四个字——跌宕顿挫。"跌"，就是从高而跌下去；"宕"，就是宝盖头下一石字，是把声音由近而远；"顿"，就是暂时的停顿；"挫"，挫折的"挫"，在念文的时候，就是在转折的地方。

我的老师从前（是）交通大学的校长，又是无锡国学专门学院的院长。他对于读文非常有研究，他说"空讲是不行的"。举一篇例子，著名的汉代政治家、文学家贾谊的《过秦论》。要解释这个"过秦"这两个字，是讲秦朝时代的过错在哪里，那么他说："这篇文章里面'秦王既殁，余威震于殊俗'，这个是一个顿法。"我要替他来解释一下，不然还是不懂。

这篇文章上篇讲秦始皇的祖宗怎样努力，而后讲到秦始皇的武功，把从前的零零碎碎，许多的小国家，后来并称的七国，他全部给它破灭了，完成了大一统之业。所以"秦皇既殁"，他余下来的威风还可以使外国都震动。这是顿法。

① 唐文治.唐文治国学演讲录[M].虞万里,导读.张靖伟,整理.上海:上海交通大学出版社,2017:185—187.
② 唐文治.国文经纬贯通大义[M].台北:文史哲出版社,1987:234.

接下去，"然陈涉瓮牖绳枢之子，氓隶之人而迁徙之徒也"，底下还有几句话，这一段是挫法、转折，讲农民起义军。他(陈涉)是一无条件的，是一个贫穷的人，而他起来，就是一个转折，居然能够引起天下的震动。所以，这是一个挫法。底下"山东豪俊遂并起而亡秦族矣"，这一句话，是宕法。想不到农民起义军这样薄弱的力量，引起了山东豪俊——这山东不是讲现在的山东，是华山以东——大家起来要灭亡秦国。底下，这个时候，秦国的力量还是很大，"秦国非小弱也"，一点没有弱啊。这个是又顿了一下。然后又转折了："然而成败异变"。为什么一点没有两样，而一个是成功，一个是失败呢？到结尾，他推原所以失败的原因："仁义不施，而攻守之势异也"，全文就结束了。

唐老先生开始教导我，念的时候应该怎样念法。他说，念完第一个要注意的，要精熟，又精又熟，要念得一个字不错误，这是最主要的。①

五代史·伶官传序
[宋]欧阳修

【题解】此处的《五代史》是指由欧阳修编撰的《新五代史》，该书记载了后梁、后唐、后晋、后汉、后周五个朝代的历史。全书列传皆用类传，有"家人""臣""伶官""杂"等分类。《伶官传》记载了后唐庄宗李存勖宠幸伶人，最后死于叛将郭从谦(伶人出身的亲军将领)之手的史实。本篇是《伶官传》的序论。文章对后唐庄宗的得天下与失天下作了深刻剖析，得出"忧劳可以兴国，逸豫可以亡身"的反天命的史观，对统治者发出了防微杜渐、力戒私欲的告诫。

【正文】

呜呼！盛衰之理，虽曰天命，岂非人事哉！原庄宗之所以得天下，与其所以失之者，可以知之矣。

世言晋王之将终也，以三矢赐庄宗而告之曰："梁，吾仇也；燕王，吾所立；契丹，与吾约为兄弟；而皆背晋以归梁。此三者，吾遗恨也。与尔三矢，尔其无忘乃父之志！"庄宗受而藏之于庙，其后用兵，则遣从事以一少牢告庙，请其矢，盛以锦囊，负而前驱，及凯旋而纳之。

方其系燕父子以组，函梁君臣之首，入于太庙，还矢先王，而告以成功，其意

---

① 据王蘧常读文解说录音整理。

气之盛,可谓壮哉!及仇雠已灭,天下已定,一夫夜呼,乱者四应,仓皇东出,未及见贼而士卒离散,君臣相顾,不知所归。至于誓天断发,泣下沾襟,何其衰也!岂得之难而失之易欤?抑本其成败之迹,而皆自于人欤?

《书》曰:满招损,谦受益。忧劳可以兴国,逸豫可以亡身,自然之理也。故方其盛也,举天下之豪杰,莫能与之争;及其衰也,数十伶人困之,而身死国灭,为天下笑。夫祸患常积于忽微,而智勇多困于所溺,岂独伶人也哉!

【读文示范】

王蘧常读文

【读文法解析】

《五代史·伶官传序》属少阴情韵文[①],以平读为主。文章围绕"盛衰之理",议论唐庄宗的一生,章法笔调起落有势,大开大合,情感淋漓而气势磅礴,在曲折往复中层层推进。文中反复运用盛衰对比、欲抑先扬的手法和感叹句式,寄寓作者的深切感慨。于平易自然中具有委婉曲折。在读文的时候要注意变化轻重缓急的读法,将抑扬顿挫的笔法外显。全文共分四段:

第一段("呜呼"至"可以知之矣"):提出论点。文章开宗明义提出:国家盛衰,不在天命而在人事。"呜呼""哉"一叹一问,奠定沉痛感慨的抒情气氛,以低音缓读,"盛衰"两字是文眼,"虽曰天命"一纵,"岂非人事哉"一擒,"天命"是宾,"人事"是主。有些人忽略"人事",而将国家的"盛衰"归于"天命",正是作者所痛心的。这些关键处,均需重读突出。

第二段("世言晋王之将终也"至"及凯旋而纳之"):作出论证。扼要叙述晋王遗命,要庄宗报仇雪恨;庄宗遵命报仇,克敌致胜的经过。晋王临终,笔调比较平缓、抑郁。声音低沉,用缓读。其后简短几句话,晋王追述以往恨事,与梁不共戴天之仇,对燕王、契丹背信弃义的切齿愤恨,未竟之志无限憾恨,用重读

---

① 唐文治.唐文治国学演讲录[M].虞万里,导读.张靖伟,整理.上海:上海交通大学出版社,2017:75.又,唐文治.国文阴阳刚柔大义·目录[M].朱光磊,编.扬州:广陵书社,2023:6.归入太阴文。又,唐文治将此篇作法归入"格律谨严法",云:"适用于论古及说理之文,条陈事理亦用之,以庄重为主。"(唐文治.国文经纬贯通大义·目录[M].台北:文史哲出版社,1987:1.)

加以表现。"与尔三矢"一字一顿,语气显急促,"尔其无忘乃父之志"音声上扬,表现晋王激励庄宗复仇心志的殷切期望。写庄宗受命,"受而藏之于庙",既表现庄宗坚定意志,也流露出他的沉重心情。缓读。"其后用兵"几句,节奏铿锵,以庄宗的一系列动作,表现其谨记父志,励精图治。高音重读。"系""函""入""还",从"盛"的角度论证了中心论点,突出"人事"的作用,同时为下文的"衰"张本。

第三段("方其系燕父子以组"至"而皆自于人欤"):引出教训。这一段夹叙夹议,把文章推向高潮顶峰。两个长句一盛一衰、一兴一亡、一正一反、一扬一抑,相互映衬,跌宕多姿,促人警醒,发人深思。前后对比极其鲜明,分别用"可谓壮哉""何其衰也"两个分句感叹作结,形成了全文众多节奏中一个极有声势的高峰。大起大落,抑扬顿挫,皆以高声重读表现。读"盛"时痛快淋漓,读"衰"时无限叹惋。"已灭""已定"要读出庄宗报仇雪耻后以为大功告成,沉迷奢侈享乐,不思进取的心理,读速相对平缓。"一夫夜呼,乱者四应"形势骤变,叛乱四起,气氛紧张。最后庄宗的仓皇出逃,士卒离散,君臣相顾,不知所归的"惨状"。繁弦促节,急读。"岂……欤""抑……欤"是带有反问语气的选择复句,笔调一宕,既承上,又启下。前一句照应"得失""天命",后一句照应"岂非人事",作者强调的是后者,说明成败之事"皆自于人"的道理,揭示李存勖得天下与失天下的根源。两个反诘句重点均落在后半部分,以高音重读强调。

第四段("书曰"至"岂独伶人也哉"):得出结论。在上文夹叙夹议的基础上,议论盛衰之理,归结出庄宗"身死国灭"的根由在于宠任伶官。"方其……""及其……",再次对比,重读,突出一盛一衰,与上文"可谓壮哉""何其衰也"相呼应,形成又一个小起落。"忧劳可以兴国,逸豫可以亡身",印证开头的论点。"祸患常积于忽微,而智勇多困于所溺",总结全文,点明题旨,讽谏统治者吸取历史教训,防微杜渐。"岂独伶人也哉"一语千钧,无限感慨,意蕴深广,耐人寻味,发人深省。

本文立意高远,章法严谨,用词简约,叙事议论相互交融,前呼后应,丝丝紧扣,一气呵成。充沛强烈的感情贯穿始终,时而褒,时而贬,时而高昂,时而低沉,低昂往复,于尺幅短章中见萦回无尽之意。语言骈散结合,长短交错,句法多变,融整齐美、错综美、声韵美与回环美于一炉,反复高声诵读,酣畅淋漓。

附:唐文治评点(一)

此文以盛衰二字作主,首段总冒,中间一段盛,一段衰,末段以"方其盛也""及其衰也"作封锁。所以不觉板滞者,由欧公丰神,妙绝千古,一唱三叹,皆出于天籁,临时随意点缀,故能化板为活耳。①

附:唐文治评点(二)

此篇余编《国文经纬贯通大义》列入"格律谨严法"。凡文章中有柱意者,必须前后呼应。如《左氏传》桓三年"取部大鼎于宋",以"德违"二字作柱意,结云"君违,不忘谏之以德";范文正《岳阳楼记》,中间一段忧、一段乐,末以"先忧后乐"作结;欧公《泷冈阡表》,中间一段能养、一段有后,以"养不必丰"四句作结。此文例法与以上数篇相同,然老研轮手,或结处别有命意,不拘于前呼后应者,此则神明变化之方,初学未易学步也。②

附:王蘧常评点

现在选读阴柔之文一篇,欧阳修《五代史·伶官传序》。在读以前,简单说明文中的几点。第一点,庄宗就是五代的后唐皇帝李存勖。第二,晋王就是李存勖的父亲李克用,跟梁朝的朱温争天下而失败的。第三,伶官就是唱戏的伶人。庄宗打败灭掉了仇雠,得到了天下。他一天天荒唐起来,把国家大事交给了手下的人,自己天天跟唱戏的伶人一块演戏,自己取了一个名字叫"李天下"。后来,几十个唱戏的人谋反,他逃了出去,中了流矢而死掉了。现在我念这篇序,从前姚鼐说欧阳修的文章句句可歌,我以为此文尤其是一唱三叹,妙绝千古啊!③

泰州海陵县主簿许君墓志铭

[宋]王安石

【题解】《泰州海陵县主簿许君墓志铭》是王安石为海陵县主簿许平所写的一篇墓志铭。文章简述了墓主人许平善辩论、有才智,同时又有人举荐,但仍然不受重用,终其一生只做了县令。因许平本人并无显著事业可供陈述,于是作

---

① 唐文治.国文经纬贯通大义[M].台北:文史哲出版社,1987:14.
② 唐文治.唐文治国学演讲录[M].虞万里,导读.张靖伟,整理.上海:上海交通大学出版社,2017:167—168.
③ 据王蘧常读文解说录音整理。

者在文中夹入大段议论,表达了对不同士人的不同遭遇的一些看法,试图探讨许平一生不得重用的原因。

【正文】

君讳平,字秉之,姓许氏。余尝谱其世家,所谓今泰州海陵县主簿者也。君既与兄元相友爱称天下,而自少卓荦不羁,善辩说,与其兄俱以智略为当世大人所器。宝元时,朝廷开方略之选,以招天下异能之士,而陕西大帅范文正公、郑文肃公争以君所为书以荐,于是得召试为太庙斋郎,已而选泰州海陵县主簿。贵人多荐君有大才,可试以事,不宜弃之州县,君亦常慨然自许,欲有所为,然终不得一用其智能以卒。噫!其可哀也已。

士固有离世异俗,独行其意,骂讥、笑侮、困辱而不悔,彼皆无众人之求而有所待于后世者也,其龃龉固宜。若夫智谋功名之士,窥时俯仰以赴势物之会,而辄不遇者,乃亦不可胜数。辩足以移万物,而穷于用说之时;谋足以夺三军,而辱于右武之国,此又何说哉!嗟乎!彼有所待而不遇者,其知之矣。

君年五十九,以嘉祐某年某月某甲子,葬真州之扬子县甘露乡某所之原。夫人李氏。子男瓌,不仕;璋,真州司户参军;琦,太庙斋郎;琳,进士。女子五人,已嫁二人,进士周奉先,泰州泰兴县令陶舜元。

铭曰:有拔而起之,莫挤而止之。呜呼许君!而已于斯,谁或使之?

【读文示范】

萧善芗读文

注:此篇王蘧常无读文录音,选其门弟子读文供读者参考。

【读文法解析】

《泰州海陵县主簿许君墓志铭》属太阳气势文[①],以急读为主。全文先述墓主人生平事迹,次就其生平遭遇进行议论,然后述墓主人身后事,最后为铭文。全文分四段读:

---

① 曾国藩. 古文四象·目次[M]. 北京:中国书店,2010:1. 又,唐文治将此篇作法归入"奇峰突起法",按卷一"奇峰突起法"下云:"普通适用纪事。尤宜以紧切本题,有关人心世道为主。"(唐文治. 国文经纬贯通大义[M]. 台北:文史哲出版社,1987:234.)

第一段（"君讳平"至"其可哀也已"）：交代墓主人家世及生平履历，普通叙事，整体宜平读。分三小节。"君讳平"至"为当世大人所器"为第一节，介绍墓主人家世、才能。"宝元时"至"选泰州海陵县主簿"为第二节，介绍墓主人的为官经历。"贵人多荐"至"其可哀也已"为第三节，作者感慨墓主人一生未受重用，才能没得施展。"然终不得一用其智能以卒"是作者接下来议论的原因，于"然终不得"处重读以示强调。"其可哀也已"宜重读、缓读，传达感慨意味。

　　第二段（"士固有离世异俗"至"其知之矣"）：这一段奇峰突起，抛开叙事，分类讨论不同士人有才智却终生不遇的情形，尝试探讨墓主人终生未受重用的原因。分三小节。"士固有"至"其龃龉固宜"为第一节，讲一种士人，有自我追求、不惧世人议论，理所当然为世俗不容（实为作者自况），"其龃龉固宜"宜重读、缓读，传达无奈的意味。"若夫智谋功名之士"至"乃亦不可胜数"为第二节，讲有一种富有智谋追求功名的士人，他们暗中观察时世的变化并借机去谋求权势和物利，却往往不能得志，这种人也是数不胜数的。"辩足以移万物"至"其知之矣"为第三节，讲许平本人有辩才、有智略，又生在这重视辩才、智略的时代，却不受重用，真是让人大惑不解。"此又何说哉"宜读高，带疑问的口吻。那么是什么原因呢？作者未加点明，而径下结语"彼有所待而不遇者，其知之矣"，意思是不言自明，不用多说，这里暗含讥讽的口吻。

　　第三段（"君年五十九"至"县令陶舜元"）：交代墓主人的身后事。整体平读即可。

　　第四段（"铭曰"至"谁或使之"）：墓志铭的铭文部分。这一部分的惯例，是写一些墓主人鬼神庇佑、宜其子孙的话。而作者却又重复感慨了一遍，有人举荐他，同时没有人阻止他，墓主人仍一生不得重用，这结果是谁造成的呢？再问一句"谁或使之"，更暗示了原因很可能不是外在，而是自身的问题。

　　作者为人做墓志铭，一直在感慨一个问题，墓主人有辩才、有智略，"终不得一用其智能以卒"。"此又何说哉"，要怎么理解呢？"谁或使之"，是谁造成这样的？作者却没有给出自己的答案，或有言外之意。姚鼐据《宋史·许元传》记载许平之兄许元是"趋势之士"，认为许平亦非君子，所以王安石这里语含讥讽①。

---

① 姚鼐云："按《宋史·许元传》，元固趋势之士，平盖亦非君子，故介甫语含讥刺。"（吴孟复，蒋立甫．古文辞类纂评注［M］．合肥：安徽教育出版社，2004：1544．）

于"此又何说哉""谁或使之"两句,读时宜加留意。

附:唐文治评点

问曰:"曾文正初见张濂卿时,教以读王介甫《泰州海宁县主簿许君墓志铭》,先生最重读法,此文不入选,何也?"曰:"余素薄介甫之为人,故未选录。然更有进焉。据吴评《古文辞类纂》云'文正在座中,读此文抑扬迟速,抗坠敛侈,无不中节,张大有悟'云云,余夷考其文,其中段盖'奇峰突起法',亦即'移步换形''避实击虚法'也。许君本无事实可纪,是以介甫用此法。后人效之,乃不叙事实,不研真理,专於题外吞吐夷犹,无裨阃指,此则流于取巧,遁于空虚,为文家之大弊矣。故兹编不列'避实击虚法'。至《许君墓志铭》,只可补入'奇峰突起法'内,用备参考。曰:'然则《柳子厚墓志铭》中后两段非与?'曰:此乃夹叙夹议法,非避实击虚也。岂特《子厚墓志》,即如《史记·屈原列传》《孟子列传》亦皆夹叙夹议,较诸移步换形者,不同日而语矣。"[1]

附:王蘧常评点

(吴汝纶)在书上曾经记载这么一件事,他的同学叫张裕钊,去见他们的老师曾老师(问)怎么样作文、怎么样读文,这位曾老师也不讲怎么读、怎么作,就拉长了声调,念了一篇王安石的泰州主簿许平的《墓志铭》。他念的时候,是"抑扬顿挫、无不中节"。解释一下,"抑"就把声音压下去,"扬"就是把它提高,"顿"是停顿,"挫"是转折。"无不中节"呢?"中节"两个字,就是合拍的意思。合拍,把这篇文章的精神和这个意态完全念出去。这位张裕钊,在(曾老师)读了的时候,他就感觉到全文的大概,而不要这位曾老师替他解说。据说张裕钊经过这次的启发,文章大有进步。

这个许平,依照《宋史》的记载,他跟他的哥哥(许元)都是……总而言之,他不是一个君子,是一个热衷功名的一个人。而这位许平《墓志铭》里面有几句,是文中的最警句。它中间说"辩足以移万物",他的辩论可以把万样事情都能够移动,这句话很有意思。("而穷于用说之时")而不能用于辩论的时候。"谋足以夺三军,而辱于右武之国",这两句话怎么说?辩论则足以移动动摇万物,这句话含蓄在里面。简单地说起来,很可能把白的变成了黑的,这就是一种讥刺在里面。但是对他这个时候,没有人能够相信他。虽然如此,他还有智谋。智

---

[1] 唐文治.国文经纬贯通大义·跋[M].台北:文史哲出版社,1987:118.

谋高到什么地步呢？三军把它夺过来。夺什么呢？就是夺这个他们已经定的计谋，把它夺过来。想不到"而辱于右武之国"，这个时候"右"就是"尚"意思。这时候提倡尚武精神，实在讲起来，他与当时是很配合的，没想到他还受到羞辱。"此又何说哉"，这还怎么说起呢？王安石是一个耿直的人，他要把一个不大好的人，要说成了好，这个是他不愿意的。但是替这个人做墓志铭，而公然说他是不好，这也是不合适的。于是这位老先生，运用他的文章的巧妙，文心的狡狯。毕竟狡狯不大好，做文章有时候要狡狯，"狡"字就是狡猾的"狡"，"狯"字是犬字旁右边一个开会的"会"，"文心之狡狯"，于是来一个"□内□□□，□外□□"，于是他做绝妙的文字。我推想当时他们老师念的时候，一定能够把这种文章的巧妙和文心的狡狯，就能够委婉曲折地表达出来，所以使得张裕钊大有启发。假使不懂得，糊里糊涂地念下去，就埋没了王安石的一片苦心了。这一故事，说明念文章的重要。

那么接下去，我们讲到底是怎么样念法呢？这倒是一个最重要的问题。在各种书上，找到了柳宗元两句话，他说："激而发之欲其清，固而存之欲其重。"这两句意思是什么？他要激发一种声音，要说得很清朗；下面的一句就是说，念的时候，声音要厚而沉重。不过，我觉得这两句也有点玄妙。那么，再换个人可以解释它，就是吴汝纶的老师（曾国藩）。他说，念的时候——这个很重要啊——念的时候"如履危石而下"。翻译过来就是说：好像下山，这脚要踏在石头上，要一步一步很小心地念下去。念起来要非常沉重，换句话来说，就是绝不能轻浮。他还说，老是很沉重，没有高低，是不行的。注意他底下一句，意思要"翱翔于虚无之表"啊！"翱翔"就是飞翔在空虚的地方。那么主簿许君《墓志铭》里面，末了一句感慨"是有何说耶"，这一句是很飘逸的，这种就是所谓"翱翔于虚无之表"。要体验这种情景，多念念司马迁的《史记》，很多地方都有表现。①

---

① 据王蘧常读文解说录音整理。

第三章　唐调嗣响（一）：陆汝挺

陆汝挺（1922—2008），女，江苏常州人，1941年毕业于无锡国学专修学校沪校，留校担任唐文治秘书。后曾任教于江苏省常州中学、常州市第一中学。

诗经

关　雎
《诗经·国风》

【题解】《关雎》是《诗经》的首篇，在中国文学史上占据着特殊的位置。历代对此诗有各种不同的解说，通常认为它是一首描写男女恋爱的情歌，抒写的是人们最为基本的情感，追求、挫折、悲愁、快乐。全诗声、情、文、义俱佳，足以为《风》之始，三百篇之冠。

【正文】

关关雎鸠，在河之洲。窈窕淑女，君子好逑。

参差荇菜，左右流之。窈窕淑女，寤寐求之。

求之不得，寤寐思服。悠哉悠哉，辗转反侧。

参差荇菜，左右采之。窈窕淑女，琴瑟友之。

参差荇菜，左右芼之。窈窕淑女，钟鼓乐之。

【读文示范】

陆汝挺读文

【读文法解析】

《关雎》为少阴情韵文①。用唐调诗经调读，从低腔起调，第二章起转用高腔读。诗歌写的是一个男子追求女子的心理状态，"乐而不淫，哀而不伤"。分三章而读：一章四句，二章八句，三章八句。

第一章，以雎鸠鸟相向和鸣，相依相恋，兴起淑女配君子的联想。用唐调诗经调低腔起调，音调舒缓中正。"君子"念兹在兹的是"窈窕淑女"，即内外兼修的女子。"窈窕淑女，君子好逑"统摄全诗，吟诵时要着力。

第二章，抒发求之而不得的忧思。"参差荇菜"承"关关雎鸠"而来，以荇菜流动无方，兴淑女之难求。"求"是全篇的中心，最能体现全诗精神，重吟，整首诗都在表现男子对女子的追求过程，即从深切的思慕到实现结婚的愿望。

在"窈窕淑女"前后四叠之间插入"求之不得，寤寐思服。悠哉悠哉，辗转反侧"，满篇顿时悠衍生动起来，写尽相思苦恼，日思夜想，思绪翻腾，把情感推向高潮。这一章，押入声韵，音调迫促，与前后平缓之音有别，振起文气，使诗篇见出波澜与曲折。

第三章，写求而得之的喜悦。以荇菜既得而"采之""芼之"，兴淑女既得而"友之""乐之"。"琴瑟友之""钟鼓乐之"，都是既得之后的情景。"友""乐"，吟时一轻一重、深浅不同。

全诗语言优美，善于运用双声、叠韵和重叠词，增强了诗歌的音韵美和拟声传情的生动性。如"窈窕"是叠韵；"参差"是双声；"辗转"既是双声又是叠韵。全篇三次换韵，又有虚字脚"之"字不入韵，而以虚字的前一字为韵。在用韵方面参差变化，极大地增强了诗歌的节奏感和音乐美。吟诵时需注意以声传情。

---

① 曾国藩.古文四象·目次[M].北京：中国书店，2010：3.

辟赋

九歌·湘夫人

[战国]屈原

【题解】《九歌》共有十一篇,包括《东皇太一》《东君》《云中君》《湘君》《湘夫人》《大司命》《少司命》《河伯》《山鬼》《国殇》《礼魂》。朱熹认为,《九歌》是屈原在楚地祭歌的基础上改编而成,而楚地祭神的方法为"或以阴巫下阳神,或以阳主接阴鬼"(朱熹《楚辞辩证》)①。《湘夫人》是《湘君》的姊妹篇,也同样是在楚国民间祭神时的独唱。一般认为,湘夫人是湘水女性之神,与湘水男性之神湘君是配偶神。作品通过描述湘君来到约会地北渚,却不见湘夫人的惆怅和迷惘,表达了湘君对湘夫人的思念。

【正文】

帝子降兮北渚,目眇眇兮愁予。

袅袅兮秋风,洞庭波兮木叶下。

登白薠兮骋望,与佳期兮夕张。

鸟何萃兮蘋中,罾何为兮木上。

沅有芷兮澧有兰,思公子兮未敢言。

荒忽兮远望,观流水兮潺湲。

麋何食兮庭中?蛟何为兮水裔?

朝驰余马兮江皋,夕济兮西澨。

闻佳人兮召予,将腾驾兮偕逝。

筑室兮水中,葺之兮荷盖;

荪壁兮紫坛,播芳椒兮成堂;

桂栋兮兰橑,辛夷楣兮药房;

罔薜荔兮为帷,擗蕙櫋兮既张;

白玉兮为镇,疏石兰兮为芳;

---

① 王逸,洪兴祖,朱熹.楚辞章句补注·楚辞集注[M].夏剑钦等,校点.长沙:岳麓书社,2013:149.

芷葺兮荷屋,缭之兮杜衡。

合百草兮实庭,建芳馨兮庑门。

九嶷缤兮并迎,灵之来兮如云。

捐余袂兮江中,遗余褋兮澧浦。

搴汀洲兮杜若,将以遗兮远者；

时不可兮骤得,聊逍遥兮容与！

【读文示范】

陆汝挺读文

【读文法解析】

《湘夫人》属少阴情韵文①,用唐调楚辞调读,从高腔起调。作为《湘君》的姊妹篇,《湘夫人》由男神的扮演者演唱,表达了赴约的湘君来到约会地北渚,却不见湘夫人的惆怅和迷惘。全诗分四段。用楚辞调高低腔交替转换地吟诵出这首忧伤缠绵的恋歌。

第一段("帝子降兮北渚"至"罾何为兮木上")：写湘君带着虔诚的期盼,久久徘徊在洞庭湖的山岸,渴望湘夫人的到来。以高腔起句,强化渴望相见的心理。"目眇眇兮愁予",湘君望断秋水,不见伊人到来,"愁"字重吟,有一种沉重的失落感。"嫋嫋兮秋风,洞庭波兮木叶下"以低腔吟诵,借凄凉秋景来渲染、扩散和深化这相约未见的愁情：秋风瑟瑟,丝丝凉意渗透心间；落叶纷纷,沉重的心渐渐下沉；微波荡漾,与"心波"同起伏。"嫋嫋""波""下",要吟出悠缓的动感来。面对烟波浩渺的洞庭湖,湘君心事茫然,愁绪四溢。他搔首踟蹰,一会儿登临送目,一会儿张罗陈设,可是事与愿违,直到黄昏时分仍不见湘夫人前来。湘君变得越来越烦躁,忽然产生了幻觉：这鸟儿不在树上而群集于水草,渔网不设

---

① 曾国藩. 古文四象·目次[M]. 北京：中国书店,2010：4. 又,见本书附录二《唐景升：读文法》："屈原《九歌》,洞庭秋波,思君悱恻,其《湘君》《湘夫人》诸章,忧愁幽思,情韵之美,独有千古。" 又,唐文治将此篇作法归入"摹绘旖旎法",云："适用于言情之文,虽有取于缠绵,宜正之以大雅,勿多写儿女子态。"(唐文治. 国文经纬贯通大义·目录[M]. 台北：文史哲出版社,1987：4.)

在水中而挂在树上。这种感情的起伏跌宕和湘君心里的急剧活动,反映湘君对湘夫人的爱之深切。"鸟何萃兮蘋中,罾何为兮木上",顿挫吟诵,现象的反常更突出湘君内心的无比失望和困惑。

第二段("沅有芷兮澧有兰"至"将腾驾兮偕逝"):写湘君久盼不得更加哀伤。以水边泽畔的香草兴起对伊人的默默思念,又以流水的缓缓而流暗示远望中时光的流逝,情景合一,具有很强的感染力。麋鹿本应在野外觅食现却来到庭中,蛟龙本应隐伏在深渊现却出现在水边,这种反常错乱,恰是湘君对湘夫人深沉的挚爱和一往情深的热烈追求的体现。与前文对鸟和网的描写同样属于带有隐喻性的比兴,再次强调爱而不见的事与愿违。接着继续描写湘君久等不至的焦虑。重吟"朝驰""夕济""腾驾"等动词,体现湘君急切兴奋奔赴相会之地,不顾路途遥远,不顾身心疲惫,朝夕疾驰,日夜兼程。这段吟诵速度,由缓而渐快,为下一段浪漫的想象蓄势。

第三段("筑室兮水中"至"灵之来兮如云"):是湘君幻想中与湘夫人如愿相会的情景。这段吟诵,速度略快,展现一个令人目不暇接、美轮美奂的神奇世界。建在水中央的庭堂都是用奇花异草香木装饰而成:用荷叶装饰屋顶,用荪草装点墙壁,用紫贝铺砌庭坛,再用香椒洒满墙壁。用料考究,装饰精美,其色彩之绚丽、香味之浓烈,人间少有。极力表现相会处的华美艳丽,以五彩缤纷的外部环境来衬托湘君炽热的感情。而当九嶷山的众神来把湘夫人接走时,他才恍然大悟,这终究只是一场梦幻,于是重新陷入相思的痛苦之中。

第四段("捐余袂兮江中"至"聊逍遥兮容与"):湘君在绝望之余,也像湘夫人那样情绪激动,向江中和岸边抛弃了对方的赠礼。此段吟诵层层递进,速度较快,表面的决绝无法抑制内心的相恋。最终湘君恢复了平静,又拔取了约会地点的香草,以待将来送给湘夫人并向她诉说这次赴约不遇的痛苦。吟诵速度随着湘君无限思念的深情,渐缓渐收。

湘君和湘夫人,尽管受到挫折,但由于彼此真诚深挚,相恋相爱之心始终如一,坚贞不渝。在无缘会面忧伤哀怨的氛围中,表现出一种高尚的情操、一种执着的热烈的追求。这种强大的生命内核,经久不息地释放出无限的能量,给人以不畏艰难、不断追求理想和爱情的巨大动力。这正是作品独具魅力之所在,合乎于大雅正声。

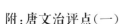

附:唐文治评点(一)

选韵法、间句用韵法

古人诗赋箴铭等,凡发扬蹈厉者,多用东、阳、庚、蒸等韵,与入声韵间用。盖东、阳等韵合于宫音,故发皇;入声韵合于徵音,故激越。次之用支、先、豪、尤韵,各相题之所宜。……《楚词·九歌·东皇太一》阳韵,《云中君》兼用阳、东韵,《湘夫人》第二章庚韵,以下入声韵,其音皆缥缈于虚无之表。①

附:唐文治评点(二)

朗丽凄哀,神韵不匮,熟读之而味益长。②

涉　江

[战国]屈原

【题解】《涉江》是屈原《九章》中的一篇,是作者被流放多年之后所写的回顾一生经历和表达志向的一首诗。全篇以写实为主,但又富有浪漫主义色彩。记述了诗人被放逐后的经历——行经湘水、洞庭湖,沿沅水上溯,转入辰阳、溆浦,最后独处深山之中,故诗以"涉江"名篇。诗中抒发了高尚的志行、对时俗的愤慨、矢志不移的心愿,以及对时局的悲伤无奈。

【正文】

余幼好此奇服兮,年既老而不衰。

带长铗之陆离兮,冠切云之崔嵬,被明月兮佩宝璐。

世混浊而莫余知兮,吾方高驰而不顾。

驾青虬兮骖白螭,吾与重华游兮瑶之圃。

登昆仑兮食玉英,与天地兮同寿,与日月兮同光。

哀南夷之莫吾知兮,旦余济乎江湘。

乘鄂渚而反顾兮,欸秋冬之绪风。

步余马兮山皋,邸余车兮方林。

---

① 唐文治.唐文治国学演讲录[M].虞万里,导读.张靖伟,整理.上海:上海交通大学出版社,2017:73—74.
② 唐文治.国文经纬贯通大义[M].台北:文史哲出版社,1987:149.

乘舲船余上沅兮,齐吴榜以击汰。

船容与而不进兮,淹回水而疑滞。

朝发枉渚兮,夕宿辰阳。

苟余心其端直兮,虽僻远之何伤。

入溆浦余儃佪兮,迷不知吾所如。

深林杳以冥冥兮,乃猿狖之所居。

山峻高以蔽日兮,下幽晦以多雨。

霰雪纷其无垠兮,云霏霏而承宇。

哀吾生之无乐兮,幽独处乎山中。

吾不能变心而从俗兮,固将愁苦而终穷。

接舆髡首兮,桑扈臝行。

忠不必用兮,贤不必以。

伍子逢殃兮,比干菹醢。

与前世而皆然兮,吾又何怨乎今之人!

余将董道而不豫兮,固将重昏而终身!

乱曰:鸾鸟凤皇,日以远兮。

燕雀乌鹊,巢堂坛兮。

露申辛夷,死林薄兮。

腥臊并御,芳不得薄兮。

阴阳易位,时不当兮。

怀信侘傺,忽乎吾将行兮!

【读文示范】

陆汝挺读文

【读文法解析】

《涉江》为少阴情韵文①。用唐调楚辞调读，从高腔起调。全诗先写诗人早年志向高远，却因不得志而遭流放，又写从鄂渚被放逐到溆浦的经历，再写在溆浦深山里的见闻感受，再回顾历史上类似的人物，最后综述自己对朝廷的认识和自己的选择。全诗分五段读：

第一段（"余幼好此奇服兮"至"与日月兮同光"）：写诗人自幼至今的崇高理想。采用佩戴长剑、危冠、宝玉等奇异服饰的意象，来比喻自己的与众不同，因不为世人所理解，于是想象自己驾青龙上天，与古圣先贤同游，修习仙道。"被明月兮佩宝璐"前音调宜高，表达年少的志向高远。"世溷浊而莫余知兮"句为一转折，宜作重读强调。因不为世人所理解，所以接着有远离世事的做法。"驾青虬兮骖白螭"后宜越读越高，表达想象中的超出物外、畅游仙境的舒畅。

第二段（"哀南夷之莫吾知兮"至"虽僻远之何伤"）：叙述诗人在涉江后的路途中的经历与个人心境。"欸秋冬之绪风"句重读，突出自己回望故国的感伤。自"步余马兮山皋"至"夕宿辰阳"为诗人的一路经历，宜缓读平读，突出诗人不忍离别的状态。"苟余心其端直兮，虽僻远之何伤"为诗人感慨，宜重读，音调转高，传达诗人志向坚定，虽被流放也无悔的决心。

第三段（"入溆浦余儃佪兮"至"固将愁苦而终穷"）：描写诗人进入溆浦后，独处深山的情景。诗人到了自己的放逐地，他在深山里徘徊而无所适从。"深林杳以冥冥兮"至"云霏霏而承宇"皆描写溆浦地处荒僻、气候无常的景象，宜缓读，音调宜低，表达低沉的心情。"哀吾生之无乐兮"至"固将愁苦而终穷"，诗人感慨自己不能从俗，只能被流放到这荒僻的地方，"固将"字宜重读，用无可奈何的口吻。

第四段（"接舆髡首兮"至"固将重昏而终身"）：回顾因忠心而遭祸的历史人物，诗人又重新坚定了自己的立场。此段夹叙夹议，叙述历史人物时平读，感慨议论处宜重读。"忠不必用兮，贤不必以"，历史上的忠臣、贤臣都不一定被任用，"与前世而皆然兮，吾又何怨乎今之人"，诗人自我开导自己被放逐纯属正常。末两句"余将董道而不豫，固将重昏而终身"，即使再被流放仍将坚守正道，重读，音调宜高，传达坚定的信念。

---

① 曾国藩.古文四象·目次[M].北京：中国书店，2010：4.

第五段("乱曰"至"忽乎吾将行兮"):乱词,乐歌的尾章,综述朝廷的混乱和诗人的忧伤。鸾鸟凤凰远离,燕雀居于朝堂,香草香花死在草丛里,腥的臭的都用上了,芳香的不能接近。以上皆是比喻,写君王亲近小人远离君子,宜平读,用无奈的口吻。"阴阳易位"后四句为议论,感叹自己没有遇到明君,怀抱理想却遭受打击,只好远离朝廷。重读,音调转高,用感伤口吻收尾。

这首诗描写了诗人一生的经历,从年幼时的心志高亢,到最终无可奈何的近乎绝望。全诗整体格调悲伤,第一段情绪高昂,之后愈转愈低,即使是中间自我开解称古人也这样,也是无可奈何的口吻,读时宜加注意。

后世散文

屈原列传

[汉]司马迁

【题解】《屈原列传》节选自《史记·屈原贾生列传》,这篇传记是记载屈原生平事迹最早、最完整的文献。文章以记叙屈原生平事迹为主,同时描述了他政治上的悲惨遭遇,用记叙和议论相结合的方式歌颂了屈原的爱国精神、政治才能和高尚品德,谴责了楚怀王的昏庸和上官大夫、令尹子兰的阴险。

【正文】

屈原者,名平,楚之同姓也。为楚怀王左徒。博闻强志,明于治乱,娴于辞令。入则与王图议国事,以出号令;出则接遇宾客,应对诸侯。王甚任之。上官大夫与之同列,争宠而心害其能。怀王使屈原造为宪令,屈平属草稿未定,上官大夫见而欲夺之,屈平不与,因谗之曰:"王使屈平为令,众莫不知。每一令出,平伐其功,曰以为'非我莫能为'也。"王怒而疏屈平。

屈平疾王听之不聪也,谗谄之蔽明也,邪曲之害公也,方正之不容也,故忧愁幽思而作《离骚》。"离骚"者,犹离忧也。夫天者,人之始也;父母者,人之本也。人穷则反本,故劳苦倦极,未尝不呼天也;疾痛惨怛,未尝不呼父母也。屈平正道直行,竭忠尽智以事其君,谗人间之,可谓穷矣。信而见疑,忠而被谤,能无怨乎?屈平之作《离骚》,盖自怨生也。《国风》好色而不淫,《小雅》怨诽而不乱。若《离骚》者,可谓兼之矣。上称帝喾,下道齐桓,中述汤、武,以刺世事。明道德之广崇,治乱之条贯,靡不毕见。其文约,其辞微,其志洁,其行廉。其称文小而其指极大，举类迩而见义远。其志洁，故其称物芳；其行廉，故死而不容。自疏濯淖污泥之中，蝉蜕于浊秽，以浮游尘埃之外，不获世之滋垢，皭然泥而不滓者也。推此志也，虽与日月争光可也。

屈平既绌，其后秦欲伐齐，齐与楚从亲，惠王患之。乃令张仪详去秦，厚币委质事楚，曰："秦甚憎齐，齐与楚从亲，楚诚能绝齐，秦愿献商、於之地六百里。"楚怀王贪而信张仪，遂绝齐，使使如秦受地。张仪诈之曰："仪与王约六里，不闻六百里。"楚使怒去，归告怀王。怀王怒，大兴师伐秦。秦发兵击之，大破楚师于丹、浙，斩首八万，虏楚将屈匄，遂取楚之汉中地。怀王乃悉发国中兵，以深入击秦，战于蓝田。魏闻之，袭楚至邓。楚兵惧，自秦归。而齐竟怒不救楚，楚大困。明年，秦割汉中地与楚以和。楚王曰："不愿得地，愿得张仪而甘心焉。"张仪闻，乃曰："以一仪而当汉中地，臣请往如楚。"如楚，又因厚币用事者臣靳尚，而设诡辩于怀王之宠姬郑袖。怀王竟听郑袖，复释去张仪。是时屈平既疏，不复在位，使于齐，顾反，谏怀王曰："何不杀张仪？"怀王悔，追张仪，不及。其后诸侯共击楚，大破之，杀其将唐眛。时秦昭王与楚婚，欲与怀王会。怀王欲行，屈平曰："秦，虎狼之国，不可信，不如毋行。"怀王稚子子兰劝王行："奈何绝秦欢？"怀王卒行。入武关，秦伏兵绝其后，因留怀王，以求割地。怀王怒，不听。亡走赵，赵不内。复之秦，竟死于秦而归葬。长子顷襄王立，以其弟子兰为令尹。

楚人既咎子兰以劝怀王入秦而不反也。屈平既嫉之，虽放流，眷顾楚国，系心怀王，不忘欲反，冀幸君之一悟，俗之一改也。其存君兴国而欲反覆之，一篇之中三致志焉。然终无可奈何，故不可以反。卒以此见怀王之终不悟也。人君无愚、智、贤、不肖，莫不欲求忠以自为，举贤以自佐；然亡国破家相随属，而圣君治国累世而不见者，其所谓忠者不忠，而所谓贤者不贤也。怀王以不知忠臣之分，故内惑于郑袖，外欺于张仪，疏屈平而信上官大夫、令尹子兰，兵挫地削，亡其六郡，身客死于秦，为天下笑，此不知人之祸也。《易》曰："井渫不食，为我心恻，可以汲。王明，并受其福。"王之不明，岂足福哉！

令尹子兰闻之，大怒，卒使上官大夫短屈原于顷襄王，顷襄王怒而迁之。屈原至于江滨，被发行吟泽畔，颜色憔悴，形容枯槁。渔父见而问之曰："子非三闾大夫欤？何故而至此？"屈原曰："举世混浊而我独清，众人皆醉而我独醒，是以见放。"渔父曰："夫圣人者，不凝滞于物，而能与世推移。举世混浊，何不随其流而扬其波？众人皆醉，何不铺其糟而啜其醨？何故怀瑾握瑜，而自令见放为？"

屈原曰："吾闻之,新沐者必弹冠,新浴者必振衣。人又谁能以身之察察,受物之汶汶者乎?宁赴常流而葬乎江鱼腹中耳。又安能以皓皓之白,而蒙世之温蠖乎?"乃作《怀沙》之赋。……于是怀石,遂自投汨罗以死。屈原既死之后,楚有宋玉、唐勒、景差之徒者,皆好辞而以赋见称;然皆祖屈原之从容辞令,终莫敢直谏。其后楚日以削,数十年竟为秦所灭。自屈原沈汨罗后百有余年,汉有贾生,为长沙王太傅,过湘水,投书以吊屈原。

太史公曰:"余读《离骚》《天问》《招魂》《哀郢》,悲其志。适长沙,观屈原所自沈渊,未尝不垂涕,想见其为人。及见贾生吊之,又怪屈原以彼其材,游诸侯,何国不容,而自令若是! 读《鵩鸟赋》,同死生,轻去就,又爽然自失矣。"

【读文示范】

陆汝挺读文

【读文法解析】

参本书第一章《唐调宗师:唐文治》之《屈原列传》。

桃花源记

[晋]陶渊明

【题解】 这是陶渊明的代表作之一,原题《桃花源诗并序》,大约作于宋武帝刘裕弑君篡位第二年即永初二年(421年)。作者身处晋宋之交的动乱年月,用虚构方式和想象笔墨,为时人和后代描绘了一幅没有战乱、自给自足、鸡犬之声相闻、老幼怡然自得的世外桃源图景,一个类似于"乌托邦"式的理想世界。从中透露出作者对现实社会生活的不满,以及憧憬淳朴风尚的愿望。此篇为陶渊明代表作,对后世影响甚大。

【正文】

晋太元中,武陵人捕鱼为业。缘溪行,忘路之远近。忽逢桃花林,夹岸数百步,中无杂树,芳草鲜美,落英缤纷。渔人甚异之,复前行,欲穷其林。

林尽水源,便得一山,山有小口,仿佛若有光。便舍船,从口入。初极狭,才通人。复行数十步,豁然开朗。土地平旷,屋舍俨然,有良田、美池、桑竹之属。阡陌交通,鸡犬相闻。其中往来种作,男女衣着,悉如外人。黄发垂髫,并怡然自乐。

见渔人,乃大惊,问所从来。具答之。便要还家,设酒杀鸡作食。村中闻有此人,咸来问讯。自云先世避秦时乱,率妻子邑人来此绝境,不复出焉,遂与外人间隔。问今是何世,乃不知有汉,无论魏晋。此人一一为具言所闻,皆叹惋。余人各复延至其家,皆出酒食。停数日,辞去。此中人语云："不足为外人道也。"

既出,得其船,便扶向路,处处志之。及郡下,诣太守,说如此。太守即遣人随其往,寻向所志,遂迷,不复得路。

南阳刘子骥,高尚士也,闻之,欣然规往。未果,寻病终。后遂无问津者。

【读文示范】

陆汝挺读文

注:此篇读文缺"复行数十步,豁然开朗。土地平旷,屋舍俨然,有良田、美池、桑竹之属。"一句。可参考陈以鸿同篇读文。

【读文法解析】

参本书第五章《唐调嗣响(三):陈以鸿》之《桃花源记》。

岳阳楼记
[宋]范仲淹

【题解】 岳阳楼位于今湖南省岳阳市,是历代文人墨客登临吟诗作赋的佳境。宋仁宗庆历五年(1045 年)"庆历新政"失败,范仲淹于当年被贬为邓州知州。第二年,其被贬到巴陵郡的友人滕子京重修了岳阳楼,函请范仲淹作记,并附上《洞庭晚秋图》以资参考。千古名篇《岳阳楼记》就是在这年九月十五日写成的。文章巧妙地将岳阳楼自然风光中的阴沉晦暗与晴明可喜两种景象,用色彩丰富的对偶句详尽描摹,韵律整齐富有音乐美感。作者又将自己"先天下之忧而忧,后天下之乐而乐"的宏大抱负融入文中,使得外界景物超脱了一己私情界限,而成为承载天下公心的浩浩历史长流,使这篇文章的思想性远超同代。

由于它立意高远而又文辞优美,成为我国古代散文中脍炙人口的名篇,岳阳楼也因此闻名于天下。

【正文】

庆历四年春,滕子京谪守巴陵郡。越明年,政通人和,百废具兴。乃重修岳阳楼,增其旧制,刻唐贤今人诗赋于其上,属予作文以记之。

予观夫巴陵胜状,在洞庭一湖。衔远山,吞长江,浩浩汤汤,横无际涯,朝晖夕阴,气象万千,此则岳阳楼之大观也,前人之述备矣。然则北通巫峡,南极潇湘,迁客骚人,多会于此,览物之情,得无异乎?

若夫淫雨霏霏,连月不开,阴风怒号,浊浪排空,日星隐曜,山岳潜形,商旅不行,樯倾楫摧,薄暮冥冥,虎啸猿啼。登斯楼也,则有去国怀乡,忧谗畏讥,满目萧然,感极而悲者矣。

至若春和景明,波澜不惊,上下天光,一碧万顷,沙鸥翔集,锦鳞游泳,岸芷汀兰,郁郁青青。而或长烟一空,皓月千里,浮光跃金,静影沉璧,渔歌互答,此乐何极!登斯楼也,则有心旷神怡,宠辱偕忘,把酒临风,其喜洋洋者矣。

嗟夫!予尝求古仁人之心,或异二者之为,何哉?不以物喜,不以己悲,居庙堂之高则忧其民,处江湖之远则忧其君。是进亦忧,退亦忧。然则何时而乐耶?其必曰"先天下之忧而忧,后天下之乐而乐"乎!噫!微斯人,吾谁与归?

【读文示范】

陆汝挺读文

【读文法解析】

参本书第四章《唐调嗣响(二):范敬宜》之《岳阳楼记》。

古诗

长恨歌

[唐]白居易

【题解】《长恨歌》是白居易于元和元年(806 年)所创作的著名长篇叙事

诗。诗题"长恨",意谓长久的遗憾。全诗形象地叙述了唐玄宗与杨贵妃的爱情悲剧,诗人借历史人物和传说,创作了一个婉转动人的故事,并通过故事塑造的人物形象,再现了历史的真实,感染了千百年来的读者。

【正文】

汉皇重色思倾国,御宇多年求不得。
杨家有女初长成,养在深闺人未识。
天生丽质难自弃,一朝选在君王侧。
回眸一笑百媚生,六宫粉黛无颜色。
春寒赐浴华清池,温泉水滑洗凝脂。
侍儿扶起娇无力,始是新承恩泽时。
云鬓花颜金步摇,芙蓉帐暖度春宵。
春宵苦短日高起,从此君王不早朝。
承欢侍宴无闲暇,春从春游夜专夜。
后宫佳丽三千人,三千宠爱在一身。
金屋妆成娇侍夜,玉楼宴罢醉和春。
姊妹弟兄皆列土,可怜光彩生门户。
遂令天下父母心,不重生男重生女。

骊宫高处入青云,仙乐风飘处处闻。
缓歌慢舞凝丝竹,尽日君王看不足。
渔阳鼙鼓动地来,惊破霓裳羽衣曲。
九重城阙烟尘生,千乘万骑西南行。
翠华摇摇行复止,西出都门百余里。
六军不发无奈何,宛转蛾眉马前死。
花钿委地无人收,翠翘金雀玉搔头。
君王掩面救不得,回看血泪相和流。
黄埃散漫风萧索,云栈萦纡登剑阁。
峨嵋山下少人行,旌旗无光日色薄。
蜀江水碧蜀山青,圣主朝朝暮暮情。
行宫见月伤心色,夜雨闻铃肠断声。

天旋地转回龙驭,到此踌躇不能去。
马嵬坡下泥土中,不见玉颜空死处。
君臣相顾尽沾衣,东望都门信马归。
归来池苑皆依旧,太液芙蓉未央柳。
芙蓉如面柳如眉,对此如何不泪垂。
春风桃李花开日,秋雨梧桐叶落时。
西宫南内多秋草,落叶满阶红不扫。
梨园子弟白发新,椒房阿监青娥老。
夕殿萤飞思悄然,孤灯挑尽未成眠。
迟迟钟鼓初长夜,耿耿星河欲曙天。
鸳鸯瓦冷霜华重,翡翠衾寒谁与共。
悠悠生死别经年,魂魄不曾来入梦。

临邛道士鸿都客,能以精诚致魂魄。
为感君王辗转思,遂教方士殷勤觅。
排空驭气奔如电,升天入地求之遍。
上穷碧落下黄泉,两处茫茫皆不见。
忽闻海上有仙山,山在虚无缥缈间。
楼阁玲珑五云起,其中绰约多仙子。
中有一人字太真,雪肤花貌参差是。
金阙西厢叩玉扃,转教小玉报双成。
闻道汉家天子使,九华帐里梦魂惊。
揽衣推枕起徘徊,珠箔银屏迤逦开。
云鬓半偏新睡觉,花冠不整下堂来。
风吹仙袂飘飘举,犹似霓裳羽衣舞。
玉容寂寞泪阑干,梨花一枝春带雨。
含情凝睇谢君王,一别音容两渺茫。
昭阳殿里恩爱绝,蓬莱宫中日月长。
回头下望人寰处,不见长安见尘雾。
惟将旧物表深情,钿合金钗寄将去。

钗留一股合一扇,钗擘黄金合分钿。

但教心似金钿坚,天上人间会相见。

临别殷勤重寄词,词中有誓两心知。

七月七日长生殿,夜半无人私语时。

在天愿作比翼鸟,在地愿为连理枝。

天长地久有时尽,此恨绵绵无绝期。

【读文示范】

陆汝挺读文

注:此篇录音从"黄埃散漫风萧索"至"此恨绵绵无绝期",并非唐调七言古体吟调,疑为常州吟诗调。

【读文法解析】

《长恨歌》根据诗歌性质,拟判为少阴情韵文,用唐调七言古体诗吟调读。全文首先叙述了杨贵妃的出身以及后来被唐明皇宠爱的经历,其次写安史之乱中的马嵬坡事变,唐明皇无奈赐死杨贵妃的故事,之后又写唐明皇回宫以后对杨贵妃的思念,最后写在蓬莱仙山上唐明皇与杨贵妃重新相会后又分别的大结局。全诗分三段读:

第一段("汉皇重色思倾国"至"不重生男重生女"):写安史之乱前,唐明皇如何好色,从而得到了杨贵妃。而杨贵妃得到宠幸,也令家人鸡犬升天,甚至导致世人都想生个这样的女儿。从"回眸一笑百媚生"到"玉楼宴罢醉和春",细致描绘了唐明皇对杨贵妃的百般宠幸。此段叙事,整体宜平读。至末两句"遂令天下父母心,不重生男重生女",为作者感叹,稍作重读,用羡慕口吻。

第二段("骊宫高处入青云"至"魂魄不曾来入梦"):分三小节。"骊宫高处入青云"至"回看血泪相和流"为第一节,写突然发生了动乱,君臣逃离了京城,到达马嵬坡时无奈赐死了贵妃。"黄埃散漫风萧索"至"不见玉颜空死处"为第二节,写安史之乱平定多年之后,唐明皇来到蜀地的行宫,看到马嵬坡故地,流泪悲伤。"归来池苑皆依旧"至"魂魄不曾来入梦"为第三节,写唐明皇回到皇宫后,触景伤情、孤枕难眠。此段叙事,整体宜平读,用悲伤口吻。

第三段("临邛道士鸿都客"至"天上人间会相见"):分四小节。"临邛道士鸿都客"至"两处茫茫皆不见"为第一节,写唐明皇让道士寻找贵妃魂魄,但一无所获。"上穷碧落下黄泉,两处茫茫皆不见"两句重读,突出失望的感受。"忽闻海上有仙山"至"梨花一枝春带雨"为第二节,写突然得到了贵妃在蓬莱仙山的消息,于是唐明皇急忙赶去相会。"忽闻"二字转折作重读,强调以下为想象中的美好场景,之后宜读欢快。"含情凝睇谢君王"至"天上人间会相见"为第三节,写唐明皇与贵妃相会的场景,宜读稍缓,用深情口吻。"临别殷勤重致词"至"此恨绵绵无绝期"为第四节,写二人分别时的场景。此节为感伤口吻,宜越读越缓,至末两句时宜更缓,突出缠绵悱恻、依依不舍的深情。

这是一首长篇叙事诗,吟诵曲调较为简单,整体平读、缓读即可,但仍需要依据文章内容来进行情绪的调整,如独受宠幸时的欣喜,发生动乱时的紧张,马嵬事变的悲惨,思念贵妃的忧伤等。

第四章　唐调嗣响（二）：范敬宜

　　范敬宜（1931—2010），江苏省苏州市人，范仲淹第二十八世孙。1949年毕业于无锡国学专修学校沪校，1951年毕业于上海圣约翰大学中文系。曾任全国人大常委会委员、人大教科文卫委员会副主任委员，《人民日报》总编辑，清华大学新闻与传播学院院长。精于诗书画，师从吴门画派的杰出名家樊伯炎，深得吴门真传。

辞赋

前赤壁赋

[宋]苏轼

　　【题解】《前赤壁赋》是苏轼因"乌台诗案"被贬为黄州团练副使时的遣怀之作。在他的大才情与大失落交相碰撞，内心的苦痛难以言说之际，他来到赤壁排解愁绪，写下了自己的旷世情怀。文章以他的主观感受为线索，借助主客问答的形式，表达了由月夜泛舟的舒畅，到怀古伤今的悲感，再到妙悟人生而至超然绝俗的达观。

【正文】

　　壬戌之秋，七月既望，苏子与客泛舟游于赤壁之下。清风徐来，水波不兴。举酒属客，诵明月之诗，歌窈窕之章。少焉，月出于东山之上，徘徊于斗牛之间。白露横江，水光接天。纵一苇之所如，凌万顷之茫然。浩浩乎如冯虚御风，而不知其所止;飘飘乎如遗世独立,羽化而登仙。

于是饮酒乐甚,扣舷而歌之。歌曰:"桂棹兮兰桨,击空明兮溯流光。渺渺兮予怀,望美人兮天一方。"客有吹洞箫者,倚歌而和之。其声呜呜然,如怨如慕,如泣如诉;余音袅袅,不绝如缕。舞幽壑之潜蛟,泣孤舟之嫠妇。

苏子愀然,正襟危坐而问客曰:"何为其然也?"客曰:"'月明星稀,乌鹊南飞。'此非曹孟德之诗乎? 西望夏口,东望武昌,山川相缪,郁乎苍苍,此非孟德之困于周郎者乎? 方其破荆州,下江陵,顺流而东也,舳舻千里,旌旗蔽空,酾酒临江,横槊赋诗,固一世之雄也,而今安在哉? 况吾与子渔樵于江渚之上,侣鱼虾而友麋鹿,驾一叶之扁舟,举匏樽以相属。寄蜉蝣于天地,渺沧海之一粟。哀吾生之须臾,羡长江之无穷。挟飞仙以遨游,抱明月而长终。知不可乎骤得,托遗响于悲风。"

苏子曰:"客亦知夫水与月乎? 逝者如斯,而未尝往也;盈虚者如彼,而卒莫消长也。盖将自其变者而观之,则天地曾不能以一瞬;自其不变者而观之,则物与我皆无尽也,而又何羡乎! 且夫天地之间,物各有主,苟非吾之所有,虽一毫而莫取。惟江上之清风,与山间之明月,耳得之而为声,目遇之而成色,取之无禁,用之不竭。是造物者之无尽藏也,而吾与子之所共适。"

客喜而笑,洗盏更酌。肴核既尽,杯盘狼籍。相与枕藉乎舟中,不知东方之既白。

【读文示范】

范敬宜读文

【读文法解析】

《前赤壁赋》属少阳趣味文①,以平读为主。文章句法、结构、韵律自由灵动,亦骈亦散,情韵深致,兴象玲珑,意境清绝,议论、描写、抒情等手法交

---

① 唐文治. 唐文治国学演讲录[M]. 虞万里,导读. 张靖伟,整理. 上海:上海交通大学出版社,2017:74. 又,唐文治将此篇作法归入"心境两闲法",云:"普通适用,记游山水尤佳;当有凤翔千仞,倏然世外之意;惟性静、心清、品洁者乃能为之。"(唐文治. 国文经纬贯通大义·目录[M]. 台北:文史哲出版社,1987:2.)

错运用,情、景、理高度和谐统一。行文随物赋形,有如"万斛泉源,不择地而出"。

本文读法虽以平读为主,其内在变化却十分丰富,随文情文气,抑扬顿挫,高低流转。全篇似无韵而实在有韵,字面上的韵涵藏于全赋的感情节奏和叙述节奏中,无半点斧凿痕,无论用唐调的后世散文调,或是唐调的赋体读法来吟诵,都十分合宜。无论选用哪种调子,用韵之处,字的归韵收音都要读得饱满清晰,以显音韵之美。

第一段("壬戌之秋"至"羽化而登仙"):叙苏子泛舟游赤壁时的景色和心情。起句点明时间、地点、人物、事情,读时从低平处起调,叙述舒缓,娓娓道来。"苏子与客泛舟游于赤壁之下"总冒全文,说明所写为泛舟赤壁之所见所闻,以及由此而产生的所思所感。此处,"赤壁"点题,需着力强调。"清风徐来","清""徐"表现江风的轻柔宜人,"水波不兴","不兴"着力,突出秋的清新明丽、江的澄澈平静,表现人物心境的悠闲舒畅。"举酒属客,诵明月之诗,歌窈窕之章。"此句写饮酒诵诗之乐事,以舒朗愉悦的语调读之。"少焉,月出于东山之上,徘徊于斗牛之间。"读时速度稍快。"月"为全文关键词。"出"入声,要读得短促有力,有跃动之感,"徘徊"两字极妙,赋予月亮以人的情态,它好像陶醉于良辰美景里,把脚步放得很慢、很慢。这两字,又逼真地写出游人坐于晃荡不定的舟中赏月的实感。"徘徊"读时加强力度,读出月光飘忽、若有若无的动感美。"白露横江,水光接天。"读时速度放慢下来,描绘江面露气弥漫,水光一色,一片秋意盎然的景象,突出动词"横""接"。"纵一苇之所如,凌万顷之茫然。""一苇"与"万顷",语气要夸张,让江面的宽广与游船的渺小对比鲜明。"浩浩乎如冯虚御风,而不知其所止;飘飘乎如遗世独立,羽化而登仙。"语速稍快,表现小舟轻快飘然而行,人与浩渺天地融为一体,如登仙界,如入逍遥之境,有"独与天地精神往来"的畅快怡然之感。

第二段("于是饮酒乐甚"至"泣孤舟之嫠妇"):写饮酒放歌和客人悲凉的箫声。一个"乐"字总括第一段基调,"乐甚"要重读。由"乐"引出"歌",由"歌"引出歌词。歌词采用骚体,读的时候,调子转为唐调楚辞调,与文体相契合。前两句快意舒适,后两句忧愁伤感。"渺渺兮"有哀怨之思,"望美人兮天一方",借美人喻宋神宗,透露苏子因乌台诗案被贬谪、怀才不遇的悲情,读时速度放慢。吹箫的客正是感受到此悲情,因而以呜呜然的箫声应和。"如怨如慕,如泣如诉,余音袅袅,不绝如缕。"形象描摹箫声特点,四字整句,节奏感强,读时速度稍快。"舞幽壑之潜蛟,泣孤舟之嫠妇",悲凉的箫声使潜蛟起舞,使寡妇哭泣,读时速度放缓。"舞""泣"重读,"舞"字用拖腔,"泣"字用顿腔,苏子内心深处与箫声产生共鸣,表面的"乐甚"难掩其对自身遭遇的悲叹。

第三段("苏子愀然"至"托遗响于悲风"):借景寓理,感慨人生无常、自我渺小。箫声触动了遭贬失意的苏子内心,他的心理由乐转悲,显出一副忧愁、严肃的样子,"愀然,正襟危坐"读时稍加力度。接着,以"何为其然也"的问话,引出抚今追昔,畅述对天地人生的感触,文章由写景、抒情转到议论。客人从眼前的明月、江水、山川,想到曹操的诗。世间万物,英雄豪杰,不过是过眼烟云,随岁月流逝而灰飞烟灭,风流散尽。"此非曹孟德之诗乎?""此非孟德之困于周郎者乎?"两个反问句,要读出肯定的意味,读出音韵的铿锵。从"方其破荆州"开始,用急读法,着力表现曹军势如破竹,军威旺盛,部队众多,兵力强大,以及曹操文武双全,豪迈的形象。至此,以一句"固一世之雄也"作结,一个"固"字,强调突出曹操的历史地位,读时音高而放。"而今安在哉?"语势急转直下,对前面所述一切进行彻底的否定,让曹操从高峰跌落谷底,先扬后抑手法,充分抒发时光无情、世事无常的悲凉之感。读这一句,音要低而收,要读出生命之痛。接下来几句通过现实中的凡人和历史上的英雄对比,感叹自我的渺小,通过人与长江的对比,感叹人生的短暂。"挟飞仙以遨游,抱明月而长终。"是一种对理想的憧憬,语调上扬,"知不可乎骤得,托遗响于悲风。"是感叹理想难以实现,只能把感慨寄托于悲凉的箫声,语调转为低沉。

第四段("苏子曰"至"而吾与子之所共适"):谈变与不变的至理。本段苏子劝慰客,以水月为例,阐述变与不变的大道理,充满哲思。读"变""不能""一瞬""不变""皆""无尽",重读,对比鲜明,引人思考;"何羡"着力,强化反问语气,以显旷达心情。"取之无禁,用之不竭""无尽藏""共适",共享大自然无尽之宝藏,把读者引入胸襟宽广的境界。

第五段("客喜而笑"至"不知东方之既白"):文章最后以客转悲为喜,畅饮入睡作结。一"喜"一"笑",是彻悟,是释然,读时着力。"肴核既尽,杯盘狼籍"可见随性自在,亦是人生洞达与自信的体现。读这一段,在叙述性的平缓语调中,蕴含自得其乐的洒脱心情,旷达的心境。"不知东方之既白"一句,慢慢收尾,给读者留下想象回味的空间。

附：唐文治评点

遥情胜慨,横空而来,所谓"万斛泉随地涌出"是也。然非天怀高旷,曷克臻此?①

后世散文

岳阳楼记

［宋］范仲淹

【题解】岳阳楼位于今湖南省岳阳市,是历代文人墨客登临吟诗作赋的佳境。宋仁宗庆历五年(1045 年)"庆历新政"失败,范仲淹于当年被贬为邓州知州。第二年,其被贬到巴陵郡的友人滕子京重修了岳阳楼,函请范仲淹作记,并附上《洞庭晚秋图》以资参考。千古名篇《岳阳楼记》就是在这年九月十五日写成的。文章巧妙地将岳阳楼自然风光中的阴沉晦暗与晴明可喜两种景象,用色彩丰富的对偶句详尽描摹,韵律整齐富有音乐美感。作者又将自己"先天下之忧而忧,后天下之乐而乐"的宏大抱负融入文中,使得外界景物超脱了一己私情界限,而成为承载天下公心的浩浩历史长流,使这篇文章的思想性远超同代。由于它立意高远而又文辞优美,成为我国古代散文中脍炙人口的名篇,岳阳楼也因此闻名于天下。

【正文】

庆历四年春,滕子京谪守巴陵郡。越明年,政通人和,百废具兴。乃重修岳阳楼,增其旧制,刻唐贤今人诗赋于其上,属予作文以记之。

予观夫巴陵胜状,在洞庭一湖。衔远山,吞长江,浩浩汤汤,横无际涯,朝晖夕阴,气象万千,此则岳阳楼之大观也,前人之述备矣。然则北通巫峡,南极潇湘,迁客骚人,多会于此,览物之情,得无异乎?

若夫淫雨霏霏,连月不开,阴风怒号,浊浪排空,日星隐曜,山岳潜形,商旅不行,樯倾楫摧,薄暮冥冥,虎啸猿啼。登斯楼也,则有去国怀乡,忧谗畏讥,满目萧然,感极而悲者矣。

至若春和景明,波澜不惊,上下天光,一碧万顷,沙鸥翔集,锦鳞游泳,岸芷

---

① 唐文治.国文经纬贯通大义[M].台北:文史哲出版社,1987:174.

汀兰,郁郁青青。而或长烟一空,皓月千里,浮光跃金,静影沉璧,渔歌互答,此乐何极! 登斯楼也,则有心旷神怡,宠辱偕忘,把酒临风,其喜洋洋者矣。

嗟夫! 予尝求古仁人之心,或异二者之为,何哉? 不以物喜,不以己悲,居庙堂之高则忧其民,处江湖之远则忧其君。是进亦忧,退亦忧。然则何时而乐耶? 其必曰"先天下之忧而忧,后天下之乐而乐"乎! 噫! 微斯人,吾谁与归?

【读文示范】

范敬宜读文

【读文法解析】

《岳阳楼记》属太阴识度文兼情韵文①。文章以抒怀为主,通过对洞庭湖景物的描写,抒发了作者"先天下之忧而忧,后天下之乐而乐"的政治抱负。全文构思精妙,章法严密。共分五段。

第一段("庆历四年春"至"属予作文以记之"):交代了写作背景和原因。滕子京与范仲淹同年考上进士,因被诬贪污,于庆历四年(1044 年)春贬官岳阳。而范仲淹本人也因推行政治改革而遭排挤和攻击,被贬为邓州知州。"谪守巴陵郡"重读,突出对仕途沉浮的悲慨,奠定本篇情感基调。"政通人和、百废俱兴"高音重读,盛赞滕子京政绩斐然,引出"重修岳阳楼",为全篇文字导引。最后几句,点题说明作记缘起,高音重读。

第二段("予观夫巴陵胜状"至"得于异乎"):总写岳阳楼上看洞庭湖的万千气象,引出迁客骚人览物异情,为下文写景抒怀做铺垫。"巴陵胜状"高声朗读,"一湖"拖长低音,高低配合,抑扬婉转,聚焦洞庭湖壮观景象,领起下文。一"衔"一"吞",急读,读出浩大气势与动感。其后四字句,朗朗而读,读出洞庭湖的浩瀚与多变。"此则岳阳楼之大观也"速度放缓,"大观"高音重读,凸显景象不同寻常。"备"重读,谓前人作品之多,回应前文"唐贤今人诗赋"。此处为一顿。"然则"一转,由写景而及人,"迁客骚人"的"览物之情"构出全

---

① 唐文治. 唐文治国学演讲录[M]. 虞万里,导读. 张靖伟,整理. 上海:上海交通大学出版社,2017:75. 又,唐文治将此篇作法归入"格律谨严法",云:"适用于论古及说理之文,条陈事理亦用之,以庄重为主。"(唐文治. 国文经纬贯通大义·目录[M]. 台北:文史哲出版社,1987:1.)

文主体,缓读,"异"重读,开启下文不同境遇之人登岳阳楼所产生的截然不同感情。

第三段("若夫淫雨霏霏"至"感极而悲者矣"):"若夫"后写登楼览凄凉阴森之景而悲者。此段,"淫雨霏霏,连月不开"低沉阴郁,"阴风怒号,浊浪排空"音量力度加大,着力表现阴森可怖气氛。"登斯楼也,则有去国怀乡,忧谗畏讥,满目萧然,感极而悲者矣"缓读,"去国怀乡"高音重读,"忧谗畏讥",高音重读,表达迁客忧惧无穷的心理,"满目萧然",低缓读,突出悲凉情境。"感极而悲者矣",高音重读,突出"悲"情。

第四段("至若春和景明"至"其喜洋洋者矣"):"至若"后写登楼览明媚风光而喜者。此段读文先是不疾不徐,体现了无俗事的悠闲观景心态。继而,因景而心境开朗,格调转为高亢,节奏明快有力。"沙鸥翔集,锦鳞游泳",风景鲜活,充满生命力,令人心旷神怡。四字句如珠走玉盘,音调铿锵。"明""惊""顷""青"等,合辙押韵,读来舌端润畅,音律和谐。"此乐何极"的"乐","喜洋洋"皆高音拖长,表现喜乐之情。与第三自然段形成鲜明对比。

第五段("嗟夫"至"吾谁与归"):以"嗟夫"开启,转为议论抒情,是全文升华主旨、点睛所在。"古仁人之心"高音重读,表达古仁人与迁客骚人喜乐不同,也暗含作者对古仁人之心的赞成和学习继承。"何哉"反问,为一顿,引起下文观点。"不以物喜,不以己悲"一字一顿重读,强化古仁人不同寻常之情怀。"居庙堂之高"的"高"读高,"忧其君"重读,强调庙堂的神圣和忠君的必要。"是进亦忧,退亦忧"快读,表达作者的进退皆忧之情。"何时而乐",缓读,设问作一顿,引发读者思考,引出古仁人的作答。"先天下之忧而忧"高音铿锵有力读,"后天下之乐而乐"低音读,前后对比,表现作者的阔大胸襟和政治抱负。文末慨叹,"微斯人"重读,音逐渐走高,强调斯人在作者心目中的重要地位,"吾谁与归"慢读,突显作者思接千载,与古仁人心心相印的高远志向。

本文骈散结合,词采富丽,排比押韵,音节和谐,在写景散文中别具一格。全篇写景、记事、抒情、议论熔于一炉。意境有虚有实,感情有悲有喜,风格有刚有柔,读来轻重缓急变化丰富,音韵铿锵,朗朗上口,历来为唐调学习者传诵不已。

附:唐文治评点

凡端人正士之文,必周规而折矩,所谓修辞立其诚也。此文首段以"览物之情,得无异乎"一折,开出忧乐二意。中间一段忧、一段乐,末段以"先天下之忧而忧"二句作封锁,实隐用孟子"乐以天下,忧以天下"之意,而造语则更深一层。浩然正大之气,隐跃行间,而才锋绝不外露,格律自然谨严,望而知为大儒之文。

吾苏有名贤哲,首推范文正公。公为秀才时,苟食用较丰,常愀然不乐,以为所食所用不足抵所办之事,其一心忧乐,已关系天下之重。吾辈乡后学,读其文必当师其人。

文之格律谨严者,始自《左氏·桓公二年传》取部大鼎于宋,以"德违"二字作主,相承到底,后人因之拈一二字作柱意,前后呼应,作为章法。范文正公此篇与欧阳永叔《泷冈阡表》《五代史·伶官传序》,皆用是法,步伐整齐,一丝不懈。惟命意既高,更须有唱叹之精神,若不善学之,则流于板滞矣。①

五代史·伶官传序

[宋]欧阳修

【题解】此处的《五代史》是指由欧阳修编撰的《新五代史》,该书记载了后梁、后唐、后晋、后汉、后周五个朝代的历史。全书列传皆用类传,有"家人""臣""伶官""杂"等分类。《伶官传》记载了后唐庄宗李存勖宠幸伶人,最后死于叛将郭从谦(伶人出身的亲军将领)之手的史实。本篇是《伶官传》的序论。文章对后唐庄宗的得天下与失天下作了深刻剖析,得出"忧劳可以兴国,逸豫可以亡身"的反天命的史观,对统治者发出了防微杜渐、力戒私欲的告诫。

【正文】

呜呼!盛衰之理,虽曰天命,岂非人事哉!原庄宗之所以得天下,与其所以失之者,可以知之矣。

世言晋王之将终也,以三矢赐庄宗而告之曰:"梁,吾仇也;燕王,吾所立;契丹,与吾约为兄弟;而皆背晋以归梁。此三者,吾遗恨也。与尔三矢,尔其无忘乃父之志!"庄宗受而藏之于庙,其后用兵,则遣从事以一少牢告庙,请其矢,盛以锦囊,负而前驱,及凯旋而纳之。

---

① 唐文治. 唐文治国学演讲录[M]. 虞万里,导读. 张靖伟,整理. 上海:上海交通大学出版社,2017:529—530.

方其系燕父子以组,函梁君臣之首,入于太庙,还矢先王,而告以成功,其意气之盛,可谓壮哉! 及仇雠已灭,天下已定,一夫夜呼,乱者四应,仓皇东出,未及见贼而士卒离散,君臣相顾,不知所归。至于誓天断发,泣下沾襟,何其衰也! 岂得之难而失之易欤? 抑本其成败之迹,而皆自于人欤?

　　《书》曰:满招损,谦受益。忧劳可以兴国,逸豫可以亡身,自然之理也。故方其盛也,举天下之豪杰,莫能与之争;及其衰也,数十伶人困之,而身死国灭,为天下笑。夫祸患常积于忽微,而智勇多困于所溺,岂独伶人也哉!

【读文示范】

范敬宜读文

【读文法解析】

参本书第二章《唐调津梁:王蘧常》之《五代史·伶官传序》。

词

水调歌头

［宋］苏轼

【题解】 这是苏轼在密州做太守时,中秋之夜赏月饮酒直到天亮,因此而做的一首望月怀人的词。作者描绘了一幅明月当空、孤高旷远的境界,反衬出自己遗世独立的心态。同时又描写了亲人远离,人生难得几团圆的感慨。在月的阴晴变化当中,又渗透了哲学意味,是一首别样的情、景、哲理相融的词。

【正文】

　　丙辰中秋,欢饮达旦,大醉,作此篇,兼怀子由。

　　明月几时有,把酒问青天。不知天上宫阙,今夕是何年。我欲乘风归去,又恐琼楼玉宇,高处不胜寒。起舞弄清影,何似在人间。

　　转朱阁,低绮户,照无眠。不应有恨,何事长向别时圆? 人有悲欢离合,月有阴晴圆缺,此事古难全。但愿人长久,千里共婵娟。

【读文示范】

范敬宜吟诵示范

注:录音中"人有悲欢离合,月有阴晴圆缺"误吟成了"月有阴晴圆缺,人有悲欢离合"。

【读文法解析】

《水调歌头》根据诗歌性质,拟判为少阴情韵文,以缓读为主。全词分两段读:

上阕望月。开篇发问"明月几时有",宜读稍快,音调宜高,传达质问的情绪。之后想象月亮从诞生之日起到如今是什么景象了,"不知天上宫阙,今夕是何年",宜稍缓读,用遥想渴望的口吻。作者设想自己前生是月中人,于是有了"乘风归去"的想法,但又担心"高处不胜寒",那就不如待在人间,与自己的影子作伴起舞。"不胜寒"重读,强调不欲归去的原因。"何似在人间"读轻快,传达安住于当下的释然。

下阕怀人。"转朱阁"三句写月亮位置的移动,也从侧面写出了时间的变化,宜作缓读,传达漫长的"无眠"。"不应有恨"句后皆为感慨,宜作重读。作者故意与月亮为难,说它"何事长向别时圆",明明是自己总在月圆时思念家人,却反过来责备月亮总在与家人分离时是圆月,相形之下,更添愁苦。此句疑问,音调宜高。"人有悲欢离合"至"此事古难全"三句,为一转折,仍作重读强调,作者毕竟是旷达的,他随即想到月亮是无辜的,于是转而为月亮开脱。此三句宜重读,用轻快口吻。最后两句"但愿人长久,千里共婵娟","长久"写时间,"千里"写空间,这是说同望一片月,把相隔千里的都联系起来,此句是千古佳句,宜作重读、缓读,传达意味深长的感受。

全词意境阔大,情怀旷达,对月宫世界的向往,对人世间的留恋,通过浪漫、潇洒的文字传达出来,具有很高的审美价值和哲学意蕴。

第五章 唐调嗣响（三）：陈以鸿

陈以鸿，字景龙，1923年生，江苏江阴人，铁线篆圣手陈季鸣之子。1945年无锡国学专修学校沪校毕业。1948年上海交通大学电机工程系毕业。上海交通大学退休编审，翻译家，诗人。现任上海楹联学会顾问、中华吟诵学会专家委员会委员。

诗经

蒹 葭
《诗经·秦风》

【题解】此诗以蒹葭起兴，描写了对"伊人"可望而不可得的意境。传统上认为这首诗是讽刺秦襄公不能用周礼来巩固他的国家，或惋惜招引隐居的贤士而不可得的惆怅。现代学者一般认为这是一首情歌，通过描绘"秋水伊人"的意象，表达追求心中思慕之人而不可得的怅惘。

【正文】

蒹葭苍苍，白露为霜。所谓伊人，在水一方。

溯洄从之，道阻且长。溯游从之，宛在水中央。

蒹葭萋萋，白露未晞。所谓伊人，在水之湄。

溯洄从之，道阻且跻。溯游从之，宛在水中坻。

蒹葭采采，白露未已。所谓伊人，在水之涘。

溯洄从之，道阻且右。溯游从之，宛在水中沚。

【读文示范】

陈以鸿读文

【读文法解析】

《蒹葭》属少阳趣味文①，用唐调诗经调读，从高腔起调。全诗一唱三叹，反复描绘可望而不可即的感伤。全诗三章，每章八句，分三段读：

第一段（"蒹葭苍苍"至"宛在水中央"）：整体描绘了一幅蒹葭、白露、流水、伊人的图像。先以蒹葭起兴，写蒹葭茂盛，此时正值秋天霜降时分。我要追寻的那个人，就在河的对岸。逆着流水跟随她，道路崎岖又长；顺着流水跟随他，仿佛是在水中央。"蒹葭苍苍"四句为描述，平读即可；"道阻且"三仄声字连读，用急切口吻，传达寻找时的焦虑感受；"宛在水中央"，宜作缓读，用茫然无所得的忧伤口吻。

第二段（"蒹葭萋萋"至"宛在水中坻"）、第三段（至"蒹葭采采"至"宛在水中沚"）：两段内容与第一段相同。"萋萋""采采"都是茂盛的意思，"未晞""未已"都是说露水仍在，"且跻""且右"都是说路途险阻，"水中坻""水中沚"都是虚写不能到达的地方。参照第一段读法即可。

全诗先以蒹葭起兴，用"在水一方"来指代社会人生中一切可望而不可即的意象。"伊人"可以是贤才、友人、情人，可以是理想、前途、功业；"河水"可以是高山、深渊，可以是人生中的任何障碍。但凡有追求、有期望，就难免遇到挫折、失落，吟诵时主要传达忧伤、无奈的情绪。

附：**唐文治评点**

钟伯敬云："异人异境，使人欲仙。"余按：此诗序以为刺秦襄公而作，未能用周礼，将无以固其国。窃谓秋水之蒹葭无异岁寒之松柏，能医国者斯人，能传道

---

① 唐文治.国文阴阳刚柔大义·目录[M].朱光磊,编.扬州：广陵书社,2023:1. 又,唐文治将此篇作法归入"皎洁无尘法",云："适用于辞赋、游记之属,宜有空山鼓琴、月明天外之致,身有俗骨者不能为此。"（唐文治.国文经纬贯通大义·目录[M].台北：文史哲出版社,1987:5.）

者亦斯人也。道阻且长,岂终不出欤? 亦待时而已。①

伐　檀

《诗经·魏风》

【题解】这是一首描写伐木工人工作场景的诗。通过对不同的工作场景的描写,反复发问"彼君子兮,不素餐兮",表达了对统治者不劳而获、尸位素餐的讽刺。

【正文】

坎坎伐檀兮,置之河之干兮。河水清且涟猗。不稼不穑,胡取禾三百廛兮? 不狩不猎,胡瞻尔庭有县貆兮? 彼君子兮,不素餐兮!

坎坎伐辐兮,置之河之侧兮。河水清且直猗。不稼不穑,胡取禾三百亿兮? 不狩不猎,胡瞻尔庭有县特兮? 彼君子兮,不素食兮!

坎坎伐轮兮,置之河之漘兮。河水清且沦猗。不稼不穑,胡取禾三百囷兮? 不狩不猎,胡瞻尔庭有县鹑兮? 彼君子兮,不素飧兮!

【读文示范】

陈以鸿读文

【读文法解析】

《伐檀》为少阴情韵文②,用唐调诗经调读,从低腔起调。本诗描写了一群伐木者砍檀树造车时,联想到剥削者不种庄稼、不打猎,却占有这些劳动果实,非常愤怒,于是发出了责问。全诗三章,每章九句,皆以"不素(某)兮"结尾,分三段读:

第一段("坎坎伐檀兮"至"不素餐兮"):写伐檀的艰辛和对统治者的怨愤,首二句叙事,平读。"河水清且涟猗"写景,写砍下檀木后运到河边时,面对河水的欣喜,工人们有了片刻的欢愉,此处宜读欢快。"不稼不穑"句转折,四处"不"

---

① 唐文治. 国文经纬贯通大义[M]. 台北:文史哲出版社,1987:167.
② 曾国藩. 古文四象[M]. 北京:中国书店,2010:4.

字重读,刹那欢愉后联想到统治者的不劳而获,心情转为愤怒。"彼君子兮,不素餐兮"进一步揭露统治者的寄生本质,重读,音调转高,表达深切的责问。

第二段("坎坎伐辐兮"至"不素食兮")、第三段("坎坎伐轮兮"至"不素飧兮"):读法同第一段,内容上有些许变化。"伐辐""伐轮",除了说明他们是在造车以外,也暗示了他们的劳动是无休止的;谷物、猎物名称的变换,也说明了统治者的贪婪本性。

全诗三章重复咏叹,直抒胸臆,极具揭露和讽刺力量。

九歌·湘君
[战国]屈原

【题解】《湘君》是《湘夫人》的姊妹篇,是在楚国民间祭神时的独唱。一般认为,湘夫人是湘水女性之神,与湘水男性之神湘君是配偶神。此篇是祭湘君的诗歌,描写了湘夫人思念湘君那种临风企盼,因久候不见湘君依约聚会而产生怨慕神伤的感情。

【正文】

君不行兮夷犹,蹇谁留兮中洲?
美要眇兮宜修,沛吾乘兮桂舟。
令沅湘兮无波,使江水兮安流。
望夫君兮未来,吹参差兮谁思!

驾飞龙兮北征,邅吾道兮洞庭。
薜荔柏兮蕙绸,荪桡兮兰旌。
望涔阳兮极浦,横大江兮扬灵。
扬灵兮未极,女婵媛兮为余太息。
横流涕兮潺湲,隐思君兮陫侧。

桂櫂兮兰枻,斲冰兮积雪。
采薜荔兮水中,搴芙蓉兮木末。

心不同兮媒劳,恩不甚兮轻绝!

石濑兮浅浅,飞龙兮翩翩。

交不忠兮怨长,期不信兮告余以不闲。

朝骋骛兮江皋,夕弭节兮北渚。

鸟次兮屋上,水周兮堂下。

捐余袂兮江中,遗余褋兮醴浦。

采芳洲兮杜若,将以遗兮下女。

时不可兮再得,聊逍遥兮容与!

【读文示范】

陈以鸿读文

【读文法解析】

《湘君》属少阴情韵文①,用唐调楚辞调读,从低腔起调。这首《湘君》由女神的扮演者演唱,整体传达了对男神未能如约前来而产生的失望、哀怨的复杂感情。全诗分四段读:

第一段("君不行兮夷犹"至"吹差参兮谁思"):写湘夫人精心准备后来到约会地点,却不见湘君到来,于是吹奏起了忧思的曲子。首句问句,写湘夫人在洲中停留,是因为谁呢? 她精心妆扮乘上了桂舟,又祈祷江水平静,但并没有见到相会的人前来。"君不行兮夷犹"至"使江水兮安流",用充满爱意的口吻;"望夫君兮未来,吹差参兮谁思"用失落的口吻。

第二段("驾飞龙兮北征"至"隐思君兮陫侧"):写久候不见,湘夫人便驾着轻舟向洞庭湖四处寻找,只看到浩渺的湖水和精美的小船;她放眼远眺涔阳,企盼能捕捉到湘君的行踪,然而这一切都毫无结果。她这么焦虑的寻找,使得身

---

① 曾国藩. 古文四象[M]. 北京:中国书店,2010:4. 又,见本书附录二《唐景升:读文法》:"屈原《九歌》,洞庭秋波,思君陫侧,其《湘君》《湘夫人》诸章,忧愁幽思,情韵之美,独有千古。"又,唐文治将此篇作法归入"选韵精纯法",云:"适用于诗赋铭颂之类,为学音声者最要之诀,前人未有发明之者。"(唐文治. 国文经纬贯通大义[M]. 台北:文史哲出版社,1987:254.)

边的侍女也为她叹息起来。而这种叹息又刺激了湘夫人,让她止不住流泪,一想起湘君的失约就心中阵阵作痛。"驾飞龙兮北征"至"横大江兮扬灵"写四处寻找,宜读稍快,用急切的口吻;"扬灵兮未极"以下四句转为忧伤,宜读稍慢。

第三段("桂櫂兮兰枻"至"期不信兮告余以不闲"):写湘夫人忧伤失望之极,内心变成了埋怨。"桂櫂兮兰枻,斲冰兮积雪",写自己仍在划船,但只是漫无目的的移动。接着"采薜荔兮水中,搴芙蓉兮木末",用在水中摘采薜荔和树上收取芙蓉作比喻,表示这是一种徒劳。"心不同兮媒劳"以下四句,是湘夫人在极度失望的情况下说出的激愤语,语气转为激烈,宜读较快,用斥责埋怨口吻。

第四段("朝骋骛兮江皋"至"聊逍遥兮容与"):写湘夫人一天下来也没见到湘君的失望,以及最后的释然。分两小节。"朝骋骛兮江皋"至"遗余玦醴浦"为第一节。湘夫人回顾自己一天都在约会地点来回,也不见湘君赴约,失望激动之下,"捐余袂兮江中,遗余玦兮醴浦",把玉环、佩饰这些信物丢掉了。这一节宜从缓读转向急读,至末两句时传达激烈的情绪。"采芳洲兮杜若"至"聊逍遥兮容与"为第二节。这一节又是一转折,当湘夫人心情平静下来,采来杜若送给安慰她的侍女时,又决定放松心情,从长计议,慢慢等待。此四句宜读平缓,传达余音袅袅的感觉。

这首诗在用韵上也有巧妙之处。第二段"庭""旌""灵"押为"庚"部韵,在声韵上尤其能传达苍茫无际的感觉;第三段"雪""末""绝"字皆为入声,在声韵上尤能传达凄凉悲伤之情。这些用韵的细微之处,需要多读方能体会到。

附:唐文治评点

云水苍茫,烟波无际,由其用庚韵兼用入声韵也。古来言情之文,首推《离骚》,可配《范经》。然读《离骚》,应先读《九歌》,方能领会其音节之妙。[1]

后世散文

前出师表

[三国]诸葛亮

【题解】本文写于三国蜀汉建兴五年(227年)。刘备病逝于白帝城之后,

---

[1] 唐文治.国文经纬贯通大义[M].台北:文史哲出版社,1987:258.

为了实现刘备兴复汉室、一统天下的遗愿,诸葛亮"五月渡泸,深入不毛",平定了南方,巩固了后方,并抓住魏文帝曹丕去世、东吴攻魏牵制了魏军的战略机遇,率军进驻汉中准备北伐魏国。临行前,他感到刘禅暗弱,颇有内顾之忧,故向刘禅上了两道表文劝诫。《前出师表》以恳切委婉的言辞劝勉后主要广开言路、严明赏罚、亲贤远佞,以修明政治,完成"兴复汉室"的大业;同时也表达了诸葛亮报答先主知遇之恩的真挚感情和对后主的一片忠心及"北定中原"的决心。

【正文】

臣亮言：

先帝创业未半而中道崩殂,今天下三分,益州疲弊,此诚危急存亡之秋也。然侍卫之臣不懈于内,忠志之士忘身于外者,盖追先帝之殊遇,欲报之于陛下也。诚宜开张圣听,以光先帝遗德,恢弘志士之气,不宜妄自菲薄,引喻失义,以塞忠谏之路也。

宫中府中,俱为一体,陟罚臧否,不宜异同,若有作奸犯科,及为忠善者,宜付有司论其刑赏,以昭陛下平明之理,不宜偏私,使内外异法也。

侍中、侍郎郭攸之、费祎、董允等,此皆良实,志虑忠纯,是以先帝简拔以遗陛下。愚以为宫中之事,事无大小,悉以咨之,然后施行,必能裨补阙漏,有所广益。

将军向宠,性行淑均,晓畅军事,试用于昔日,先帝称之曰能,是以众议举宠为督。愚以为营中之事,事无大小,悉以咨之,必能使行阵和睦,优劣得所。

亲贤臣,远小人,此先汉所以兴隆也;亲小人,远贤臣,此后汉所以倾颓也。先帝在时,每与臣论此事,未尝不叹息痛恨于桓、灵也。侍中、尚书、长史、参军,此悉贞良死节之臣,愿陛下亲之信之,则汉室之隆,可计日而待也。

臣本布衣,躬耕于南阳,苟全性命于乱世,不求闻达于诸侯。先帝不以臣卑鄙,猥自枉屈,三顾臣于草庐之中,咨臣以当世之事,由是感激,遂许先帝以驱驰。后值倾覆,受任于败军之际,奉命于危难之间,尔来二十有一年矣。

先帝知臣谨慎,故临崩寄臣以大事也。受命以来,夙夜忧叹,恐托付不效,以伤先帝之明,故五月渡泸,深入不毛。今南方已定,兵甲已足,当奖帅三军,北定中原,庶竭驽钝,攘除奸凶,兴复汉室,还于旧都,此臣所以报先帝而忠陛下之职分也。至于斟酌损益,进尽忠言,则攸之、祎、允之任也。

愿陛下托臣以讨贼兴复之效;不效,则治臣之罪,以告先帝之灵。若无兴德

之言,则责攸之、祎、允等之慢,以彰其咎。陛下亦宜自谋,以咨诹善道,察纳雅言,深追先帝遗诏,臣不胜受恩感激。

今当远离,临表涕泣,不知所云。

【读文示范】

陈以鸿读文

【读文法解析】

《前出师表》属太阴识度兼情韵文①,以缓读、平读为主。全文分三部分读:

第一部分("臣亮言"至"可计日而待也"):进谏,分析当前形势,提出了广开言路、严明赏罚、亲贤臣远小人三条意见。开首从大形势的分析,引出修明内政的要求,有高屋建瓴、势如破竹的气概。

"先帝创业未半而中道崩殂",以追念先帝功业的语句领起,深痛刘备壮志未酬身先死,深诫后人继承前人事业不可废,至忠至爱之情统领全文。轻读缓读,语气低沉。"天下三分"突出强调,分析三国鼎立的形势,鹿死谁手尚未可知。"益州疲敝",客观条件极为不利,低缓读。"此诚危急存亡之秋也","危急存亡"高音重读,突兀有力,令人警醒,正视眼前危机。读时语速稍快,形势严峻,修明内政必要且迫切。此处为一顿。接着,"然"字下笔锋一转,指出有利的主观条件,用平读,感慨口吻。列举"侍卫之臣不懈于内,忠志之士忘身于外",说明文臣武将都还追念先帝的恩遇,忠心耿耿地为国效力,上下协同,人心可用,这是蜀国当前拥有的最大资本,也是修明内政的可行性所在。"盖追先帝之殊遇,欲报之于陛下也",此句振起,强调贤德忠贞之士不忘先帝恩德,不改对后主的忠心,转危为安,化险为夷还是有希望的。

在此基础上,再以郑重口吻提出三条建议:广开言路,严明赏罚,亲贤远佞,着眼于进一步调动人的积极性。"开张圣听",一字一顿,强调突出。"恢弘志士

---

① 唐文治.唐文治国学演讲录[M].虞万里,导读.张靖伟,整理.上海:上海交通大学出版社,2017:75.又,唐文治将此篇作法归入"凄入心脾法",云:"适用于哀感、吊祭并铭志之文,以发于真性情为主,用白描亦可,惟忌寒俭俚俗"(唐文治.国文经纬贯通大义·目录[M].台北:文史哲出版社,1987:3.)

之气"开通"忠谏之路"，"陟罚臧否，不宜异同"，高音重读。先汉兴隆与后汉倾颓，对比鲜明，强调"亲贤臣"是国家兴盛的关键。"亲之信之"，用谆谆告诫语气重读。

第二部分（"臣本布衣"至"则攸之、祎、允之任也"）：追叙往事，表达"兴复汉室"的决心和"报先帝""忠陛下"的真挚感情。作者简略回顾一生行事：三顾茅庐，临危受命，二十一年的殊遇，感恩戴德。此段叙述宕开了笔墨，深衷曲意，发自肺腑，动人心弦。用平读缓读，平平实实道来。"由是感激"着力强调，"遂许先帝以驱驰"，高音重读，表明自己不负先帝殊遇，竭忠尽智，舍命驱驰。

第六段，由叙而誓，推上高潮。白帝托孤，语多感慨，缓读。"临崩寄臣以大事"，此句读高读重，追言托孤之事，交代这次出师的历史根源。"受命以来，夙夜忧叹，恐托付不效，以伤先帝之明"，说明这次出师的思想基础。"五月渡泸，深入不毛"和"今南方已定，兵甲已足"，指出后方已安定，物质上已有较好的准备。在此基础上，立志北伐，表示此行夺胜的决心，切入本题。自"当奖率三军"到"还于旧都"，语速转疾，音调转高，警拔爽截，铿铿振响，感情激烈。"此臣所以报先帝而忠陛下之职分也"，由疾转缓，用感慨口吻。此处为一顿。"至于斟酌损益"一转，再次嘱咐国中之事，谆谆告诫，语速放缓。

第三部分（"愿陛下托臣"至"不知所云"）：归纳前意，总结全篇。对各方面的职责进行要求：对"己"，承"讨贼兴复之效"，语速略快，用恳切口吻，表示自己的忠心和决心；对"贤臣"，扬"兴德之言"，平读，用郑重口吻；对"后主"，行"自谋"之宜，叮咛嘱咐，用期望口吻。此段回复到"开张圣听"的问题上来，反复阐述修明内政与北伐胜利的关系。从而表达报答先帝的知遇之恩的真挚感情和北定中原的决心。结尾语速放慢，可一字一顿读出，传达临别前的挂念和担忧。

诸葛亮早岁得到刘备知遇，后又受命托孤，辅佐刘禅，他同蜀汉两代君主之间的情义非比一般，因而在远行告别时的进言中，忠心耿耿，苦口婆心，饱和着感情色彩。全文仅624字，写得情真意切，语重心长，而又委婉得体，感人至深。文中13次提及先帝，时时不忘先帝的遗业、遗德、遗言、遗诏，足见情深志笃。口气上，连呼先帝，情词恳切，声泪俱下。而反复使用"宜""不宜""诚宜"字样，亦显示出叮咛周至、不厌其烦的心意。读文时"先帝""陛下"都要高呼，使"报先帝而忠陛下"之情溢于言表。

附:唐文治评点(一)

哀感恻楚,读之如闻临表涕泣之声,其精诚可配《鸱鸮》《东山》之诗矣。

"先帝"凡十三见,冀唤醒后主之心也。"亲贤臣"一段,盖已烛黄皓等之奸,故为匣剑帷灯之语,其用心苦矣。

天下惟有真性情者,乃有真才具,故孟子以情与才并称,而俗语亦称才情,未有无情而能有才者也。人谓无才者不可用,吾谓无情者更不可用,如此文方可谓之真性情文字。

曾文正论文,重一"茹"字。余谓读此等文,当得一"咽"字诀。惟其凄入心脾,故处处咽住,切忌读之太速。①

附:唐文治评点(二)

方望溪评云:"孔明早见后主躬自菲薄,性近小人,恐其远离师保,志趣日迁,故宫府营陈,悉属之贞良,以谨持其政柄。又恐不能倾心信用,故首言国势危急,使知负荷之难。中则痛恨桓、灵以为倾颓之鉴,终则使之自谋以警其昏蒙。而皆称先帝以临之,使知沮忠良之气,必堕先帝之业,蹈桓、灵之辙,必伤先帝之心;弃善道,忽雅言,是悖先帝之遗命。其言语气象虽不能上比伊周,而绝非两汉文士之所能近似矣。"又曰:"战国之文峭而儇,惟乐毅《报燕王书》从容宽博,有叔向国侨遗风。东汉之文滞而繁,惟孔明此表高朗切至,实尚书陈戒之苗裔。故曰:'言者,心之声也。'惟其有之,是以似之。谓文章限于时代,特俗子之鄙谈耳。"

曾文正评云:"古人绝大事业,恒以精心敬慎出之。以区区蜀汉一隅,而欲出师关中,北伐曹魏,其志愿之宏大,事势之艰危,亦古今所罕见。而此文不言艰钜,但言志气宜恢宏,刑赏宜平允,君宜以亲贤纳言为务,臣宜以讨贼进谏为职而已。故知不朽之文,必自襟度远大、思虑精微始也。"又云:"前汉宫禁,尚参用士人。后汉宫中,如中常侍、小黄门之属,则悉阉人,不复杂调他士,与府中有内外之分,大乱朝政。诸葛公鉴于桓、灵之失,痛憾阉宦,故力陈宫中府中宜为一体,盖恐宦官日亲,贤臣日疏,内外隔阂也。公以丞相而兼元帅,凡宫中府中以及营中之事,无不兼综。公举郭、费、董三人治宫中之事,举向宠治营中之事,殆皆指留守成都者言之。其府中之事,则公所自治,百司庶政,皆公在军中亲为

---

① 唐文治.国文经纬贯通大义[M].台北:文史哲出版社,1987:79.

裁决焉。"

陈石遗评云："姚姬传谓此文乃似刘子政，东汉奏议，蔑有逮者。窃谓武侯此表前半可言似子政；'臣本布衣'以下，自述生平志事，声情激越，与子政不同。苏子瞻以为《出师表》与《伊训》《说命》相表里。《伊训》《说命》乃晋人伪作之书，而采撷古书名言，词气力求朴质，《出师表》固可与相伯仲也。"又云："此表中段的是三国时文字，上变汉京之朴茂，下开六朝之隽爽，其气韵鲜有能辨之者。"

愚案：孟子论性，以情与才并称，后人统称"才情"。往尝论曾子言"可以托六尺之孤"二句，情与才各居其半；至"临大节而不可夺"，则纯系至情，而才无与焉。唐李汉言"周情孔思"，千古文章，情深莫如周公，读《书·金滕篇》《诗·鸱鸮》《东山》篇可见。忠、孝皆至情也。此文处处提先帝，与《左传》宋穆公告孔父之辞，处处提先君，意虽同而情更深，所以激动孝思，真情毕露矣。至于宫中、营中之事，委托贞谅死节之臣；远贤亲佞，痛恨后汉之倾颓。后幅叙先帝之知遇，忠肝义胆，字字血泪，直可上配周公，乃天地间有数文字。苏子瞻比于《伊训》《说命》。窃谓伊传虽同是匡正君德，然彼则邃于理，此则深于情。不独用意迥殊，文体亦判然各异。试取原文往复朗诵，审其识度，绎其情韵，不觉凄然堕泪。宋欧阳永叔作《泷冈阡表》，一忠一孝，皆与日月争光矣。①

桃花源记

[晋]陶渊明

【题解】这是陶渊明的代表作之一，原题《桃花源诗并序》，大约作于宋武帝刘裕弑君篡位第二年即永初二年（421年）。作者身处晋宋之交的动乱年月，用虚构方式和想象笔墨，为时人和后代描绘了一幅没有战乱、自给自足、鸡犬之声相闻、老幼怡然自得的世外桃源图景，一个类似于"乌托邦"式的理想世界。从中透露出作者对现实社会生活的不满，以及憧憬淳朴风尚的愿望。此篇为陶渊明代表作，对后世影响甚大。

【正文】

晋太元中，武陵人捕鱼为业。缘溪行，忘路之远近。忽逢桃花林，夹岸数百

---

① 唐文治．唐文治国学演讲录[M]．虞万里，导读．张靖伟，整理．上海：上海交通大学出版社，2017：284—285.

步,中无杂树,芳草鲜美,落英缤纷。渔人甚异之,复前行,欲穷其林。

林尽水源,便得一山,山有小口,仿佛若有光。便舍船,从口入。初极狭,才通人。复行数十步,豁然开朗。土地平旷,屋舍俨然,有良田、美池、桑竹之属。阡陌交通,鸡犬相闻。其中往来种作,男女衣着,悉如外人。黄发垂髫,并怡然自乐。

见渔人,乃大惊,问所从来。具答之。便要还家,设酒杀鸡作食。村中闻有此人,咸来问讯。自云先世避秦时乱,率妻子邑人来此绝境,不复出焉,遂与外人间隔。问今是何世,乃不知有汉,无论魏晋。此人一一为具言所闻,皆叹惋。余人各复延至其家,皆出酒食。停数日,辞去。此中人语云:"不足为外人道也。"

既出,得其船,便扶向路,处处志之。及郡下,诣太守,说如此。太守即遣人随其往,寻向所志,遂迷,不复得路。

南阳刘子骥,高尚士也,闻之,欣然规往。未果,寻病终。后遂无问津者。

【读文示范】

陈以鸿读文

【读文法解析】

《桃花源记》属少阳趣味文①,以平读为主。文章以武陵渔人行踪为线索,把现实和理想境界联系起来,艺术构思精巧,笔法曲折回环、悬念迭起、引人入胜。在读文中要特别注意曲折笔法,通过轻重疾徐变化加以表现。全文分三段读:

第一段("晋太元中"至"欲穷其林"):写渔人偶遇桃花林的经过和沿途所见的绮丽景色。起调轻读,如大幕徐徐拉开,将时间、地点、人物、事件一一交代。以下以缓读为主。美好闲静的桃花林作为铺垫,引出一个质朴自然的化外世界。"芳草鲜美,落英缤纷",绝美景色令人赏心悦目,以高腔重读凸显惊喜。"忘""忽逢""甚异""欲穷"四个相承续的词语,写武陵渔人偶入桃花源的曲折情

---

① 唐文治.唐文治国学演讲录[M].虞万里,导读.张靖伟,整理.上海:上海交通大学出版社,2017:74.又,唐文治将此篇作法归入"空中楼阁法",云:"普通适用,最宜于恬适之文,以天然为主。"(唐文治.国文经纬贯通大义·目录[M].台北:文史哲出版社,1987:2.)

景，以及一连串心理活动。"忘"字写渔人一心捕鱼，不知不觉所行已远；"忽逢"与"甚异"相照应，写其意外见到桃花林美景的惊异神情；"欲穷"又突出了桃花林的绝美景色引起渔人强烈的好奇心。这些字词，都要着力重读。

第二段（"林尽水源"至"不足为外人道也"）：写渔人发现并进入桃源仙境。仍以曲折笔法，写渔人行进过程以及心理活动变化。身处幽迥之地，渔人如入迷宫，忽而水路，忽而山路。"山有小口，仿佛若有光"，在山穷水尽之际，发现一点线索。此句需读高，速度略快，将渔人的搜寻目光、急切心情映带出来。"初""才"，是又一曲折，小口狭道，渔人从中通过难免绝望疑惧，读速放缓。"豁然开朗"四字极妙，开阔、恬静、优美的田园乐土正是作者心中理想之境，这四字要读得饱满，读出开阔与惊喜之感。其后进入桃源仙境，渔人所见所闻，以平读法，突出桃源人物怡然自乐的生活，勾勒出一幅理想的田园生活图景。最后写桃花源村民见到渔人的情景，由"大惊"而"问所从来"，由热情款待到临别叮嘱，写得情真意切，洋溢着浓郁的生活气息。"不足为外人道也"语含深意，需高音重读。

第三段（"既出"至"后遂无问津者"）：写渔人离开桃花源后，数人闻讯再访而不可得其路径的种种情景。"处处志之"重读，暗示渔人有意重来。"诣太守，说如此"，写其违背桃源人叮嘱。太守遣人随往的"不复得路"和刘子骥的规往未果，都是着意安排的情节，明写仙境难寻，暗写桃源人不愿"外人"重来。"不复得路"重读，略带失望与无奈；"后遂无问津者"与"不足为外人道也"照应，桃花源终归幻境。

文章曲折回环，层次分明，虚景实写，笔法简净，恰如其分表现出桃花源的气氛，给人以真实感人的力量，仿佛实有其人，真有其事。这幻想中的桃花源，反映了作者对当时丑恶的社会现实的强烈不满，体现了百姓对美好幸福生活的向往和憧憬。

附：唐文治评点（一）

此文系真境耶？抑幻境耶？海市蜃楼，可望而不可即，惟聪明智慧人始能到此，不足为外人道也。

陶公胸襟中有此境界，遂不觉成此绝妙文字。其隐约处，全在"此中人语云"二句，及"后遂无问津者"句。[1]

---

[1] 唐文治.国文经纬贯通大义[M].台北：文史哲出版社，1987：60.

附:唐文治评点(二)

此文工于点缀,无待言矣。其妙处在"豁然开朗"四字,有豁然开朗之心,斯有豁然开朗之境,乃有豁然开朗之文。世界有一线之光明,即凭乎一心而已。故读此文者,当别具思想。林西仲曰:"唐舒元舆《桃花源画记》,谓武陵之源,分灵洞三十六之一支,似渔人所遇,实有其处矣。"愚以为元亮生于晋宋之间,遐思治世不欲,作三代以下人物,为此寓言寄兴,犹王绩之醉乡,不必实有是乡。白玉蟾之寂光,国不必实有其国也。①

岳阳楼记
［宋］范仲淹

【题解】岳阳楼位于今湖南省岳阳市,是历代文人墨客登临吟诗作赋的佳境。宋仁宗庆历五年(1045年)"庆历新政"失败,范仲淹于当年被贬为邓州知州。第二年,其被贬到巴陵郡的友人滕子京重修了岳阳楼,函请范仲淹作记,并附上《洞庭晚秋图》以资参考。千古名篇《岳阳楼记》就是在这年九月十五日写成的。文章巧妙地将岳阳楼自然风光中的阴沉晦暗与晴明可喜两种景象,用色彩丰富的对偶句详尽描摹,韵律整齐富有音乐美感。作者又将自己"先天下之忧而忧,后天下之乐而乐"的宏大抱负融入文中,使得外界景物超脱了一己私情界限,而成为承载天下公心的浩浩历史长流,使这篇文章的思想性远超同代。由于它立意高远而又文辞优美,成为我国古代散文中脍炙人口的名篇,岳阳楼也因此闻名于天下。

【正文】

庆历四年春,滕子京谪守巴陵郡。越明年,政通人和,百废具兴。乃重修岳阳楼,增其旧制,刻唐贤今人诗赋于其上,属予作文以记之。

予观夫巴陵胜状,在洞庭一湖。衔远山,吞长江,浩浩汤汤,横无际涯,朝晖夕阴,气象万千,此则岳阳楼之大观也,前人之述备矣。然则北通巫峡,南极潇湘,迁客骚人,多会于此,览物之情,得无异乎?

若夫淫雨霏霏,连月不开,阴风怒号,浊浪排空,日星隐曜,山岳潜形,商旅不行,樯倾楫摧,薄暮冥冥,虎啸猿啼。登斯楼也,则有去国怀乡,忧谗畏讥,满

---

① 唐文治.读文法笺注[M].邹登泰,注.朱光磊等,编.扬州:广陵书社,2021:132.

128

目萧然，感极而悲者矣。

至若春和景明，波澜不惊，上下天光，一碧万顷，沙鸥翔集，锦鳞游泳，岸芷汀兰，郁郁青青。而或长烟一空，皓月千里，浮光跃金，静影沉璧，渔歌互答，此乐何极！登斯楼也，则有心旷神怡，宠辱偕忘，把酒临风，其喜洋洋者矣。

嗟夫！予尝求古仁人之心，或异二者之为，何哉？不以物喜，不以己悲，居庙堂之高则忧其民，处江湖之远则忧其君。是进亦忧，退亦忧。然则何时而乐耶？其必曰"先天下之忧而忧，后天下之乐而乐"乎！噫！微斯人，吾谁与归？

【读文示范】

陈以鸿读文

【读文法解析】

参本书第四章《唐调嗣响（二）：范敬宜》之《岳阳楼记》。

泷冈阡表（节选）

［宋］欧阳修

【题解】《泷冈阡表》是欧阳修在其父死后六十年所作的墓表，寄托对父母的哀思。宋神宗熙宁三年（1070 年），欧阳修任青州知州时，对已写好的《先君墓表》进行了精心修改，改名为《泷冈阡表》刻在他父亲墓道前的石碑上，以此来告慰先人。表文平易质朴，情真意切，表彰父母的嘉言懿行，宣扬家教，情真意切，令人感慨，历来被视为欧文的代表作品，与唐韩愈的《祭十二郎文》、清袁枚的《祭妹文》同被称为我国古代的"三大祭文"。

【正文】

呜呼！惟我皇考崇公，卜吉于泷冈之六十年，其子修始克表于其阡。非敢缓也，盖有待也。修不幸，生四岁而孤。太夫人守节自誓；居穷，自力于衣食，以长以教俾至于成人。太夫人告之曰：汝父为吏廉，而好施与，喜宾客；其俸禄虽薄，常不使有余。曰："毋以是为我累。"故其亡也，无一瓦之覆，一垄之植，以庇而为生；吾何恃而能自守邪？吾于汝父，知其一二，以有待于汝也。自吾为汝家妇,不及事吾姑;然知汝父之能养也。汝孤而幼,吾不能知汝之必有立;然知汝父之必将有后也。

吾之始归也,汝父免于母丧方逾年,岁时祭祀,则必涕泣,曰:"祭而丰,不如养之薄也。"间御酒食,则又涕泣,曰:"昔常不足,而今有余,其何及也!"吾始一二见之,以为新免于丧适然耳。既而其后常然,至其终身,未尝不然。吾虽不及事姑,而以此知汝父之能养也。

汝父为吏,常夜烛治官书,屡废而叹。吾问之,则曰:"此死狱也,我求其生不得尔。"吾曰:"生可求乎?"曰:"求其生而不得,则死者与我皆无恨也;矧求而有得邪,以其有得,则知不求而死者有恨也。夫常求其生,犹失之死,而世常求其死也。"回顾乳者剑汝而立于旁,因指而叹,曰:"术者谓我岁行在戌将死,使其言然,吾不及见儿之立也,后当以我语告之。"其平居教他子弟,常用此语,吾耳熟焉,故能详也。其施于外事,吾不能知;其居于家,无所矜饰,而所为如此,是真发于中者邪!呜呼!其心厚于仁者邪!此吾知汝父之必将有后也。汝其勉之!

夫养不必丰,要于孝;利虽不得博于物,要其心之厚于仁。吾不能教汝,此汝父之志也。"修泣而志之,不敢忘。

【读文示范】

陈以鸿读文

【读文法解析】

《泷冈阡表》属于少阴情韵文①,以缓读、平读为主,其中也有愈唱愈高处。文章借太夫人之口缅怀往事,寄托作者对双亲的深沉哀思,具有非常强烈的感情色彩。选文叙事与抒情紧紧围绕一个"待"字,结构严密,层次醒目。全文分四段读:

第一段("呜呼"至"然知汝父之必将有后也"):说明父亲已故六十年,才写此阡表,不是自己的怠慢,而是有所等待。"非敢缓也,盖有待也"八字极为重

---

① 唐文治.唐文治国学演讲录[M].虞万里,导读.张靖伟,整理.上海:上海交通大学出版社,2017:69.又,唐文治将此篇作法归入"格律谨严法",云:"适用于论古及说理之文,条陈事理亦用之,以庄重为主。"(唐文治.国文经纬贯通大义·目录[M].台北:文史哲出版社,1987:1.)

要,需细加玩味。"有待"二字,既是统摄全文之纲领,又是纵观通篇之眼目,更需着力读高强调突出。作者以抑扬顿挫的文字,围绕"有待"大做文章。借太夫人之口,反复强调"知汝父之能养",缅怀往事,追述亡父居家廉洁、奉亲至孝行状,突出渲染了自己内疚、遗憾的心情。

第二段("吾之始归也"至"而以此知汝父之能养也"):是写孝,突出"能养"。"能养",重读。"无一瓦之覆、一垄之植"表现父亲的廉洁,一字一顿加以强化。"祭而丰,不如养之薄"尤其要读高,速度略快,使人产生强烈的共鸣。"常然""未尝不然",也要重读,突出至孝品德。

第三段("汝父为吏"至"汝其勉之"):写父亲的仁,突出"有后"。这一段以问答方式行文,在感情的处理上极富顿挫和波澜。重点写父亲为死狱求生。求而有得,是一折;不求而死有恨,是一折;世常求其死,又一折。如此三折,就把为死狱求生的必要性写足,仁人之心豁然可见。"此死狱也,我求其生不得尔",是无奈的慨叹,以高音读之,体现父亲对百姓的使命感和高度的仁爱,对某些治狱官吏草菅人命的强烈批判。"回顾""指而叹"的细节描写,将其父面对现实不满而又无能为力,死之将至却不及见子成材,只能寄希望于将来的复杂心情描写得十分传神。"岁行在戌将死",极深沉凄楚,字字悲怆,对嗷嗷待哺的幼子寄予厚望。"是真发于中者邪"几句赞叹,以高声急读。"汝其勉之",缓读,语重心长。

第四段("夫养不必丰"至篇末):结束全篇,再次强调孝与仁,谆谆教诲和期望溢于言表。

本文于平易自然中显出委婉曲折,情文深婉、动人悲感、增人涕泪,为欧阳修晚年"丰神"代表作。文章采取避实就虚、以虚求实、以虚衬实的写作方法,巧妙地借母亲太夫人的言语,从背面和侧面落笔,在追忆盛赞其父的仁心惠政的同时,颂扬了母亲的高尚节操,使一位贤妻良母型的女性形象,栩栩如生地站在读者眼前。"一碑双表",二水分流,明暗交叉,互衬互托,足见构思之高明。

欧阳修善用虚字,文中十八个"也"字,多集中用于主体部分,使行文舒缓而有情致,饶有丰神。

附:唐文治评点(一)

此文首段总冒以"吾于汝父,知其一二,以有待于汝"一句,引起能养、有后二意,中间一段能养,一段有后,后以"养不必丰"四句作封锁。天性朒挚,字字

血泪,更不可以法绳之,而法度自然精密,至哉文乎!

首段"非敢缓也,盖有待也"八字,丰神最宜细玩,当与《出师表》"亲贤臣,远小人"一段同读,倘改去"也"字,即失神气矣。[①]

附:唐文治评点(二)

士人称"六一丰神"。永叔先生以丰神胜者,全在虚字、宕漾得法,如首段"非敢缓也,盖有待也"八字,最宜细玩。盖从《卫风·旄邱》诗"何其处也"四句、《蝃蝀》诗"乃如之人也"四句脱胎而出。下文诸"也"字,更觉有神。当与诸葛武侯《出师表》"亲贤臣,远小人,先汉所以兴隆也"一段并读。若改去"也"字,即失神气。先生《醉翁亭记》亦同此例。古人并有以"矣"字作慨叹法者,如《卫风·氓》诗"三岁为妇,靡室劳矣"一章,《小雅》"渐渐之石,维其高矣"三章,皆连用"矣"字。《论语·季氏》"天下有道"章"十世希不失矣""禄之去公室五世矣",俱神味无穷,可推类而悟也。

凡子孙颂祖宗功德,最难着笔,因不可自己夸奖也。此文因少孤述太夫人之语,赞扬何等得体!可见呆叙事实,不如借语言中叙出。首段总冒以"吾于汝父,如其一二,以有待于汝"一句引起能养、有后二意,中同一段能养,一段有后,后以"养不必丰"四句作封锁,与范文正《岳阳楼记》一总冒、一忧、一乐、一结束,先生所作《五代史·伶官传序》一总冒、一盛、一衰、一结束,布局相同。而此文更天性沉挚,字字血泪,不可以法绳之,而法度自然精密。后代惟归震川《先妣事例》可步武斯文。

"祭而丰,不如养之薄"二句,实本于古书所载曾子之言,曰"椎牛而祭墓,不如鸡豚之逮存也",至为沉痛。蔡邕《琴操》载曾子归耕歌曰:"往而不反者,年也;不可得而再事者,亲也。歔欷归耕,来日安所耕?历山盘兮钦釜!"遂归。可见为人子者,与其丰祭于亲殁之后,毋宁洁养于逮存之时。乃近人于亲在时未能奉养,殁后并祭祀而废之。汉韩信于漂母一饭之恩尚感激图报,人于父母,毕生受饮食教诲,而漠然罔知所报,天下何贵有此忘恩无义之徒乎!呜呼!痛已!

为民之长,要在学道爱人。宋程子谓:"一命之士,苟存心利物于人,必有所济。"余谓不必一命之士,凡属人类,皆当互相救济。死狱求生,欧阳公之存心仁之至矣。而"耳熟能详"四字,尤见其言语之时,随时以救人命为急,厥后所以克

---

① 唐文治.国文经纬贯通大义[M].台北:文史哲出版社,1987:15.

昌也。后世为民上者，专务剥民脂膏。《孟子》"邹与鲁哄"章曰："上慢残下，出乎尔者，反乎尔者也。"悖入悖出，杀人者无不报。呜呼！可以鉴矣！①

附：陈以鸿评点

（读文）一定要背出来，才能够（读出）真情实感。这篇《泷冈阡表》里，很多句子前后重复，可是重复有重复的道理。也不是每个字都重复，而是同中有异。

这篇文章主要是母亲的话，而母亲的话，实际上就是间接包括父亲的话。一开始，"太夫人告之曰""为吏廉……其俸禄虽薄，常不使有余……毋以是为我累"，已经概括地讲了父亲的为人。最重要的是："吾于汝父，知其一二，以有待于汝也。"核心的话就是"有待于汝"。"有待于汝"下面分两个部分，一个是"能养"，一个是"有后"。"能养""有后"都在"有待于汝"里面。这两个部分，"能养"比较简单，"必将有后"内容比较复杂。

"吾之始归也"就是"自吾为汝家妇"，同样的意思，不同的表达。"汝父免于母丧方逾年，岁时祭祀，则必涕泣"都是讲事实：讲祭祀，"则必涕泣曰"；讲吃饭，"则又涕泣曰"。前面"自吾为汝家妇，不及事吾姑；然知汝父之能养也"，这里"吾虽不及事姑，而以此知汝父之能养也"，说明已经有事实根据了。什么地方用重复的字，什么地方改变，都有道理的。

下面一大段，就讲"必将有后"了。前面讲"汝父为吏廉"，这里说"汝父为吏"，一方面再次点出"汝父为吏廉"，一方面详细讲具体"为吏"。这一大段，生生死死反复地讲，先问"生可求乎"，问"生"。回答"求其生""不得"怎么样，"有得"又怎么样。"夫常求其生，犹失之死，而世常求其死也"，求其生而不得，这在求死啊！更进一步了。人情世态，在"生""死"两字上，多少个层次！接下去，回到"必将有后"的内容上来，"以我语告之"，就是指上面所讲的话。"其平居教他子弟，常用此语"，说明不止讲一次，而是经常讲这个话，所以"吾耳熟焉，故能详也"。接下去，再次重复，内外来比。在外怎么样说的不知道，可是"其平居教他子弟"，他在家里教导子弟，说的话都知道。下面两句非常要紧："是真发于中者邪！呜呼！其心厚于仁者邪！"一个"发于中"，一个"厚于仁"，中间加一"呜呼"，加强感叹的口气。"此吾知汝父之必将有后也"，前面是"然知汝父之必将有后

---

① 唐文治. 唐文治国学演讲录［M］. 虞万里，导读. 张靖伟，整理. 上海：上海交通大学出版社，2017：70—71.

也","此吾知"是有了根据(而说),是结论。

最后,就是重复上一段所说"其心厚于仁者邪",强调"要其心之厚于仁"。并点明所说的都父亲的话,是其志之所在。修"不敢忘"什么? 不敢忘前面所有这些内容。

这篇文章用笔用字非常精,该重复就重复,该改变就改变,同中有异,异中有同。我通过熟读背诵,深有体会。①

英轺日记序

唐文治

【题解】《英轺日记》是唐文治出访英美诸国所见所闻的记录,此篇是《英轺日记》一书的序言。光绪二十八年(1902 年)五月,英王将加冕于伦敦,唐文治奉命出使英国庆贺,并应邀访问比、法、美、日诸国,"经途八万里,为时十七旬,滂滂地圆,随日以行,左旋一周,极西极东",在当时可算是破天荒的盛大外事活动。他回国以后,将所见所闻写了一部《英轺日记》,使当时闭塞的中国人大开眼界。在日记的序言中,唐文治慷慨陈词,极言西方诸国的强盛发达,呼吁中国卧薪尝胆,力谋自强,以期立足于世界民族之林②。

【正文】

光绪二十有八年夏五,英国君主爱惠将加冕于伦敦。先期外务部闻于朝,天子发玺书,简专使,福事贺庆。于是某遂奉出使英国之命,兼应比、法、美、日诸国之请,周爰彼邦,张旃以出,封轺而返。经途八万里,为时十七旬,滂滂地圆,随日以行,左旋一周,极西极东,丹穴空桐,仁智信武,礼俗教治,殊尚异向,恢越视听,怵然服念于九重忧勤劼毖,鉴观求莫之盛心。通变宜民,神化丹青,寄耳目肤使,咨才咨事,咨义咨亲,系政语所赖,微独宣德谕指,说山名物而已。

于是僚寀有见闻,译鞮有诵述,削牍既多,裒录成帙,乃复综而论之曰:伦敦在西海之壖,孤悬三绝岛,而辖辖五洲,吸收宙合之精华。都市殷赈,鸿纷瑰玮,举天下之财政家、制造家、工艺家、商家、农家、外交内治家,靡不集听瞩于斯,

---

① 据陈以鸿解说读文录音整理。

② 摘自范敬宜《漫步巴黎忆恩师》。(范敬宜. 敬宜笔记[M]. 上海:文汇出版社,2002:11.)

权低昂于斯。彼都人士乘坚而策肥，高步而远视，崔构闳九天，陶复洞九渊，飙轨电邮，呼吸万里，诚上帝骄子保属之幸民哉。其政策和而坚，善动而能静，屈群策不殚厥力；其民朴属勤于事，綦溪浩宕，而尊上亲长，服从于法律；其风俗外希鹜，内善葆光，重学而轻教。起十七世纪以迄今兹，三纪有胜，非幸也，数也！

巴黎恢恢，冠绝西欧，林麓翳荫，万物楝通。士女邀嬉，谈辞拨张，议堂扩千步，民政所宗。其气悕，其学说日新，其民英踌自憙，而心志发扬。方时国社，阑逐教徒，泛渊驱鱼，邻国为壑。夫彰善瘅恶，品物恒情，曷兹壮佼，标宗树异？欧人惩昔祸，有戒心焉。自西徂东，所不能不三致意也。

美利坚洲，于欧视为西，于亚视为东。名城大都，星缀岳峙，天产轧苗，地宝涌盈。艺学引锩，利主考工，舟车亘亥步，朱圭、猗顿，比户可封。合众国以之，越坎拿大山而西，其间堂密美桜，田畴罫画，黄冠草服，毡帐穹庐，极目窈窈，熙熙然有邃古初风焉。天留奥壤，厌饫白民，乃不免有形茹神慭，椎结慄墨者，杂处其中，种族之蔽，人权之畸，不已酷乎！

日本兄英师德，自奋东方。行观其庠序，则子衿青青，徽志易别。行察其主藏，经制出入，准平靡失。其心竞于学界也，其作新而不破糅其国粹也。旋观我齐州英俊，案饰谵谵，玩心罗骚，齐以苦言之药，不至挟策而亡其羊已。

凡兹四国，一纵一横，或翕或张，巧算不可穷，离朱亦迷方。某既冯轼观之，而伦敦旋轫之初，先至比利时国之博闻赛都城。厥民殷析，殚精工艺，比主黄发髟髦，手持一篇，研研讲议，若无预于欧洲战国策者。荷兰遗俗，谧康若兹，其持弱之道乎？其将伺人之不见有所得乎？夫民生而有血气则争，争而不已则困，困而犹不能不争，且行求所以善其争者，而开化之术出焉，进步之程伟焉。欧美两洲自十七纪之末，磅礴扶舆，更师迭长，与时王相要，靡不履繁霜而凛坚冰，镜前车而修来轸，诸国之迹灿然已。

繄惟中国，力谋自强，方今官守其度，士劝其学，工农商师讲于野，兵技巧家兴于军。百废举巚，作事谋始，日积而月累，固将月异而岁不同。自兹以往，欧亚学界之中，我庠士其且竞胜于礼义乎？我政家其竞胜于经济乎？我兵家其竞胜于武力乎？我农工商其竞胜于产殖乎？夫倾者易之复，否者泰之来，某诚不敢訾言，而泰西智士之言，其期于我国，乃有过我自期者。辄以卧薪尝胆之心，为拜手飏言之颂，当世君子，其或不鄙乎斯言。

【读文示范】

陈以鸿读文

【读文法解析】

《英轺日记序》根据文章性质,拟判为太阳气势文①,以急读为主。全文条理清晰,先总写出访诸国的感受,后分写不同国家的特征,最后对本国寄予希望。全文分七段读:

第一段("光绪二十有八年夏五"至"说山名物而已"):交代出访诸国的背景以及出访过程的整体感受。分二小节。"光绪二十有八"至"封轺而返"为第一节,讲出访的背景,整体平读即可。"经途八万里"至"说山名物而已"为第二节,讲出访过程中的感受,地域的广阔、不一样的风俗,开阔了视野,音调转高,用感慨惊异的口吻。

第二段("于是僚寀有见闻"至"非幸也,数也"):主要描写英国景象,分三小节。"于是僚寀"至"乃复综而论之曰"为第一节,承接启下,以展开对不同国家的论述。"伦敦在西海之壖"至"幸民哉"为第二节,描述伦敦的地理位置和都市的繁华,"伦敦在西海之壖"至"吸收宙合之精华"四句统领全段,宜作重读强调。"其政策"至"非幸也,数也"为第三节,主要描述英国的政策优良、民俗淳朴等,"起十七世纪"至"数也"句,对前文进行总结,极为感慨,宜作重读逐字读出。

第二段("巴黎恢恢"至"所不能不三致意也"):描写法国景象,分二小节。"巴黎"至"邻国为壑"为第一节,回顾法国议会民主制的建立与对外扩张的侵略史。"巴黎恢恢,冠绝西欧"统领全段,宜作重读强调。"方时国社"至"邻国为壑"四句,写对侵略扩张这一段历史的惋惜,音调宜转低,用感慨口吻。"夫彰善瘅恶"至"所不能不三致意也"为第二节,写欧洲人对侵略扩张的反省,并对其表示敬佩。"自西徂东,所不能不三致意也"句,宜作重读感慨。

第三段("美利坚洲"至"不已酷乎"):描写美国景象,分三小节。"美利坚

---

① 唐文治将此篇作法归入"段落变化法",云:"普通适用,尤宜于诙诡恬适之文。"(唐文治. 国文经纬贯通大义·目录[M].台北:文史哲出版社,1987:2.)

洲"至"比户可封"为第一节,写美国东部大都市的富庶景象。"美利坚洲"三句统领全段,宜作重读。"合众国以之"至"有邃古初风焉"为第二节,写美国西部的淳朴景象。以上两节音调宜高,用赞叹口吻。"天留奥壤"至"不已酷乎"为第三节,写美国当地的种族歧视和人权问题,此节音调转低,"种族之蔽"至"不已酷乎"句,宜作重读感慨。

第四段("日本兄英师德"至"不至挟策而亡其羊已"):描写日本景象,分两小节。"日本兄英师德"至"不破粜其国粹也"为第一节,写日本师法英国、德国而富强,在教育、财政、学术上都有成就,而没有失去民族特性。音调宜高,用赞赏口吻。"旋观"至"亡其羊已"为第二节,感慨国内学者,在效法西方时,要时刻警惕不要失去民族特性。音调转低,用沉思口吻。"齐以苦言之药,不至挟策而亡其羊已"宜重读,为大声疾呼的感慨。

第五段("凡兹四国"至"诸国之迹灿然已"):补充回顾去英国之前所见到的比利时、荷兰景象,并进而讨论导致欧美富强的原因在于互相学习和竞争。分四小节。"凡兹四国"至"博间赛都城"为第一节,"而伦敦旋轫之初,先至比利时国之博间赛都城"引出下面的回顾和议论,宜作重读强调。"厥民殷析"至"有所得乎"为第二节,写比利时工艺精良,荷兰不喜与人争。"其持弱之道乎? 其将伺人之不见有所得乎?"两问句引出下文对竞争的议论,宜重读强调。"夫民生而血气则争"至"进步之程伟焉"为第三节,讲善于竞争的国家会进步飞快,平读,用感慨口吻即可。"欧美两洲"至"诸国之迹灿然已",感慨欧美各国十七世纪以来互相学习、成长,于是成就了欧美的富强景象。"诸国之迹灿然已"句宜重读强调,传达更深的感叹。

第五段("繄惟中国"至"其或不鄙乎斯言"):描写中国国内景象,展望未来与欧美各国竞争,并对中国寄寓希望。分三小节。"繄惟中国"至"固将月异而岁不同"为第一节,写中国当时国内的各行业景象,整体平读,略带自信口吻。"自兹以往"至"竞胜于产殖乎",写未来中国各行业也将参与国际竞争,音调稍高,用憧憬口吻。"夫倾者易之复"至"其或不鄙乎斯言"为第三节,为全文作结,写外国也对中国寄寓希望,于是敢作出这般憧憬。整体平读,用感慨口吻。

全文整体是传统的"总分总"结构,而在分论英、法、美、日时,具体写法上皆有差别,于英国是赞叹当今的成就,于法国是古今对照,于美国有优劣兼录,于日本则对中国与之对比,而在每段结尾句,所用感叹内容也都有变化。第五段

补充描写比利时、荷兰,进而引起对国际竞争的讨论,是作者的奇笔,读时宜加留意。另外,本文考察叙述欧美各国的景象,目的是要学习他们"更师迭长""镜前车而修来轸"的精神,于是文中在提到别国时,皆用"其"字贯穿,读时宜重读强调。

附:唐文治评点

其一:此文由余属稿,请沈子培先生润饰始成,其文气之雄厚,炼词之典雅,盖沈先生特色,非余所能逮也(自记)。①

其二:凡鸿纷瑰玮之文,段落尤宜讲究,此文以"伦敦在西海之壖"一段作总摄法,次巴黎,次美利坚,次日本,皆用硬接法,而每段结束处无不变化。尤其注意者,"伦敦旋轫之初,先至比利时国之博闻赛都城",作藏过逆溯法,遂开"民生而有血气则争"一大段文字,纡回震荡,极行文之乐,实皆从段落变化而来。

余尝论作文法除命意外,有布局、炼气、选词三者,段落变化,特布局中之一端。而此文选词尤宜注意。选词者,化俗为雅,化陈为新,化浅为奥,化平为奇,如文中"曷兹壮佼"句,若改为"何彼壮士",即嫩而软矣。"亘亥步"三字,若改为"遍国中",即较俗气矣。此换字诀也。又每段中"其"字最宜注意,为虚字作线索法。

此文予作草稿后,请先师沈子培先生删改十之五六。今先师归道山久矣,反复此稿,辄为黯然。②

附:范敬宜评点

我是1945年在无锡国专沪校读书时亲聆唐校长朗读这篇文章的,当时他已八十多岁,双目失明,然朗读时声震屋瓦,声泪俱下,其忧国之情,使学生无不为之动容。③

附:陈以鸿评点

这篇文章是唐校长出使外国沿途记的日记,回来在前面加的一篇序。轸,就是使臣坐的车。英轺,就是出使英国还有其他几个国家。《英轺日记序》唐校

① 见唐文治《茹经堂文集》第一编卷四。(唐文治. 茹经堂文集[M]//民国丛书:第五编:05094册. 上海:上海书店,1989.)

② 唐文治.《国文四十八法约选·段落变化法》[M]//唐文治. 唐文治国学演讲录. 虞万里,导读. 张靖伟,整理. 上海:上海交通大学出版社,2017:542.

③ 范敬宜. 敬宜笔记[M]. 上海:文汇出版社,2002:11.

长自己说明,是经过他的老师沈子培修改十分之五六,所以这里面有沈子培先生的笔墨。沈子培是很有名的一位大学者,也做过交大的校长(在唐校长之前,南洋公学时代),名字叫沈曾植。①

第六章　唐调嗣响（四）：萧善芗

萧善芗（1925—2023），江苏海门人，1948年毕业于无锡国学专修学校沪校。原上海师范大学附属中学语文教研组长。去世前为中华吟诵学会专家委员会委员、教育部中华经典资源库吟诵项目专家。录制出版《萧善芗古诗文吟诵专辑》系列和《〈论语〉诵读》《"四书"诵读》等大量光盘。

诗经

卷　耳

《诗经·周南》

【题解】《卷耳》是一篇抒写怀人情感的名作。旧说如"后妃怀文王""文王怀贤""妻子怀念征夫""征夫怀念妻子"等，都把诗中的怀人解释为单向情感。近代以来，学者通常认为全诗所述为二事：采卷耳，是以思念征夫的妇女的口吻来写；越山陟冈，是以思家念归的备受旅途辛劳的男子的口吻来写。本是女子抒发自己对丈夫的怀念，却想象对方如何思念自己，婉转曲折，思念愈见其深长，感人至深。

【正文】

采采卷耳，不盈顷筐。嗟我怀人，寘彼周行。

陟彼崔嵬，我马虺隤。我姑酌彼金罍，维以不永怀。

陟彼高冈，我马玄黄。我姑酌彼兕觥，维以不永伤。

陟彼砠矣，我马瘏矣。我仆痡矣，云何吁矣。

【读文示范】

萧善芗读文

【读文法解析】

《卷耳》属少阴情韵文①，以平读为主。篇章结构匠心独运，全诗共四章，分三层读：

第一层（"采采卷耳"至"寘彼周行"），直接写妇女思念征人。诗以"采卷耳"起兴，以诗经调高腔缓缓起调，写女子采卷耳，采了又采，连浅浅的筐也采不满，暗写她思念征人心不在焉。"采采""不盈"着力突出一连串动作，委婉含蓄传达怀念之思，情真意切，动人心弦。"嗟我怀人，寘彼周行"是关键句，低音重读，点明女子的思念对象，也引起下文的想象。

第二层（"陟彼崔嵬"至"维以不永伤"），在妇人的设想中展开丈夫的情状。备受辛苦的男子在第二章中满怀愁思地出现。"崔嵬""高冈""砠"等词语，描摹旅途的艰难，三处皆用高音重读突出。"虺隤""玄黄""瘏矣"，刻画旅途的痛苦，用低音缓读，借马的病疲，喻示征途的艰危，衬托出行者怀人思归的惆怅。"我姑酌彼金罍""我姑酌彼兕觥"，借酒浇愁，潦倒、苦闷、无奈，宜低缓沉吟。第三章是对第二章的复沓，杂言重唱，描述征战的丈夫在外的危难困苦，以及思念家人的愁情，深刻揭示战争给人们带来的深重灾难，开拓补充意境。丈夫的忧思与妻子的愁思交相辉映，"维以不永怀"反复咏唱，更是把思念渲染得格外浓郁，情绪波澜起伏。

第三层（"陟彼砠矣"至"云何吁矣"）四言字字痛切，句句以语气词结尾，音节简洁，呼吸急促，好似远方的征人身体已疲惫不堪，心灵也已承受不起痛苦的思念。一个"吁"字，将所有的愁思收结为一处无限感慨。"吁"要吟得有爆发

---

① 唐文治.国文阴阳刚柔大义·目录[M].朱光磊，编.扬州：广陵书社，2023：1.又，唐文治将此篇作法归入"一唱三叹法"，云："适用于感喟情景之文，以反覆抑扬为主。"（唐文治.国文经纬贯通大义[M].台北：文史哲出版社，1987：2.）

力,宣泄长期压抑之后的感情,用拖腔表达绵绵不绝的思念之苦。

此诗从两处分写相思,前后映衬,曲折有致,一唱三叹,字字流露出夫妻间的深厚感情,读来感人至深。

附:唐文治评点

《礼记·乐记篇》"一唱三叹有遗音矣",三叹者,言其曲折而有序。曲折愈多,则愈婉转,声情毕达,余音袅袅然也。此诗或为文王拘幽羑里,后妃思之而作。首章言嗟我怀人,而二三章则言"不永怀""不永伤",盖自慰之辞。所谓哀而不伤也。末章则再三叹息而不克置念矣。

凡诗文中有叠用"矣"字及"也"字者,均有无限感慨,无限丰神。玩此及《旄丘》诗可见。①

先秦散文

四子侍坐章

《论语·先进》

【题解】这是一篇反映孔子和他的学生谈论理想志趣的语录体散文,具有浓厚的文学色彩。本文以"言志"为线索,记述了孔子和他四个弟子的一次谈话。据考,当时孔子约六十岁,子路约五十一岁,曾皙约三十九岁,冉有约三十一岁,公西华约十八岁,年龄悬殊,经历不同,因此师生各自的人生志向和性格有同有异,从中展现了儒家的政治理想、治国理念,以及孔子循循善诱、因材施教的教育方法。

【正文】

子路、曾皙、冉有、公西华侍坐。

子曰:"以吾一日长乎尔,毋吾以也。居则曰:'不吾知也。'如或知尔,则何以哉?"

子路率尔而对曰:"千乘之国,摄乎大国之间,加之以师旅,因之以饥馑;由也为之,比及三年,可使有勇,且知方也。"

夫子哂之。

---

① 唐文治.国文经纬贯通大义[M].台北:文史哲出版社,1987:43.

"求！尔何如？"

对曰："方六七十，如五六十，求也为之，比及三年，可使足民。如其礼乐，以俟君子。"

"赤！尔何如？"

对曰："非曰能之，愿学焉。宗庙之事，如会同，端章甫，愿为小相焉。"

"点！尔何如？"

鼓瑟希，铿尔，舍瑟而作，对曰："异乎三子者之撰。"

子曰："何伤乎？亦各言其志也。"

曰："莫春者，春服既成，冠者五六人，童子六七人，浴乎沂，风乎舞雩，咏而归。"

夫子喟然叹曰："吾与点也！"

三子者出，曾皙后。曾皙曰："夫三子者之言何如？"

子曰："亦各言其志也已矣。"

曰："夫子何哂由也？"

曰："为国以礼，其言不让，是故哂之。"

"唯求则非邦也与？"

"安见方六七十如五六十而非邦也者？"

"唯赤则非邦也与？"

"宗庙会同，非诸侯而何？赤也为之小，孰能为之大？"

【读文示范】

萧善芗读文

【读文法解析】

《四子侍坐章》属于少阳趣味文①，以平读为主。先秦散文语录体，平读为主，突出逻辑重音，再现说话情境，表现不同人物的性格特点。选文结构谨严，以"志"为焦点，以孔子为核心，由侍坐而问，由问而述，由述而评，表现了孔门四

---

① 唐文治.国文阴阳刚柔大义·目录[M].朱光磊，编.扬州：广陵书社，2023：2.

位弟子不同的性格以及师生对话融洽的气氛。全文分三段读:

第一段("子路曾皙冉有公西华侍坐"至"则何以哉"):写孔子问志。文章一开始,交待了谈话的人物和方式:子路、曾皙、冉有、公西华,这四位弟子环坐于孔子身旁。师生亲密无间,气氛轻松和谐。孔子蔼然可亲,循循善诱,语气平和舒缓。

第二段("子路率尔而对曰"至"吾与点也"):写弟子述志。分四层读:

第一层,子路"率尔而对",性格直率,抢先发言,不假思索。他的回答,音声要高,语速要快,突出坦率而匆忙的神态,表现刚直的个性,以及遇事的轻率急躁。"摄乎大国之间,加之以师旅,因之以饥馑",重读,突出困难重重,形势险恶。"比及三年","可使……且知……"突出子路的雄心勃勃与自信。"有勇"与"知方",是子路的治国方略,逻辑重音强调。这种谦虚不够、自信有余的态度,引起了孔子的微笑。"夫子哂之",四字犹如特写镜头,要缓读,"哂"字把孔子心理描写得真切入微,宜重读,细加玩味。

第二层,冉有的回答彬彬有礼,说话审慎。先说"六七十",转而改口为"五六十",体现其敦厚、谦虚的性格。"比及三年,可使足民。如其礼乐,以俟君子。"连儒家十分关注的"礼乐"大事,也有待君子。"以俟君子",此句速度放缓,重音强调,显其谦让的态度。

第三层,公西华的回答更谦虚。用缓读轻读。"非曰能之,愿学焉。"不自诩能治理国家,而委婉地表示,愿意作为学生,学习怎样治理国家。即使是"宗庙之事,如会同"这种儒家注重的礼仪场合,也只祈愿"端章甫,愿为小相焉"。表达了他涉世未多、年少好学的态度,把宏大的理想说得极其婉转、谦逊。

第四层,曾皙回答得洒脱。"鼓瑟希,铿尔,舍瑟而作",三子问答之时,曾皙正在弹琴,等孔子发问,才慢慢收音作答,"狂者之气象可见"[1]。细节描写,"鼓瑟希",缓读,"希",要有余韵徐歇之感,"铿尔",重音强调,声音琅然。"舍""作",突出曾皙动作舒缓,将其洒脱高雅的性格表现得淋漓尽致。"异乎三子者之撰",宜高读,强调其回答与子路等三人完全不同,卓尔不群。其后,描绘的师生一起郊游的快乐情景,语气轻松。在诗意的太平盛世理想蓝图中,人们潇洒自得,乐趣天然。这正是儒家所向往的"礼治"社会的缩影,是"礼治"的最高境

---

① 唐文治.唐文治经学论著集:第四册[M].邓国光,辑释.上海:上海古籍出版社,2019:2328.

界。孔子被深深打动,但感于自己的才能不能用于当世,政治理想无法实现,因此"喟然而叹"。"吾与点也!"这几字要字字着实,表现孔子因曾晳之言而兴感。

第三段("三子者出"至"孰能为之大"):写孔子评志。一问一答。孔子论为国之道,以礼为本。评子路,指出其不谦虚的缺点;评冉有,在"礼乐治国"方面过于谦虚,意在鼓励;评公西华,意在增强其信心。

文章结构完整,对话简短生动,人物个性鲜明,是先秦散文中的佳作。

附:唐文治评点

吾读"四子侍坐"章而益有感焉。居则曰"不我知也,如或知尔,则何以哉?"圣人用世之心,萦于梦寐之间,溢于语言之表,而三子之对,则用事之事也,乃世不吾用。至于莫春成服,浴乎沂,风乎舞雩,而猥于童冠之徒,咏歌自适以终其身也,夫子喟然叹曰:"吾与点也。"盖大道之行,与三代之英,所以有志而未逮也。唯求则非邦也与?唯赤则非邦也与?反覆之间,而益足征圣人之用世之心也。盖至是而夫子"从先进"之志,沜然其无间也。至是而夫子"梦周公"之之志,渺乎其不复也。诛泗之人才,皆风流而云散也。呜呼! 其可悲也,伊可痛也。①

附:萧善芗评点

这一章,读的时候要注意突出人物的性格。特别是子路,性格稍微莽撞一点,而曾晳,则十分潇洒又有点傲气。冉有和公西华回答都很谦逊,说自己不过能管理方圆五六十里的小国,担任小傧相。作为老师,孔子态度温和,循循善诱,对学生予以鼓励。注意用平和的语气读。"喟然叹曰"四个字需要留意,孔子的心境是比较复杂的。孔子是入世的,想把国家治理成太平盛世,曾晳讲出了孔子实现政治主张后出现的老百姓安居乐业、悠游自在的和平景象。但是,孔子有志不得施展。揣摩理解好人物性格,就能读出滋味来了。②

辞 赋

归去来兮辞

[晋]陶渊明

【题解】这是一篇述志作品,亦作《归去来辞》,写于东晋义熙元年(405 年)

---

① 唐文治.唐文治经学论著集:第四册[M].邓国光,辑释.上海:上海古籍出版社,2019:2332.
② 据萧善芗解说读文录音整理。

十一月,这时陶渊明四十一岁,任彭泽令仅八十余天。文章反映了陶渊明经过多次徘徊后,决定辞官归隐的心路历程。其中情感较为复杂,既有对黑暗官场的鄙弃与对田园生活的赞美,也有潜藏于字里行间的人生隐痛与感慨。

【正文】

归去来兮,田园将芜胡不归?既自以心为形役,奚惆怅而独悲?悟已往之不谏,知来者之可追。实迷途其未远,觉今是而昨非。舟遥遥以轻飏,风飘飘而吹衣。问征夫以前路,恨晨光之熹微。

乃瞻衡宇,载欣载奔。僮仆欢迎,稚子候门。三径就荒,松菊犹存。携幼入室,有酒盈樽。引壶觞以自酌,眄庭柯以怡颜。倚南窗以寄傲,审容膝之易安。园日涉以成趣,门虽设而常关。策扶老以流憩,时矫首而遐观。云无心以出岫,鸟倦飞而知还。景翳翳以将入,抚孤松而盘桓。

归去来兮,请息交以绝游。世与我而相违,复驾言兮焉求?悦亲戚之情话,乐琴书以消忧。农人告余以春及,将有事于西畴。或命巾车,或棹孤舟。既窈窕以寻壑,亦崎岖而经丘。木欣欣以向荣,泉涓涓而始流。善万物之得时,感吾生之行休。

已矣乎!寓形宇内复几时?曷不委心任去留?胡为乎遑遑欲何之?富贵非吾愿,帝乡不可期。怀良辰以孤往,或植杖而耘耔。登东皋以舒啸,临清流而赋诗。聊乘化以归尽,乐夫天命复奚疑!

【读文示范】

萧善芗读文

【读文法解析】

《归去来兮辞》属少阳趣味文[1],以平读为主。此篇为韵文,采用楚辞体式,六字句为主,间有长短,句式灵活,富于变化,韵律悠扬,朗朗上口。以唐调的辞

---

[1] 唐文治. 唐文治国学演讲录[M]. 虞万里,导读. 张靖伟,整理. 上海:上海交通大学出版社,2017:74. 又,唐文治将此篇作法归入"皎洁无尘法",云:"适用于辞赋游记之属,宜有空山鼓琴、月明天外之致,身有俗骨者不能为此。"(唐文治. 国文经纬贯通大义·目录[M]. 台北:文史哲出版社,1987:5.)

赋调吟诵，更显其声韵之美。节奏上，依楚辞句法特点，六字句多处理如"悟——已往之不谏，知——来者之可追"。第一字，长吟，句腰处虚字，如"之""而""以"等，略带小腔而吟，增强跌宕的韵律。调式上，阴阳两调交替反复，旋律高低婉转，通过疾徐转换，抑扬变化，细腻传达诗人复杂微妙的情感。

第一段（"归去来兮"至"恨晨光之熹微"）：写归途。第一层写决意归去，读文速度略快。"归去来"为全篇纲提，"田园"开启下文两大段。"归去来兮"是诗人自我呼唤，起调高放，急读，有平地拔起之势，其后，顺势而展，层层流转。两句自问，低腔缓读，流露出诗人对自己几次出仕的强烈自责。"心为形役"，为五斗米折腰，是现实的无奈之举，充满对官场屈辱生涯的厌倦。"悟""知""觉"，彰显诗人自省自悟的内心世界。重读。"未远"，"远"字带拖腔。"今是""昨非"着力强调，体现诗人经过深刻反省，归意已决。第二层写归心之切。水陆兼程，一慢一快。"舟遥遥以轻飏，风飘飘而吹衣"，小舟飘荡，轻风吹衣，"遥遥""飘飘"，两叠词，曼声而读，语调轻快。"轻飏"，音声响亮上扬，表现诗人摆脱束缚、重返自然的轻松舒畅。"问征夫以前路，恨晨光之熹微"，"问""恨"强化语气，语速稍快，表现诗人归心似箭的心理。

第二段（"乃瞻衡宇"至"抚孤松而盘桓"）：写园内生活。第一层叙归家后家室之乐。诗人愈行愈近，望见南村，欣喜若狂，一路飞奔，合家欢聚，其乐融融。四言之句，二二节奏，语速适当加快，呈现乐归情景。"三径就荒"呼应开头"田园将芜胡不归"。"松菊"为诗人所钟爱，也是其高洁品性的写照，须强调。"松菊犹存"，"犹存"着力，"存"字韵读足，以表现诗人欣慰之情。接着写室中之乐。诗人"引壶觞以自酌，眄庭柯以怡颜"，闲情逸致，自斟自饮，不时看看庭树，陶然自乐；"倚南窗以寄傲，审容膝之易安"，饮罢倚着南窗观园，傲然而自得，环顾狭小居室，心安亦满足。读这几句，要突出动作与神情，感受诗人宁静的情趣和淡泊的情怀。第二层写园中之乐。园子空间大，读时音高而响亮，以合乎开阔之景象。"门虽设而常关"，闭门幽处，宁静悠闲，转为低调。"策扶老以流憩，时矫首而遐观"，恬静、闲适、自在，语调舒缓。"云无心以出岫，鸟倦飞而知还"，诗人以"云无心""鸟倦飞"自喻，言出仕为无心之举，辞官归隐是对官场的厌倦，读时"无心""知还"着力。"景翳翳以将入，抚孤松而盘桓。"夕阳西下，斜晖脉脉，"孤松"是诗人傲岸人格的自我写照，"盘桓"有时光易逝，壮志未酬之憾，情绪转为惆怅忧伤，语调低沉。

第三段("归去来兮"至"感吾生之行休"):写出游。第一层写交往。再提"归去来",这是经历痛苦和矛盾的选择,是深思熟虑之后,决意不复出,语气坚定。"请息交以绝游",语气要果断、干脆,体现诗人与官场决绝的心志。"世与我而相违,复驾言兮焉求",以一反问,重申息交绝游之意,进一步稳定心绪。"悦亲戚之情话,乐琴书以消忧",诗人享天伦之乐,与琴书为伴,乐以忘忧。读时声音高上去,突出所"悦"及所"乐"之事。"农人告余以春及,将有事于西畴",照应篇首"田"字,叙述农事之乐,语调平缓。"或命巾车,或棹孤舟。既窈窕以寻壑,亦崎岖而经丘。"诗人乘兴出游,享受自然,放浪形骸。读时节奏轻快,表达豪放闲适之乐。"木欣欣以向荣,泉涓涓而始流",以舒畅的声调,凸显春日生机勃勃的自然美景。"善万物之得时,感吾生之行休",诗人由羡慕万物欣欣向荣,转而感叹自身来日无多,情绪因此而低落。读文语调低徊感慨,传达生命的痛感与悲哀。

第四段("已矣乎"至"乐夫天命复奚疑"):写人生感悟。"已矣乎!"为全篇总结。算了吧!既然不久于人世,不如彻底抛开,从痛苦中解脱出来。此句慨叹与"归去来兮"相呼应,自肺腑喷薄而出,文气为之一振。"寓形宇内复几时?曷不委心任去留?胡为乎遑遑欲何之?"诗人针对"吾生之行休"而自问,再次自我批评,叩问心灵,反思人生。余生不长,唯委心任运,顺随自然。"胡为乎遑遑欲何之",进一步否定了忧心忡忡、心神不定的犹豫不决。此三问,一问紧接一问,要读得连贯,一气而下。"富贵非吾愿,帝乡不可期",是诗人自答,明心迹,读"帝乡","乡"字稍带拖腔韵味浓厚,"非吾愿"声音高上去,"不可期"语气斩截肯定。"怀良辰以孤往,或植杖而耘耔。登东皋以舒啸,临清流而赋诗",诗人所委心者:躬耕田园,登高长啸,临流赋诗,享受孤独的宁静,追求精神的自由与超脱。"登东皋以舒啸,临清流而赋诗",这两句最能体现诗人的"素怀洒落,逸气流行",当高声朗诵,"舒啸"拖腔韵字饱满,尽显诗人忘情傲世之态。"聊乘化以归尽,乐夫天命复奚疑!"诗人通过自我安慰,纾解内心的苦闷,在自然的无拘无束中获得内心平静,以乐天知命的姿态顺应自然,直到生命尽头。"乐夫天命"统摄"归去来"之正意,为全篇结穴,重读强调突出。"复奚疑"三字充满了"归去来"的坚定意志,与题目遥相呼应,读时当速度放缓,徐徐收尾,言尽而意无穷。

附:唐文治评点(一)

林西仲曰:"陶元亮作令彭泽,不为五斗米折腰,竟成千秋佳话。"盖元亮生于晋祚将移之时，世道人心皆不可问，而气节学术，无所用之，徒劳何益？五斗折腰之说，有托而逃，犹张翰因秋风而思莼鲈，断非为馋口垂涎起见。故前半段以"心为形役"一语，后半段以"世与我遗"一语，微见其意也。篇首"田园"两字是通篇纲领，归计已定，即日做装所，谓见几而作，不俟终日也。从兹而舟行，而陆行，而至门，而入室，而饮酒，而安居，煞有次第。然后以涉园一段了，却园事以西畴一段了。却田事篇首曰"独悲"，篇中曰"自酌"，篇末曰"孤往"，如人饮水，冷暖自知。及结出"乘化归尽""乐乎天命"等语则素位而行。本领尽情拈出。自首至尾，凡五易韵，为骚之变体。①

附：唐文治评点（二）

皓月当空，纤云不染，是即皎洁无尘之象。然文之皎洁无尘者，必其心之皎洁无尘者也。陶公不为五斗米折腰，其性灵何等光明，其气节何等高峻！天君泰然，冰壶朗彻，故其文高洁如此。读之可以一洗俗情俗骨。凡依回于出处进退之间者，可以鉴矣。其有益于心术人品，非浅鲜也。②

反恨赋
［清］尤侗

【题解】 南朝梁江淹作有《恨赋》，列叙古来王侯将相、英雄志士之死，皆壮志未酬而饮恨吞生。尤侗反其意而为之，假设这些历史人物的志向都得以实现而反恨为喜，当场结局圆满，人生遂无遗憾，故名《反恨赋》。

【正文】

试登高堂，金石丝簧，旨酒既设，宝剑既张，仆乃揖古圣，坐先王，美人君子，左右侍旁，咏歌书史，击节未央。

有如屈原被放，怀沙欲死，楚王忽寤，车骑迎止，冠铗兰台，旌盖江沚，宋玉珥笔，景差布纸，笑鼓枻之渔翁，谢申申之婆姊。

若夫荆轲行刺，直入秦宫，左手把其袖，右手揸其胸，咸阳喋血，函谷销烽，呼三晋与齐楚，朝天子于京东，重和歌而击筑，快易水之寒风。

至如李陵降北，拔剑登台，遂平朔漠，凯唱而回，入报天子，赐爵行杯，出史

① 唐文治.国文阴阳刚柔大义［M］.朱光磊，编.扬州：广陵书社，2023：123—124.
② 唐文治.国文经纬贯通大义［M］.台北：文史哲出版社，1987：169.

公于蚕室,悬军侯于藁街,大将军方斯下矣,万户侯何足道哉!

若乃武侯出师,秋风五丈,星斗乍明,旌旗增壮,驱戎马于邺中,横舳舻于江上,遂馘懿而擒权,睹汉京之重创,息铜鼓于茅庐,卧纶巾于玉帐。

更如岳侯报国,誓复中原,黄龙痛饮,鸭绿平吞,书生蛾伏,太子狼奔。六陵洒扫,二圣还辕,诛贼臣于偃月,答后土与皇天。

又如信国勤王,仰天泣血,奔走江淮,号召吴越,迎少主于崖山,新高宗之宫阙,翻混同使倒流,覆上都以朝灭,千秋万岁,衣冠文物。

别有夜郎仙人,长沙才子,宣室再召,沉香更倚。明妃返于昭阳,班姬拜为彤史。宋玉之美,得婿巫山;子建之才,重婚洛水。莫不窈窕珮环,辉煌金紫;风云生色,花鸟送喜。人生如此,其可已矣!

噫嘻! 天地循环,无往不复,杲日其雨,沧海如陆,苦乐相倚,吉凶互伏。得鹿岂便为真? 失马安知非福? 秋何气而悲伤? 途何穷而恸哭? 唤奈何于清歌,观不平于棋局,当我生而多恨,何暇代古人以戚戚哉!

【读文示范】

萧善芗读文

【读文法解析】

《反恨赋》根据文章性质,拟判为少阳趣味文①,以平读为主。根据其文体特点,宜选用唐调辞赋调读。文章先总写一个欢乐的场景,次分写七种人壮志得酬的欢乐,最后以人生本来就多遗憾,没必要替古人悲伤来作结。全文每韵为一段,分九段读:

第一段("试登高堂"至"击节未央"):假想自己登上高堂,四周布设了乐器、美酒、宝剑,上有古圣先王,身边有美人君子作伴,面对这美好的场景,自己开始击节咏史。描绘一个欢乐的场景,用欣喜的口吻。

第二段("有如屈原被放"至"谢申申之婺姊"):假想屈原被放逐后,想要自

---

① 唐文治将此篇作法归入"空中楼阁法",云:"普通适用。最宜于恬适之文,以天然为主。"(唐文治.国文经纬贯通大义·目录[M].台北:文史哲出版社,1987:2.)

杀,而楚王幡然醒悟,又重新重用了他。用先悲后喜的口吻。"有如"字为转折,宜作重读突出。

第三段("若夫荆轲行刺"至"快易水之寒风"):假想荆轲行刺秦王成功,六国能重新朝见周天子,重新回到易水边唱快乐的歌。同样先悲后喜。"若夫"字为转折重读。"重和歌而击筑,快易水之寒风"二句重读,音调转高,传达更快乐的情绪。

第四段("至如李陵降北"至"万户侯何足道哉"):假想李陵诈降匈奴,又荡平匈奴,重回汉朝,司马迁得以不受宫刑,李陵本人也受到封赏。全段先悲后喜,"至如"字转折重读。"出史公于蚕室"至"万户侯何足道哉"音调转高,传达慷慨和喜悦。

第五段("若乃武侯出师"至"卧纶巾于玉帐"):假想诸葛亮出师北伐,打败了魏、吴,杀司马懿,擒孙权,重建汉室,自己重回茅庐休息。"若乃"字转折重读。全段想象诸葛亮北伐成功,而后重新归隐,整体平读即可。

第六段("更如岳侯报国"至"答后土与皇天"):假想岳飞精忠报国,收复中原,赶跑金人,迎回徽、钦二帝,杀死了奸臣。"更如"二字转折重读。全段有振奋的情绪,音调宜略高。"诛贼臣于偃月,答后土与皇天"加强感慨,宜重读突出。

第七段("又如信国勤王"至"衣冠文物"):假想文天祥重新召集了旧部,把南宋末帝迎回皇宫,让宋代的衣冠文物继续流传于世。全段先悲后喜,"又如"字转折重读。"千秋万岁,衣冠文物"二句重读,强调宋王朝存续的历史意义。

第八段("别有夜郎仙人"至"其可已矣"):假想李白、贾谊虽被流放,但都被皇帝召回;王昭君虽然远嫁,但仍能回到汉朝宫廷;班固的妹妹受到重视,被任用为史官;宋玉娶了巫山神女,曹植娶了洛水女神。这些才子佳人都实现了自己的愿望,人生得到了满足。整段用欣喜口吻读出即可,"别有"字转折重读。"风云生色,花鸟送喜"以景写情,宜作重读突出。

第九段("噫嘻"至"何暇代古人以戚戚哉"):作者感慨天地循环、苦乐相倚,没有什么悲伤是过不去的。人生本来就充满遗憾,何必代古人悲伤呢? 言外之意是说,要多关注自己内心是否快乐。本段为结语,先是故作洒脱,音调宜高,至"当我生而多恨"音调转低,传达感伤之情。

江淹《恨赋》全篇历数古来遗憾事,本文题作"反恨",故需将古来遗憾事改变为圆满结局,故每一段均应"先悲后乐",读时需要留意这个变化。需要注意

的是,文章末段却先作豁达,以"当生我而多恨"作结,读时是一个"先乐后悲"的变化,故唐文治认为末段在写法上"尚有未合"。

附:唐文治评点

李次青云:"恨海终填,情天易补,不必有是事,不可无此文。"余谓此文奇情壮采,可谓绝才。首段凌空,尤为得势。惟题系"反恨",当先悲后乐,末段尚有未合。①

附:萧善芗评点

此文为汉赋体裁(骈赋),节节换韵。句式四、六为主,在整齐匀称中又插入一些三、五、七、九言句,须能恰当处理节奏单位,才能显示此文单音节与双音节奇偶相配的节奏特点,以增强此种骈赋的情趣。②

后世散文

谏太宗十思疏

[唐]魏征

【题解】 本文选自《旧唐书·魏征传》。唐太宗登基之初,励精图治,政策比较正确,百姓富足,社会安定,国力渐强,史称"贞观之治"。但是在取得成绩之后,唐太宗逐渐改变了原先的勤俭作风,开始追求珍宝异物,大兴土木,兴建宫苑。贞观十一年(637年)宰相魏征四次上疏直谏,用前代兴亡的历史教训来提醒唐太宗。本文为其中一篇。全文从"正心修身"的角度提出"十思",规劝太宗要居安思危,戒奢以俭,积德行义,以求国家的长治久安。唐太宗接到奏疏后,曾赐手诏,说"公之所陈,朕闻过矣",表示接受意见,并且要"置之几案",作为鉴戒。

【正文】

臣闻求木之长者,必固其根本;欲流之远者,必浚其泉源;思国之安者,必积其德义。源不深而望流之远,根不固而求木之长,德不厚而思国之安,臣虽下愚,知其不可,而况于明哲乎?人君当神器之重,居域中之大,不念居安思危,戒奢以俭,斯亦伐根以求木茂,塞源而欲流长也。

凡百元首,承天景命,善始者实繁,克终者盖寡。岂取之易守之难乎?盖在

① 唐文治.国文经纬贯通大义[M].台北:文史哲出版社,1987:62.
② 此据萧善芗手稿过录。

殷忧必竭诚以待下,既得志则纵情以傲物;竭诚则胡越为一体,傲物则骨肉为行路。虽董之以为严刑,振之以威怒,终苟免而不怀仁,貌恭而不心服。怨不在大,可畏惟人;载舟覆舟,所宜深慎。

诚能见可欲,则思知足以自戒;将有作,则思知止以安人;念高危,则思谦冲而自牧;惧满溢,则思江海下百川;乐盘游,则思三驱以为度;忧懈怠,则思慎始而敬终;虑壅蔽,则思虚心以纳下;惧谗邪,则思正身以黜恶;恩所加,则思无因喜以谬赏;罚所及,则思无因怒而滥刑。总此十思,宏兹九德,简能而任之,择善而从之,则智者尽其谋,勇者竭其力,仁者播其惠,信者效其忠。文武并用,垂拱而治。何必劳神苦思,代百司之职役哉?

【读文示范】

萧善芗读文

【读文法解析】

《谏太宗十思疏》根据文章性质,拟判为太阳气势文,以急读为主。文章分三个段落,论证环环相扣,步步深入。全文分三段读:

第一段("臣闻求木之长者"至"塞源而欲流长也"):旗帜鲜明地提出中心论点:为人君者必须"居安思危,戒奢以俭"。文章开篇连用两个比喻句"求木之长者,必固其根本;欲流之远者,必浚其泉源"来正面论证"思国之安者,必积其德义"的道理。"固本"才能"木长","浚源"才能"流远","德厚"才能"国安"。逻辑重音,需字字着力,强调突出。接着,紧承上文,用一个排比句从反面申述不居安思危的危害。正反对比,因果相随。"人君当神器之重,居域中之大","重""大"点明为人君者地位的崇高和责任的重大,读时着力强调。中心论点"居安思危,戒奢以俭",以高音重读强化。

第二段("凡百元首"至"所宜深慎"):阐述人君为什么当"思"。从历史教训出发,提醒太宗必须谨慎从政,"居安思危",要善待臣民,勿失民心。本段虽没有用到一个"思"字,但却始终扣住"思"字着笔,实际紧承第一段,解释了人君当"思"的原因:"凡百元首"的难以善始善终;"取之易守之难"的严峻事实;"殷忧"时和"得志"后的不同态度;"可畏惟人,载舟覆舟"的深刻教训。为下文的"十

思"做了有力的铺垫。"怨不在大,可畏惟人;载舟覆舟,所宜深慎"引经据典,将君和民的关系比作水与舟的关系,切中要害,令人警觉。这几句要读得字字着实,语重心长。

第三段("诚能见可欲"至"代百司之职役哉"):明确提出了如何"思"。在前二段说明道理的基础上,作者向太宗提出了"十思"的具体内容,并说明如果能够做到这"十思",就能够发扬光大"九德"修养,使百官各尽其职,各竭其力,天下可"垂拱而治"了。本段是全文重点。"见可欲""将有作""念高危""惧满溢""乐盘游""忧懈怠""虑壅蔽""惧谗邪""思所加""罚所及","十思"环环相扣,文气贯通。此"十思"用急读法,一气呵成,切不可随意中断。至结尾处顺理成章总结"十思",发扬"九德",以高音重读显其效。选拔人才,文武并用,百官各尽其职,各竭其力,则国家安定,人君不必劳神苦思,而可垂拱而治。宜转为缓读呈现太平景象。

全文以一"思"字贯穿全文,前后勾连,层层深入,水到渠成。从提出问题——应当"思",到分析问题——为何"思",再到解决问题——怎样"思",结构谨严,浑然一体,具有不可辩驳的逻辑力量。

《谏太宗十思疏》虽是一骈体文,却与当时流行的骈文不同。一方面充分利用骈文对偶、排比的形式来表达真情实感,一方面又敢于突破骈文的形式束缚。一不避排偶,起句就是三句组成的排比句,音韵和谐,朗朗上口;二不避首尾虚字,如虽、终、也、哉等,声情并茂、文质兼美;三不避散句,意到笔随,酣畅淋漓。这些在读文中,亦应多加体会。

附:陈以鸿评点

读文要先分段,一段一段读过。中间"十思"不可分段,读的时候不能随意中断加尾调。①

石钟山记
[宋]苏轼

【题解】《石钟山记》是一篇山水游记。宋神宗元丰二年(1079 年),苏轼因"乌台诗案"被捕下狱,出狱后,贬至黄州。元丰七年(1084 年)六月,苏轼由黄

---

① 据陈以鸿先生解说读文录音整理。

州团练副使调任汝州团练副使时,顺便送其长子苏迈到饶州德兴县任县尉,途经江西湖口,游览了石钟山,写了这篇文章。文章围绕石钟山的命名,先列举前人令人怀疑的解释,再记亲自考察的过程与所得,由此提出"事不目见耳闻,而臆断其有无,可乎"的著名论点,说明对具体事物必须经过调查研究,亲躬实践,探根求源,才能识别真相,探求出究竟来。苏轼敢于质疑,勇于实践的精神,对后世也有积极意义。

【正文】

《水经》云:"彭蠡之口有石钟山焉。"郦元以为下临深潭,微风鼓浪,水石相搏,声如洪钟。是说也,人常疑之。今以钟磬置水中,虽大风浪不能鸣也,而况石乎! 至唐李渤始访其遗踪,得双石于潭上,扣而聆之,南声函胡,北音清越,桴止响腾,余韵徐歇。自以为得之矣。然是说也,余尤疑之。石之铿然有声者,所在皆是也,而此独以钟名,何哉?

元丰七年六月丁丑,余自齐安舟行适临汝,而长子迈将赴饶之德兴尉,送之至湖口,因得观所谓石钟者。寺僧使小童持斧,于乱石间择其一二扣之,硿硿焉。余固笑而不信也。至暮夜月明,独与迈乘小舟,至绝壁下。大石侧立千尺,如猛兽奇鬼,森然欲搏人;而山上栖鹘,闻人声亦惊起,磔磔云霄间;又有若老人咳且笑于山谷中者,或曰此鹳鹤也。余方心动欲还,而大声发于水上,噌吰如钟鼓不绝。舟人大恐。徐而察之,则山下皆石穴罅,不知其浅深,微波入焉,涵澹澎湃而为此也。舟回至两山间,将入港口,有大石当中流,可坐百人,空中而多窍,与风水相吞吐,有窾坎镗鞳之声,与向之噌吰者相应,如乐作焉。因笑谓迈曰:"汝识之乎? 噌吰者,周景王之无射也;窾坎镗鞳者,魏庄子之歌钟也。古之人不余欺也!"

事不目见耳闻,而臆断其有无,可乎? 郦元之所见闻,殆与余同,而言之不详;士大夫终不肯以小舟夜泊绝壁之下,故莫能知;而渔工水师虽知而不能言。此世所以不传也。而陋者乃以斧斤考击而求之,自以为得其实。余是以记之,盖叹郦元之简,而笑李渤之陋也。

【读文示范】

萧善芗读文

【读文法解析】

《石钟山记》根据文章性质,拟判为少阳趣味之文①,以平读为主。文章刻画物理,以淡远高洁之笔出之,或记叙,或描写,或议论,自然流畅,挥洒自如,极富语言美和节奏感。全文分三段读:

第一段("水经云"至"何哉"):考察缘起。从石钟山命名开始写起,摆出两种看法:一是北魏郦道元的见解("水石相搏,声如洪钟"),一是唐李渤的观点("石质清越"),并用反诘句"而此独以钟名,何哉"质疑,疑而后察,为下文记游石钟山,探究得名由来,提供了依据。"是说也……而况石乎","也"字作一顿,以示将有所论。"余尤疑"一转,这三字为一篇之一骨,重读。全文重在"笑李渤之陋"。"石之铿然有声者……何哉",疑问句读高,驳得有力。

第二段("元丰七年六月丁丑"至"古之人不余欺也"):考察经过。实地考察,验证石钟山得名原因的经过,既解释了第一段的疑问,又为第三段打下伏笔。首先说明探访石钟山的契机,以简洁的文字交待了时间、同游者和起因。然后通过寺僧扣石验证的可笑,否定了李渤的"石质清越"说,接着月夜实地考察的所见所闻,对"人常疑之"的郦道元之说做了验证、补充。李渤之说被世人广泛地接受,"固"字着力,表明作者对这种不动脑筋的解释的轻蔑。此处考察,兴致勃勃,心情松弛。读文不疾不徐,饶有趣味。

全篇中艺术性最强、最值得玩味的,是东坡与苏迈乘月夜、泛小舟,夜游石钟山的一段。这一段写得有景有情,有声有色,有缓有急,波澜起伏。

探秘经过分两层:前一层,着力描写石钟山月夜景致。"大石侧立千尺,如猛兽奇鬼,森然欲搏人;而山上栖鹘,闻人声亦惊起,磔磔云霄间;又有若老人咳且笑于山谷中者,或曰此鹳鹤也。"石之状貌,给人阴森恐怖之感,加上栖鹘惊起,鹳鹤咳笑更是幽深怪异。这一层与下文"士大夫终不肯以小舟夜泊绝壁之下,故莫能知"形成照应。此处心情变得紧张。这层描写,一静一动,读法上要与之相应,前低后高,前缓后急。

后一层,重在描写水石相激的现象,并且写自己亲见其景,亲闻其声,徐而

①　唐文治将此篇作法归入"皎洁无尘法",云:"适用于辞赋游记之属,宜有空山鼓琴、月明天外之致,身有俗骨者不能为此。"(唐文治.国文经纬贯通大义[M].台北:文史哲出版社,1987:167.)

156

察之,终得其实,以实地考察的见闻去揭千古之谜,以得到石钟山命名的原因。作者认为石钟山得名的原因有两点:第一,"山下皆石穴罅,不知其浅深,微波入焉,涵澹澎湃而为此也"。第二,"有大石当中流,可坐百人,空中而多窍,与风水相吞吐,有窾坎镗鞳之声,与向之噌吰者相应,如乐作焉"。"余方心动欲还……如钟鼓不绝",妙在"欲还"而未还。"大声"突如其来,伏下文"恐"字。"如钟鼓",点出山名由来,照应开头"声如洪钟"。"舟人大恐",舟人既"恐",作者焉得不"恐"?但忽悟郦元所云,又继之以喜,喜而后"察"。前此所有之"疑"顿失。为下文"叹郦元之简"伏笔。

"徐而察之……而为此也",具体道出"水石相博"之状,紧张气氛缓和,读文速度归于不疾不徐。"因笑谓迈曰……",这个"笑"是愉快自得的笑,积压在心头的疑问终于被揭开。读时音声高扬,突出苏轼探得石钟山山名由来的兴奋和自豪。

第三段("事不目见耳闻"至"而笑李渤之陋也"):考察感想。卒章显志,点明中心。这段分三层:

第一层,用"事不目见耳闻,而臆断其有无,可乎?"表明作者探明石钟山得名由来之后得出的结论,阐发了事须亲历研究而不可臆断的具有普遍意义的道理。反问句语气,缓读,引起读者思考。

第二层分析世人不能准确知道石钟山得名由来的原因。这一层又紧扣上文,从四个方面进行分析。一是"郦元之所见闻,殆于余同"而"言之不详",因而"人常疑之";二是"士大夫终不肯以小舟夜泊绝壁之下","故莫能知";三是"渔工水师虽知而不能言";四是"陋者乃以斧斤考击而求之,自以为得其实。"一句话,错误说法形成和流传的原因,关键就在主观臆断。"言之不详","人常疑之","终不肯","夜泊","故莫能知","陋者","自以为得其实"都要重读,褒贬评判,态度鲜明。

第三层点明写作目的。一"叹""郦元之简",含惋惜之情,一"笑""李渤之陋",含讥讽之意。文章开头提的正是这两个人关于石钟山山名由来的说法,前后对照,可见作者用心。这两句被置于文末,正是"立片言以居要,乃一篇之警策",由小喻大,蕴含人生哲理,给人以启示。

全文以"疑"字贯通,围绕石钟山命名原因展开。通过质疑、解疑和评疑,使文章结构环环相扣、前后呼应、紧密相联。在读文时,于"疑"字上不可放松。

附：唐文治评点

此文近刻画物理,而特以淡远高洁之笔出之,倏然神远,有如仙境,非亲烟火者所能知也。①

登泰山记

[清]姚鼐

【题解】 清乾隆三十九年(1774年)冬,姚鼐游泰山后写了《登泰山记》,文章介绍了泰山概况,叙述了登山经过,描写了泰山夕照和日出佳景,解说了名胜古迹,既再现了隆冬时节泰山的壮丽景色,也表达了作者对泰山景色的热爱赞颂之情。

【正文】

泰山之阳,汶水西流;其阴,济水东流。阳谷皆入汶,阴谷皆入济。当其南北分者,古长城也。最高日观峰,在长城南十五里。

余以乾隆三十九年十二月,自京师乘风雪,历齐河、长清,穿泰山西北谷,越长城之限,至于泰安。是月丁未,与知府朱孝纯子颖由南麓登。四十五里,道皆砌石为磴,其级七千有余。泰山正南面有三谷。中谷绕泰安城下,郦道元所谓环水也。余始循以入,道少半,越中岭,复循西谷,遂至其巅。古时登山,循东谷入,道有天门。东谷者,古谓之天门溪水,余所不至也。今所经中岭及山巅崖限当道者,世皆谓之天门云。道中迷雾冰滑,磴几不可登。及既上,苍山负雪,明烛天南;望晚日照城郭,汶水、徂徕如画,而半山居雾若带然。

戊申晦,五鼓,与子颖坐日观亭,待日出。大风扬积雪击面。亭东自足下皆云漫。稍见云中白若摴蒱数十立者,山也。极天云一线异色,须臾成五彩。日上,正赤如丹,下有红光,动摇承之。或曰,此东海也。回视日观以西峰,或得日,或否,绛皓驳色,而皆若偻。

亭西有岱祠,又有碧霞元君祠。皇帝行宫在碧霞元君祠东。是日,观道中石刻,自唐显庆以来,其远古刻尽漫失。僻不当道者,皆不及往。

山多石,少土。石苍黑色,多平方,少圜。少杂树,多松,生石罅,皆平顶。冰雪,无瀑水,无鸟兽音迹。至日观数里内无树,而雪与人膝齐。

---

① 唐文治.国文经纬贯通大义[M].台北:文史哲出版社,1987:170.

桐城姚鼐记。

【读文示范】

萧善芗读文

【读文法解析】

《登泰山记》根据文章性质,拟判为少阳趣味文,以平读为主。先写泰山的地理位置,次写作者登山的经历,之后重点写日观亭看日出,最后略写周边的古迹和景色。分五段读:

第一段("泰山之阳"至"在长城南十五里"):写泰山所处的地理位置。点出泰山南北有两河围绕,山中水分别汇入两河,两"皆"字宜重读,突出两水分流的景象。之后写最高点日观峰,为下文的主要描写对象埋下伏笔,"最高"二字为转折,宜重读强调。

第二段("余以乾隆三十九年十二月"至"而半山居雾若带然"):写作者的登山经历。分四小节。"余以乾隆"至"至于泰安"为第一节,写抵达泰安的时间和经历,平读即可。"是月丁未"至"遂至其巅"为第二节,写从泰山南麓登顶的过程,"复循西谷,遂至其巅"音调稍高,传达终于登顶的喜悦。"古时登山"至"磴几不可登"为第三节,联想到古人登顶的东谷路线,并描写了自己所走的中谷路线景象,"道中迷雾冰滑,磴几不可登"句重读,突出其险要。"及既上"以下为第四节,以下文字皆作重读,音调稍高,传达登顶之后心旷神怡的兴奋和喜悦。

第三段("戊申晦"至"而皆若偻"):写在日观亭看日出的景象。分三小节。"戊申晦"至"待日出"为第一节,平读即可,交代看日出的时间地点。"大风扬积雪"至"此东海也"为第二节,详细描写了泰山日出的景象,整体音调由平转高,传达赞叹之情。"回视日观以西峰"至"而皆若偻",写回望西边的山峰景色,从另一侧面描写日出的景象,平读即可。

第四段("亭西有岱祠"至"皆不及往"):写观日出之后,顺带写了以日观亭为中心的附近的名胜古迹。"僻不当道者,皆不及往",更突显出日观亭历来游人甚众,故而周围古迹也受到关注。

第五段("山多石,少土"至"而雪与人膝齐"):整体描述泰山的特点。皆用

短句,宜读简洁明快,此处有三"多"三"少",于"多""少"字宜加重读,突出山石和松树的特点。接着写了泰山严冬时的景观,与上文"大风扬积雪击面"相呼应。

本文重点描写了登泰山的过程和日观亭观日出的景象,其他段落皆为衬托。登泰山一段内容详尽,传达出道路险而远的含义;观日出一段是全文的中心,作者突出描写的日出景色,就全文结构而言,也反衬出了"孤峰突起"的状态。

附:萧善芗评点

《登泰山记》是作者在乾隆年间创作的著名游记散文,叙写了自己与友人在严冬登泰山观日出的过程。作者开始交代泰山的地理位置,重点点出最高日观峰在长城南十五里。接着详叙登山过程。从启程时间、地点和当时气候开始,先写个人至泰安,然后重点叙写与友人知府朱孝纯由南麓登天门过程,突出道中迷雾冰滑,几不可登的艰难,及最后到达山顶后所见的泰山夕照图景。描叙简洁生动,意境开阔,体现心情的愉悦。接着重点写戊申晦五鼓,与友坐日观亭待日出和所见日出过程,细致而生动地描绘了泰山日出的壮观景象。然后介绍泰山的人文景观,显示五岳之一的古老。最后简要描述泰山的自然面貌,与作品开头的总叙作首尾呼应。全文对时间、地点、人物、气候、上山过程交代十分清楚,脉络清晰、层次清楚,语言简洁明快,是作者著名的散文代表作品之一。

熟读此文,颇有亲临之感。①

古诗

饮酒·其五

[晋]陶渊明

【题解】东晋义熙元年(405 年),陶渊明最后一次出仕,担任彭泽县令。仅仅过了八十多天,他便解印归田,正式开始了归隐生活,直至生命的最后。《饮酒》是一组五言诗,前后共二十首。《饮酒·其五》创作于诗人彻底归隐田园后的第十二年。以"饮酒"为题,实际上表达了陶渊明对政治现实的不满,对田园

---

① 此据萧善芗手稿过录。

生活的追求,并表明自己的人生态度,以及对生命的思考。

【正文】

结庐在人境,而无车马喧。

问君何能尔?心远地自偏。

采菊东篱下,悠然见南山。

山气日夕佳,飞鸟相与还。

此中有真意,欲辨已忘言。

【读文示范】

萧善芗读文

【读文法解析】

《饮酒·其五》根据文章性质,拟判为少阳趣味文,以平读为主。选用唐调五言古体诗吟调读。全诗语言浅近,结构巧妙,写景如画,意境高远,蕴含着深刻哲理,追求人与自然的和谐。分三层而读,通过五言古体诗基本调的循环模进,将诗意层层推出。

第一层("结庐在人境"至"心远地自偏"):高腔起调,缓缓吟出。"结庐在人境,而无车马喧",住在众人聚居的地方,但没有来往应酬令人厌烦之事的纠缠。"问君何能尔?心远地自偏。"为什么会如此悠闲自在呢?因为只要内心能摆脱世俗的束缚,那么即使处于喧闹的环境里,也如同居于僻静之地。第一句平平道出,第二句转折,第三句承上发问,第四句回答作结。"心远地自偏"是陶渊明发现的人间至理:宁静在心,唯有真正超然脱俗的灵魂,才能守得住清贫,耐得了寂寞。"心远"二字是全诗关键,高音重吟加以强调,使隐士的高雅情志跃然纸上。

第二层("采菊东篱下"至"飞鸟相与还"):"采菊东篱下,悠然见南山",夕照之下,诗人悠闲地采摘菊花,偶然抬头,巍然屹立的南山不请自来,悠然地映入他的眼帘。"悠然"缓吟,"见"着力吟出。自然庄严、沉静,生命在一刹那间陶然忘我,"静穆""淡远",物我两忘。"山气日夕佳,飞鸟相与还。"山林中的雾气在落日余晖中升腾,缭绕于山峰,成群的飞鸟结伴还林。这充满诗情画意、恬然忘

机的景致,体现了诗人宁静恬淡的主观心境。"飞鸟"高吟突出。陶渊明由山气归鸟构成的那片自然风景中,悟出人生的真谛。

第三层("此中有真意"两句):诗人在物我两忘中领悟到了一种忘言的真意。"此中有真意,欲辨已忘言。"其中所蕴含的人生真谛,只可意会,不可言传。"真意"是全诗点睛之笔,着力而吟,以启人思考。

全诗语言平淡,天然去雕饰,似无意为诗,毫不费力,诗情却自然流出,韵味隽永。反复密咏恬吟,可体味出其中的真淳滋味。

附录一：唐文治、王蘧常师门诗词吟诵（非唐调）

王蘧常

闻官军收河南河北

［唐］杜甫

剑外忽传收蓟北，初闻涕泪满衣裳。
却看妻子愁何在，漫卷诗书喜欲狂。
白日放歌须纵酒，青春作伴好还乡。
即从巴峡穿巫峡，便下襄阳向洛阳。

念奴娇·赤壁怀古

［宋］苏轼

　　大江东去，浪淘尽，千古风流人物。故垒西边，人道是，三国周郎赤壁。乱石穿空，惊涛拍岸，卷起千堆雪。江山如画，一时多少豪杰。

　　遥想公瑾当年，小乔初嫁了，雄姿英发。羽扇纶巾，谈笑间，樯橹灰飞烟灭。故国神游，多情应笑我，早生华发。人生如梦，一尊还酹江月。

附：王蘧常自述

我的诗词读法是得自于我父亲,而我父亲则是得于他的长辈陆老先生。名字已经忘记,据说是爱国诗人陆游的后代。①

范敬宜

浣溪沙

［宋］晏殊

一曲新词酒一杯,去年天气旧亭台。夕阳西下几时回?

无可奈何花落去,似曾相识燕归来。小园香径独徘徊。

满江红

［宋］岳飞

怒发冲冠,凭栏处、潇潇雨歇。抬望眼,仰天长啸,壮怀激烈。三十功名尘与土,八千里路云和月。莫等闲,白了少年头,空悲切!

靖康耻,犹未雪。臣子恨,何时灭!驾长车,踏破贺兰山缺。壮志饥餐胡虏肉,笑谈渴饮匈奴血。待从头、收拾旧山河,朝天阙。

---

① 据王蘧常先生录音整理。

陈以鸿

梦游天姥吟留别

〔唐〕李白

　　海客谈瀛洲，烟涛微茫信难求；越人语天姥，云霞明灭或可睹。天姥连天向天横，势拔五岳掩赤城。天台四万八千丈，对此欲倒东南倾。

　　我欲因之梦吴越，一夜飞度镜湖月。湖月照我影，送我至剡溪。谢公宿处今尚在，渌水荡漾清猿啼。脚著谢公屐，身登青云梯。半壁见海日，空中闻天鸡。千岩万转路不定，迷花倚石忽已暝。熊咆龙吟殷岩泉，栗深林兮惊层巅。云青青兮欲雨，水澹澹兮生烟。列缺霹雳，丘峦崩摧。洞天石扉，訇然中开。青冥浩荡不见底，日月照耀金银台。霓为衣兮风为马，云之君兮纷纷而来下。虎鼓瑟兮鸾回车，仙之人兮列如麻。忽魂悸以魄动，恍惊起而长嗟。惟觉时之枕席，失向来之烟霞。

　　世间行乐亦如此，古来万事东流水。别君去兮何时还？且放白鹿青崖间，须行即骑访名山。安能摧眉折腰事权贵，使我不得开心颜！

登　高

〔唐〕杜甫

风急天高猿啸哀，渚清沙白鸟飞回。
无边落木萧萧下，不尽长江滚滚来。
万里悲秋常作客，百年多病独登台。
艰难苦恨繁霜鬓，潦倒新停浊酒杯。

声声慢

[宋]李清照

寻寻觅觅，冷冷清清，凄凄惨惨戚戚。乍暖还寒时候，最难将息。三杯两盏淡酒，怎敌他、晚来风急！雁过也，正伤心，却是旧时相识。

满地黄花堆积，憔悴损，如今有谁堪摘？守着窗儿，独自怎生得黑！梧桐更兼细雨，到黄昏、点点滴滴。这次第，怎一个愁字了得！

萧善芗

钱塘湖春行

[唐]白居易

孤山寺北贾亭西，水面初平云脚低。
几处早莺争暖树，谁家新燕啄春泥。
乱花渐欲迷人眼，浅草才能没马蹄。
最爱湖东行不足，绿杨阴里白沙堤。

渔家傲

[宋]范仲淹

塞下秋来风景异，衡阳雁去无留意。四面边声连角起，千嶂里，长烟落日孤城闭。

浊酒一杯家万里,燕然未勒归无计。羌管悠悠霜满地,人不寐,将军白发征夫泪。

附录二：唐文治先生读文法（唐调）指要

唐文治：唐蔚芝先生读文法讲词

今日承大中华公司诸君，邀鄙人演讲读国文方法，感谢。十数年前，读国文者，多沿习八股调，萎靡不振，毫无生气，近则学校中以诵读为耻，并八股调亦不得闻，可叹。按近世读文方法，莫善于湘乡曾文正，谓要读得字字着实，而其气翔于虚无之表，得其传者，为桐城吴挚甫先生。鄙人曾与吴先生详细研究，大抵当时文正所选《古文四象》，分太阳气势、太阴识度、少阳趣味、少阴情韵四种。余因之分读法，有急读、缓读、极急读、极缓读、平读五种，大抵气势文急读、极急读，而其音高；识度文缓读、极缓读，而其音低；趣味情韵文平读，而其音平。然情韵文亦有愈唱愈高者，未可拘泥。而究其奥旨，要在养本心正直之气。顾亭林先生谓文章之气，须与天地清明之气相接，故其要尤在修养人格。人格日高，文格亦日进，惟天下第一等人，乃能为天下第一等文，皆于读文时表显出来，故读文音节，实与社会及国家有极大关系。鄙见如此，请在座诸君指教。

选自 1948 年《唐蔚芝先生读文灌音片说明书》

唐文治：唐蔚芝先生读文法纲要

今日讲求教育之法，务以敦崇品行、涵养性情为宗旨，而感发性情之要，当以读文为根本。文章音节应古时乐律，有抑扬吞吐抗坠敛侈之妙，《乐记》篇师乙所谓"言之不足，故长言之；长言之不足，故嗟叹之；嗟叹之不足，故不知手之舞之足之蹈之也"。而究其奥旨，不外阴阳刚柔而已。文者，天地菁英阴阳刚柔之发也，曾文正编《古文四象》，分太阳气势、太阴识度、少阳趣味、少阴情韵四种。余因之分读法，有急读、缓读、极急读、极缓读、平读五种。大抵气势文急读、极急读，而其音高；识度文缓读、极缓读，而其音低；趣味情韵文平读，而其音平。然情韵文亦有愈唱愈高者，未可拘泥。韩子所谓"气盛则言之长短与声之高下皆宜"，柳子厚所谓"抑之欲其奥，扬之欲其明，激而发之欲其清，固而存之欲其重"，皆读文要法也。

文章之妙在神、气、情三字。余尝有十六字诀，曰："气生于情，情宣于气，气合于神，神传于情。"然初学未易领会，当先学运气炼气，俾之纵横奔放，高远浑灏，自有抱负不凡之概。而最宜注意者，在顿挫之间。盖初学读文，往往口中吟哦，而心不知其所之者，惟于段落顿挫之际，急将放心收敛，则我之神气始能渐与文章会合，且一顿一挫之后，必有一提或一推，细加玩味，则起承转合之法，不烦言而解矣。

《论语》圣人论乐，曰翕如、纯如、皦如、绎如，此不啻明示读文之法。翕如者，文章开始，翕聚全篇之神气也，于是放而纵之，其音则纯而和，其条理则皦而明，至全篇结束时，则络绎奔腾，如百川之归海、八音之齐奏，故曰绎如。学得此法，于布局炼气，思过半矣。余编《国文经纬贯通大义》，有翕纯皦绎法，选《过秦论》《原道》等三篇，然此法韩欧文中多有之，当推类以尽其余也。又曾文正论文，有雄直怪丽茹远洁适八字，各为之赞，余曾选入古人论文大义中，学者熟读而揣摩之，自有会悟。

选自 1948 年《唐蔚芝先生读文灌音片说明书》

唐文治·读文法笺注·序

余于数年前编《读文法》以教初学，同乡邹君文卿见而好之，为之笺注。今年来视余，哀然成巨帙，详审精密，无微不至，其所以津梁后学者周且备矣。读文者循是以求之，焉有不事半功倍者乎！余喜邹君之用力广博而精勤也，爰为之序曰：

天地之道，阴阳刚柔而已矣！作文者不能外乎是，读文者亦莫能外乎是。比如气候阴霾，衷藏纤轸，取阴柔之文读之，慷慨悲吟，何其郁伊而善感也。至若春融景明，一窗晴日，取阳刚之文读之，心旷神怡，何其发扬而蹈厉也。唐柳子厚之论文曰："激而发之欲其清,固而存之欲其重。"近曾文正之论文曰："字字若履危石而下,而其气则翱翔于虚无之表。"履危石而下者,所谓固而存之也,阴柔之质也;翱翔于虚无之表者,所谓激而发之也,阳刚之性也。气之轻清者上浮,重浊者下凝。君子秉至大至刚之气,上与天地相通,幽与古人相浃,清明在躬,志气如神,所以修其道而成其艺,感人之性而养人之德者,如是焉而已。乾坤易简之理,易知而易能;大《易》系辞之理,通于礼乐之情。惟其气之流而不息,合同而化也。人情根于六气,六气是生六律。《论语》子语鲁太师乐,曰:"始作,翕如也;从之,纯如也,皦如也,绎如也,以成。"翕之言合也,纯之言和也,皦之言明也,绎之言相续不绝也。吾尝以论乐之道推之于读文。贾生《过秦论》首段始作翕如也;"于是六国之士"以下,从之纯如皦如也;"且夫天下非小弱"以下,绎如以成也。韩昌黎《原道》首段,始作翕如也;"老者曰:孔子,吾师之弟子"以下,从之纯如皦如也;"所谓先生之道者"以下,绎如以成也。柳子厚《封建论》首段,始作翕如也;"彼其初兴万物偕生"以下,从之纯如皦如也;"或者又以为殷周盛王也"以下,绎如以成也。推之以读《左传》,以读《史记》,虽其形迹变化不同,而其神理无不皆然。昔师乙与子贡论乐曰:"上如抗,下如坠。""累累乎端如贯珠。""言之不足,故长言之;长言之不足,故嗟叹之;嗟叹之不足,故不知手之舞之足之蹈之也。"夫读文岂有他道哉!因乎人心以合乎天籁,因乎情性以达乎声音。因乎声之激烈也,而矫其气质之刚;因乎声之怠缓也,而矫其气质之柔。由是品行文章交修并进,始条理者所以成智,终条理者所以成圣,即以为淑人心、端风俗之具可矣。窃愿与海内同志之士精而究之。

甲子仲春唐文治蔚芝甫序。

纲　要

凡学作文,必先读文。读文务须读熟,诸生于古人文字,遇有性之所爱者,无论其能否背诵,每篇至少必须读一百数十遍为度。若篇幅之较长者,则宜分段读之。盖读文之纲要有三:

一曰气之关系。人无气则不生,文无气则不成。人之起居动作,气主之;文之抑扬开合,亦气主之。倘不能读文,则作文时,索索无生气,精神萎靡,腐败不堪矣!能读则气旺,气旺则神流,下笔时则有洋洋洒洒之乐也。

一曰意之关系。古人作文必有其命意之所在。意有浅有深,有显有隐;有在文辞之中,有在文辞之外。不读不能知其意,兀然而对之,徒耗时光而已。能读则意愈显，意愈显则味愈长。且读熟之后，时时加以精思，则其领悟必有出人意表者矣！

一曰词之关系。作文譬诸烹饪，首重资料。能读文则古人之名词，皆足为我之资料，而供我之运用，且能知何等题目，当用何等名词；若不能读文，则俚辞蛮语，累牍连篇，纵使偶有运用，亦复不能亲切。处文明之世界，而不能为文明之文章，深可惜也。

综以上数端，故曰学文必先读文，读文务须读熟。

读　法

作文有天资，读文亦有天资。有阅时无多，而读文居然得法者；亦有读文数年，毫无门径，而作文亦尠进步者，未得法也。兹授诸生读文之法，不过四字，曰：轻、重、缓、急。重者，高吟是也。轻者，低诵是也。因轻重之法，即可徐悟当缓当急之法。明乎轻重缓急之故，则如八音齐奏，抑扬长短，无不各尽其妙。至于作文时，譬若王良、造父，驾轻车，就熟路，驰骤于康庄大道矣！

两　忌

读文有两大忌：一为八股调，一为朝神调。犯此二者，则终身不能入道，而且种种俚俗，尤可厌鄙。故初学读文，先须平直其气。盖平其气，则不至于做作，直其气，则不至于油滑。倘有犯以上之弊而求改变者，亦宜以平直为主。

两　宜

人之性情有阴阳刚柔之分，故为文亦有阳刚阴柔之异。大抵阳刚类，宜重读急读；阴柔类，宜轻读缓读。目下诸生程度，虽不足以语此，然于文章之品类，要不可不知辨别。盖人生当世，研究学问于万事万物，总以分类为第一要义，国文特其一端也。

唐文治编著，邹登泰注，朱光磊、李素洁编：《读文法笺注》，第1—9页。

唐文治：论读文法

"作文之气，当与天地清明之气相接"，谅哉顾亭林先生之言！天地阖辟之气不可见，可见者则昼夜之运行而已；人生节宣之气不可闻，可闻者文章之诵读而已。然则诵读者以节天地清明之气，而与为节宣者也。养天性在此，感人心亦在此。是以孔子言"诵诗三百",子路谓"何必读书,然后为学?"孔子斥之。孟子言"诵诗读书",荀子言"诵数以贯之,思索以通之",诵数者,思索之本也,非诵读何以能精思哉?自古圣贤皆以诵读为我儒之先务,宋《朱子读书法》言之尤详。乃近时学校于诵读绝不措意,甚至有笑为守旧者,吾不知其何说。凡东西国学校,非特文字当熟读,即史地等书亦无不熟读。惟熟读乃能印入脑筋,书乃为我所有。故凡考察学校诵读之声朗然者,其校必兴盛可知也;诵读之声寂然者,其校必腐败可知也。爰述先儒之说,略示读文之法。

养气之说,倡自孟子,非为作文言。然孟子之文,实有至大至刚之气,人与文表里如一也。唐代韩子得其传。其《与李翊论文书》曰:"气,水也;言,浮物也。水大而物之浮者大小毕浮。气之与言犹是也。"非即本于孟子之言"流水之为物,不盈科不行;君子之志于道,不成章不达"乎?近代文章,自推桐城。其论阳刚阴柔因声求气之法,莫精于姚姬传先生。姚氏之言曰:"大抵学古文者,必要放声疾读,又缓读,至久之自悟,若但能默看,即终身作外行也。"又曰:"急读以求其体势,缓读以求其神味。得彼之长,悟吾之短,自有进也。"(均《与陈硕士书》。此外,集中论读文甚多,不备录。)盖姚先生得刘海峰先生师传。刘先生年八十余,尚能取古文纵声朗诵。姚先生体气较弱,低回讽诵为多。厥后,姚氏传四大弟子,首推梅伯言先生(见曾文正《欧阳生文集》序)。梅氏之言曰:"夫气者,吾身之至精者也。以吾身之至精,御古人之至精,是故浑合而无有间。"(《与孙芝房书》)又曰:"罗台山氏与人论文,自述其勤于读文之法,此世俗以为迂且陋者也。然世俗之文,扬之而其气不昌,诵之而其声不文,循之而词之丰杀、厚薄、缓急、与情事不相称,若是者皆不能善读文者也。"(《台山论文书后》)王益吾先生编《续古文辞类纂》,盛称梅氏,以为与曾文正相埒。然文正体大思精,为文有排山倒海之势,非梅所能几及,故世尊之为湘乡派。其论读文法甚夥,兹录其最精者二则曰:"熟读而强探,长吟而反覆,使其气若翔骜于虚无之表,其辞跌宕俊迈而不可以方物。抗吾气以与古人之气相翕,有欲太简而不得者。"(《复陈右铭书》)又曰:"四书、《诗》《书》《易经》《左传》《昭明文选》、韩、欧、曾、王之文,非高声朗诵,则不能得其雄伟之概;非密咏恬吟,则不能探其深远之趣。二者并进使古人之声调,拂拂然若与我之喉舌相习,则下笔时必有句调凑赴腕下,自觉琅琅可诵矣。"(《家训》)文正学派传张廉卿、吴挚甫两先生。张初晋谒时,文正为读王介甫《泰州海陵县主簿许君墓志铭》。张大有会晤,其论读文法曰:"文以意为主,而词欲能副其意,气欲能举其辞。譬之车然,意为之御,辞为之载,而气则所以行也。其始在因声以求气。得其气则意与辞往往因之而并显,而法不外乎是矣。"又曰:"作者之亡也久矣。而吾欲求至乎其域,则务通乎其微。以其无意为之,而莫不至也。故必讽诵之深且久,使吾之心与古人诉合于无间,然后能深契自然之妙,而究极其能事。若夫专以沉思力索为事者,固时亦可以得其意,然与夫心凝形释冥合于言议之表者,则或有间矣。故姚氏与诸家因声求气之说为不可易也。"(同上)以上诸家之言,均极精核。余犹及见吴挚甫先生,谓"曾文正、张廉卿先生读文,虽在平屋中,而声达二十家以外。文正读文较迟,字字若履危石而下"云云。余因掇拾往昔所闻,并参己意,别为简易读文法列后。

(一)读文法有抗坠抑扬曲直敛侈之妙。质而言之,读书有五,曰长音、短音、高音、轻音、平音。其气为二,曰疾、曰徐。大抵阳刚之文宜急读极急读高音短音而其气疾;阴柔之文,宜缓读极缓读轻音长音而其气徐;少阳少阴之文,宜平读平音而其气在不疾不徐之间。然亦须因时制宜,未可拘泥。韩子谓"气盛则言之短长与声之高下皆宜",柳子所谓"抑之欲其奥,扬之欲其明,激而发之欲其清,固而存之欲其重",皆论读文法之最精者也。而初学用功,尤当注意者,在一顿字。古人之文,无论阳刚阴柔,其妙处全在于顿。一顿之后,或一提,或一推,或一宕,便处处得势矣。

(二)圣人云:"神也者,妙万物而为言者也。"初学读文,首宜体会"神气神情"四字。文之浑灏流转而能鼓荡万物者,莫盛乎气;文之可歌可泣而能感动人心者,莫深乎情。《诗》《书》《左传》《史记》、韩、欧之文,所以千载如新者,惟在神情神气之不泯而已。余犹读文十六字诀。曰:"神中有情,情中有神,神寓于气,气行于神。"领悟及此,自得妙蕴。而其要处,则总不外一顿字诀也。能于顿处留意,则凡读文时心之奔驰于外者,渐能收敛。自然日进一日,久之神与古会。所谓诵读法如是而已。更进而求之,则妙合自然,通于神明,非言语所能拟议也。

无锡国学专修学校学生自治会编:《国专月刊》,1937 年第 5 卷第 5 期。

唐文治:国文阴阳刚柔大义·绪言

国文"阴阳刚柔"之说,创于姚姬传先生。姚先生之言曰:"《易》《诗》《书》

《论语》所载,间有可以刚柔分,值其时其人,告语之体各有宜也。自诸子以降,其为文无弗有偏者,其得于阳与刚之美者,则其文如霆如电、如长风之出谷、如崇山峻崖、如决大川、如奔骐骥;其光也,如杲日、如火、如金镠铁;其于人也,如凭高视远、如君而朝万众、如鼓万勇士而战之。其得于阴与柔之美者,则其文如升初日、如清风、如云、如霞、如烟、如幽林曲涧、如沦、如漾、如珠玉之辉、如鸿鹄之鸣而入寥廓;其于人也,漻乎其如叹,邈乎其如有思,暖乎其如喜,愀乎其如悲。观其文,讽其音,则为文者之性情形状举以殊焉。"此姚先生之说也。

继其说而大昌之者,为曾涤笙先生。曾先生选《古文四象》,分太阳、太阴、少阳、少阴四种。以气势属太阳,识度属太阴,趣味属少阳,情韵属少阴,而又于其中分阴中之阳、阳中之阴,曰喷薄之势,曰跌荡之势,曰闳括之度,曰含蓄之度,曰恢诡之趣,曰闲适之趣,曰沈雄之韵,曰凄恻之韵,是又分四象为八卦矣。而又申言之曰:"有气斯有势,有识斯有度,有情斯有韵,有趣斯有味。"又析言之曰:"庄子、扬子、韩退之、柳子厚,阳刚之美者;司马子长、刘子政、欧阳永叔、曾子固,阴柔之美者。"此曾先生之说也。

吾尝综二先生之说而论之。姚先生之说创而未备者也,曾先生之说广矣、大矣、美矣、尽矣,所谓"通神明之德,类万物之情",其在兹乎?顾吾窃有进焉者。凡人之性情气质,亦未可一概而论,毗于阳者,阴亦寓焉;毗于阴者,阳亦寓焉。周公、孔子之文,妙万物而为言,阴阳不测,固不可以一隅论。孟子之文,毗于阳者也,而《致为臣而归》《舜发于畎亩之中》及《孔子在陈》诸章,何尝非阴?《战国策》之文,策士纵横之说,阴鸷之尤甚者,而《苏季子说秦王》《苏代约燕王》,何尝非阳?庄子之文,毗于阳者也,而《刻意》《缮性》篇,何尝非阴?贾生之文,毗于阳者也,而《吊屈原赋》《鵩鸟赋》,何尝非阴?司马子长之文,毗于阴者也,而《项羽本纪》《淮阴侯传》《李广传》,尤阳刚之类著者。扬子云文,毗于阳者也,而《反离骚》尤阴柔之显著者,《太玄》更无论已。韩昌黎文,毗于阳者也,而《送董邵南序》《答李翊书》,尤阴柔之类著者,《祭十二郎文》更无论已。天地之道,阴阳之气常相胜而相争,惟明于消息之故者,察其偏而调剂之,且因其偏而善用之,而后吾身得太和之气而生理以畅。善验古人文之神与气者,亦若是而已。

曾先生又曰:"阳刚者,气势浩瀚;阴柔者,韵味深美;浩瀚者,喷薄而出之;深美者,吞吐而出之。就《经史百家杂钞》中十一类言之,论著类、词赋类,宜喷薄;序跋类,宜吞吐;奏议类、哀祭类,宜喷薄;诏令类、书牍类,宜吞吐;传志类、叙记类,宜喷薄;典志类、杂记类,宜吞吐。"善哉,论文至此,可谓无微弗显矣!

余尝息心以观天地之理,并以文正所论验诸子百家之言并历代文士之著作。太极之精,以阴为体,以阳为用,故儒家之文,大抵以柔为体,以刚为用。(吴挚甫先生语余:"曾先生之文,系用欧之骨,用韩之貌。"是亦以柔为体,刚为用也。)此外则皆主于阴柔。道家、墨家偏于阴,读老氏、墨氏之文可知;阴阳、纵横家偏于阴,非阴柔不足以成捭阖;法家、名家偏于阴,非阴柔不足以成刻覈。医家、兵家偏于阴,读《内经》《阴符》《孙子》文可知。他如诗赋家、杂家、小说家、术数家、方技家,虽刚柔万变,然要其归,偏于柔者多矣。圣学之传,分为汉、宋两家。汉儒之文,尚训诂,兼阴阳之美者也,而其弊也,为穿凿,为琐碎,由无大气以举之,则阴柔之过也。宋儒之文,尚义理,兼阴阳之美者也,而其弊也,为幽渺,为俚俗,由无大气以举之,亦阴柔之过也。因文以察天下之变,士大夫皆主阴柔之过而积弱随之,然则生斯世也,为斯文也,其必以阳刚为主乎?其必以阳刚为主乎?

昔尝谓伏羲氏画八卦,不过象奇耦之数以为记识,而圣人谓为范围天地,曲成万物者,以其包涵阴阳刚柔之蕴也。阴阳刚柔之理,蕴于一心,发之则为吉凶悔吝。凡人自少至老,自昼至夜,均在吉凶悔吝之中,而吉凶悔吝,则萌枿乎一心之阴阳刚柔。刚,善则为义、为直、为断、为严毅、为干固;恶则为猛、为隘、为强梁。柔,善则为慈、为顺、为巽;恶则为懦弱、为无断、为邪佞。惟圣人能自易其恶,自至其中,善济其阴阳刚柔,而运妙用于一心,故曰:"以此洗心。"又曰:"复其见天地之心乎!"盖自伏羲、文王作卦象,而天下人事悉具于卦象之中,迨周公、孔子以卦象为文章,而天下人事又悉具于文章之中。凡此皆阴阳刚柔之所为,实皆一心之所为,此《大易》之精蕴也。善为文者,先明《易》理,因吾心之动静消息而制为言,慎天下之枢机,而吉凶悔吝,于是乎贞;又因吾心之动静消息而制为文,象万物之形色,而川流敦化,于是乎备此所谓阴阳也、刚柔也,善用之以至于中也。斯言非玄也,探其本则曰:"存其心,养其性。"因物付物,而阴阳刚柔,时措之宜矣。

以上所言,律己之方也,推而至于观人。《记》曰:"中国、戎夷、五方之民,皆有性也,不可推移。"圣贤豪杰之文,真理弥纶贯于内,精气旁薄溢乎外,刚柔阴阳,惟变所适。下逮万殊之性,则各肖其为人,而靡有所穷。惟圣智之士能因其文之性质,而验其人之品行,是故凡文之刚柔相宣,而适中乎理者,其人达而寿;

善用其刚,其言闳以肆者,其人狂;善用其柔,其局细以整者,其人狷;阳刚外强,而中无阴柔以济之者,其人愎而骄;阴柔胶缲,而中无阳刚济之者,其人缓而懦;刚柔无主,棼不可理,有首而无尾者,其人穷而夭;刚柔无主,而创意造言犹有归宿者,其人僿而可教。《洪范》所言"五福六极",悉可于斯文征之。此就一人之文言至统观一方之文,亦然。凡刚柔相济者多,其民大率兼文质而易为治;刚柔偏胜者多,其民大率蠢愚,难以熟化,宜有以酌其偏,而用其所长。此就一方之文言至统观一代之文,亦然。凡刚柔相济者多,大率风俗和而运会盛;刚柔偏胜者多,大率风俗薄而运会衰。因文论世,确乎其不可易。至于阳刚之过,变而为肃杀;阴柔之过,降而为弩庸,则其世运将不可问。呜呼!文,心声也。阴阳刚柔之说,微乎微乎,非天下之至诚、至神、至几,何足以语此。

或曰:"如子言,不几于过高乎?"曰:"是诚有之。"昔吴挚甫先生《记曾先生〈古文四象〉后》云:"公此编故自谓失之高古。夫高古何失?世无知言,君子则大声不入里耳,自其宜也。"斯言允矣,顾吾又有说焉。

阴阳刚柔发于人心之自然,初无所谓高古。纵一心而冥思之,譬诸江海浩淼,扶桑出日,一轮涌现,容与聿皇;又如气清天朗,春卉皆葩,无论何人,纵游其间,必有意气发舒之象。是何也?则阳为之也。譬诸冬日栗烈,重阴晻蔼,寒飙翏刁,万窍怒呺;又如谷风阴雨,恐惧凄其,无论何人,侧身其间,必有鼙蹙伊郁之情。是何也?则阴为之也。古诗有云"一窗晴日写《黄庭》",又云"满江风雨读《离骚》",抑何其境之殊而心之异也?匹夫闳于道,而壮士为之冲冠;嫠妇泣于舟,而文士为之怨诉。故随时、随地、随象、随景,而阴阳刚柔分焉。因性、因情、因感、因遇,而阴阳刚柔又分焉。"日月星辰,山龙华虫。藻火粉米,黼黻絺绣",读其《书》而明良喜起,备哉灿烂,阳之盛也。"彻彼桑土,绸缪牖户""我来自东,零雨其蒙",诵其《诗》而拮据卒瘏,况也永叹,阴之盛也。古之圣人阴阳刚柔悉合乎中,故其庆赏刑罚,各得其正。后世儒家能养之于喜怒哀乐未发之前,故其阴阳刚柔足以顺万事而无情,斯皆不必言文而实无在非文。拘墟之士,茫昧是理,则不得不就迹象以求之,然惟其有阴阳刚柔之质,原于一心,故读古人之文,亦辨其为阴阳刚柔,而其自为文,亦必有阴阳刚柔之可分。斯皆发于一心之自然,固不必以高下浅深论也。

抑吾考《古文四象》之为书,目次颇多率略,又古人文之脍炙人口者,如韩昌黎《张中丞传后叙》(阳刚之至美者)欧阳永叔《泷冈阡表》(阴柔之至美者)均未入选,意者其未成之书欤？是编大致取材于《四象》。（其中亦有极阳刚、阴柔之美而并未入选者，由前数编中，已为诸生讲贯也。）后之君子得吾言而深思之，由下编以溯中编，而至上编，则自有津梁之可逮。而吾特恨是编之成，既不得就正于曾先生，并不获质之于吴先生，其是乎？其非乎？其所剖析而分置者，有毫厘千里之谬乎？益为之执简徬徨而不能已也。

附：《国文阴阳刚柔大义》目录

《国文阴阳刚柔大义》上

《周易》

《乾卦》太阳 　《坤卦》太阴

《尚书》

《尧典》太阳 　《皋陶谟》太阳 　《洪范》太阴 　《顾命》太阴 　《吕刑》太阴

《诗经》

《卷耳》少阴 　《柏舟》少阴 　《绿衣》少阴 　《谷风》少阴 　《鸨羽》少阴 　《蒹葭》少阳

《天保》少阳 　《蓼萧》少阳 　《小宛》少阴 　《蓼莪》少阴 　《北山》太阴 　《白华》少阴

《卷阿》少阳 　《荡》太阳 　《崧高》太阳 　《烝民》太阳 　《江汉》太阳 　《常武》太阳

《玄鸟》太阳 　《殷武》太阳

《礼记》

《中庸·哀公问政章》太阳 　《中庸·王天下有三重章》太阴 　《孔子闲居篇》太阳

《礼运篇》太阴

《论语》

《四子侍坐章》少阳 　《长沮桀溺章》太阴

《孟子》

《庄暴见孟子章》太阳 　《夫子当路于齐章》太阳 　《孟子去齐尹士语人章》少阴

《孔子在陈章》太阴

《国文阴阳刚柔大义》中

《战国策》

《苏秦说秦赵王始末》少阳　《范雎说秦王》太阴　《赵武灵王胡服骑射》太阴
《苏代约燕昭王》太阳　《乐毅报燕惠王书》太阴　《荆轲刺秦王》太阴

《庄子》

《逍遥游》少阳　《齐物论》少阳　《养生主》少阳　《胠箧》少阳　《刻意》太阴
《缮性》太阴　《秋水》少阳　《至乐》少阳　《外物》少阳

《国文阴阳刚柔大义》下

贾生文

《陈政事疏》太阳　《论积贮疏》太阳　《吊屈原赋》少阴　《鹏鸟赋》少阴

董生文

《对贤良策一》太阴　《对贤良策二》太阴　《对贤良策三》太阴

司马长卿文

《谏猎书》太阳　《论巴蜀檄》太阳　《子虚赋》太阳　《上林赋》太阳

贾捐之文

《罢珠厓对》太阳

司马子长文

《项羽本纪》太阳　《十二诸侯年表序》太阴　《六国年表序》太阴
《秦楚之际月表》序太阴　《汉兴以来诸侯王年表序》太阴　《魏公子传》太阳
《田单传》太阳　《魏其武安侯列传》太阳　《李将军传》①太阳　《报任安书》
太阳

杨子云文

《谏之不受单于朝书》太阳　《羽猎赋　并序》太阳　《长杨赋　并序》太阳
《反离骚》少阴　《玄攡》太阴　《玄莹》太阴

---

① 一作"李广传"。(唐文治:《高等学堂国文讲谊》卷七《目录》,上海:文明书局,1910年,第2页。)

刘子政文

《条上灾异封事》太阴 《论起昌陵疏》太阴 《谏外家封事》太阴

班孟坚文

《东方朔传》少阴 《霍光传》太阴 《杨恽传》少阳 《盖宽饶传》少阳 《陈遵传》少阳 《典引》太阳 《幽通赋》少阴 《答宾戏》太阳

韩退之文

《原道》太阳 《进学解》太阳 《蓝田县丞厅壁记》少阳 《与孟尚书书》太阳

《送郑尚书序》太阳 《石鼎联句诗序》少阳 《祭十二郎文》少阴

《柳州罗池庙碑》少阴 《韩许公碑》太阳 《柳子厚墓志铭》太阳 《毛颖传》少阳

欧阳永叔文

《本论》太阴 《伶官传论》太阴 《一行传论》太阴 《宦者传论》太阴

《职方考序》太阴 《集古录跋尾》太阴 《送徐无党南归序》少阴 《秋声赋》少阴

唐文治著,陆远编:《大家国学·唐文治卷》,天津:天津人民出版社,2008年,第240—246页。

唐文治:国文大义·论文之声

往者张廉卿先生谓:"学古文,其始在因声以求气,得其气则意与辞因之而并显。"吴挚甫先生亦谓:"才无论刚柔,苟其气之既昌,则所为抗堕、诎折、断续、敛侈、缓急、长短、伸缩、抑扬、顿挫之节,一皆循乎机势之自然,无之而不合。"盖文章之道,所以盛者,实在于声,所以和声乃可鸣盛也。敢道所得,质诸能者。

韩文公《答李翊书》云:"气盛则言之短长,与声之高下皆宜。"顾其论声之处极鲜。独于《送孟东野序》,推论声音之道云:"以鸟鸣春,以雷鸣夏,以虫鸣秋,以风鸣冬。"夫四时之声,固微鲜而难知也。则又曰:"周之衰,孔子之徒鸣之,其声大而远。"云大而远,乃有迹象之可寻。盖凡文之提纲挈领,包举各节处,其声宜大;文之排傲震动,顿挫结束处,其声宜远。此鄙人节取韩子之言,然未足以尽声之蕴也。

欧阳文忠公状秋声云："初淅沥以萧飒，忽奔腾而澎湃，如波涛夜惊，风雨骤至。其触于物也，鏦鏦铮铮，金铁皆鸣。又如赴敌之兵，衔枚疾走，不闻号令，但闻人马之行声。"盖读情韵之文，宜淅沥萧飒，如波涛夜惊之声。读气势之文，宜奔腾澎湃，如千军万马之声。又其状琴声云："大者为宫，细者为羽，操弦骤作，忽然变之，急者凄然以促，缓者舒然以和，如崩崖裂石，高山出泉，而风雨夜至也；如怨夫寡妇之叹息，雌雄雍雍之相鸣也。"盖读凄恻之文，宜凄然以促，如风雨夜至之声。读华贵之文，宜舒然以和，如雌雄雍雍相鸣之声。此鄙人节取欧阳子之言，然未足以尽声之蕴也。

《庄子》之状风声云："大块噫气，其名为风。是惟无作，作则万窍怒号，山林之畏佳，大木百围之窍穴，激者謞者，叱者吸者，叫者譹者，宎者咬者，冷风则小和，飘风则大和，厉风济则众窍为虚。"盖和风安舒之声也，厉风激烈之声也。日月之明，容光必照。声音之动，有窍皆通，故文之感人与风之动人无以异。激謞叱吸诸声，与夫小和大和，文声之千变万化亦如之。此鄙人节取庄子之言，然未足以尽声之蕴也。

文声之妙蕴，通于天而协于律。《虞书》曰："声依永，律和声。"是为言声律之祖。律十有二，阳律黄钟为之首；阴律大吕为之首，用以变动周流，统气类物。文之阴阳犹是也。文之阴阳之声亦犹是也。班孟坚《律历志》云："乐者谐八音，荡涤人之邪意，全其正性，移风易俗。"惟文亦然。人惟秉中和之德，乃能为转移风俗之文。至治之世，天地之风气正，十二律定。故盛世文字，多含浑沦之元音，廉直阐谐而民气乐。迨其衰也，粗厉猛奋纤微憔悴之声并作，先王忧之。故作乐之蕴，要在阳而不散，阴而不集，刚气不怒，柔气不慑，夫然后能安其位而不相夺。盖不散、不集、不怒、不慑者，乐律之本原，而亦文声之秘钥也。是故文之声贵实而戒浮，实则沉，浮则散。文之声贵疏而戒滞，疏则朗，滞则集。文之刚者其气宜直而勿暴，暴其气则声怒。文之柔者其气宜和而勿馁，馁其气则声慑。世有好学深思，心知其意者，能取古今人之文声，一一以细辨之。若者为廉直，为阐谐，若者为粗厉猛奋，为纤微憔悴，则于气运之升降，与其人之性情、气质、善恶、贵贱、寿夭，可历数而不爽矣。

昔吴季札观乐审声，于王曰思而不惧，于郑曰其细已甚，于齐曰美哉泱泱乎大风，于秦曰此之谓夏声，能夏则大，于魏曰美哉沨沨乎大而婉，于大雅曰广哉熙熙乎，曲而有直体，于颂曰直而不倨，曲而不屈，节有度，守有序，于韶曰至矣大矣，如天之无不帱，如地之无不载。学者宜循是以求之。于读六经诸史子集时，亦求其所谓浟浟、汃汃、熙熙、曲直、倨屈、细大之致，而并求其所谓节度守序者；并进求所谓声满天地者。底知大雅君子之文，决不为纤纤之细响，而承平雅颂之声，即寓于此。反是则靡矣细矣，不足以辅世矣，知音者可不慎耶？

孟子之赞孔子曰："金声而玉振之。"朱子谓独奏一音，则其一音自为始终，而为一小成。若并奏八音，则先击镈钟以宣其声，后击特磬以收其韵，则合众小而为一大成。凡文制局之小者，其声如独奏一音，而为一小成。制局之大者，其声如并奏八音，而为一大成。而入门之始，则宜先辨声之短长。大抵文之震荡茹吐处，宜多用平用长，辨难奥衍处，宜多用仄用短。于重阳之中，而伏以一阴，则阳者不散；于重阴之中，而间以一阳，则阴者不集。(用奇用偶亦如之，则其声参差而有致。)至于首尾段落之处，其声皆须有宏大远到之致。或如波澜之澎湃，或如异军之突起，能神明于此，则其几于大成也不远矣。(《国策·李斯谏逐客书》最为声调铿锵之作。中云："随俗雅化，佳冶窈窕，赵女不立于侧也。"试以"雅化"改"同风"二字，又以"佳冶窈窕"作"窈窕佳冶"，则声便不响切而不可读。又如贾谊《过秦论》"九国之师；逡巡遁逃而不敢进，秦无亡矢遗镞之费，而天下诸侯已困矣。"俗本去"遁逃诸侯"四字，亦遂不成声。刘海峰先生云："音节高则神气亦高。音节下则神气必下。"故音节为神气之迹，一句之中，或多一字，或少一字，一字之中，或用平声，或用仄声，则音节迥异。故字句为音节之矩，合而读之，音节见矣。歌而咏之，神气出矣。此皆所谓炼声法，亟宜研究。)

声莫盛于诗书。《尚书》之声，以《吕刑·秦誓》为最。《诗经》之声，以《商颂》为最。(曾子居卫，读《商颂》渊然有金石声，能细读之，自悟。)司马、班、杨、韩子之文，其声皆取源于诗书。如韩子之《平淮西碑》，叙事之声出于《书》，碑文之声出于《诗》，其显见者也。曾文正谓古人之文皆可诵。近世作者，如方、姚之徒，可谓能矣，顾诵之而不能成声。张廉卿先生亦谓姚氏于文，未能究极声音之道。盖惟其求声于古人之文，而不知求声于古书，所以其声日卑。由是阳而散，阴而集，刚而怒，柔而慑者，比比而见矣。此微论方、姚，宋以下作者，亦多昧于此也。兹略发其微，特举刚声一，柔声一，刚声而近于怒者一，柔声而近于慑者一。(近世号为桐城派者，此弊尤多。)可以配黄钟之声者二，可以配大吕之声者二，刚质柔声，柔质刚声，而音调最铿锵可爱者二，宫声、商声、徵声各一，诸生熟读而推之，可隅反焉。

按:作者所举:声之刚者为苏明允《乐论》;声之柔者为曾子固《寄欧阳舍人书》;声之刚而近于怒者为恽子居《原命》;声之柔而近于愢者为刘孟涂《荀卿论》、欧阳永叔《丰乐亭记》;刚质柔声为《左传·晋侯使吕相绝秦》;柔质刚声为《国策·李斯谏逐客书》;宫声为《史记·高祖还沛》一段;商声为《史记·项王军壁垓下》一段;徵声为《国策·荆轲入秦》一段。

王桐荪等选注:《唐文治文选》,上海:上海交通大学出版社,2005 年,第 203—205 页。

唐文治:国文经纬贯通大义·自叙(附例言)

往者余询桐城吴挚甫先生,公交游遍天下,今世作者共有几人? 先生怃然有间曰:"凡握管为文者夥矣,以云内家,吾未之见也。"余讶其言之过高,且意所谓内家者,审命意尔、辨性质尔、析理与气尔。厥后课徒二十年,稍有阅历,忽豁然有悟,知吴先生之言启我。乃编读文数十法,名曰《国文经纬贯通大义》,用以开示诸生,指撝奥义云。

"圣人既竭目力焉,继之以规矩准绳,以为方圆平直,不可胜用也。既竭耳力焉,继之以六律,正五音,不可胜用也。"此政治学之大原也。而文学亦荄滋于此。盖规矩者,形也,通于形之变化离奇,则进于神矣。音律者,声也,通于声之抑扬徐疾,则敛于气矣。文字者,经天而纬地者也。吾日求古文之线索,则知古书之经纬与其命意,于是我之精神与古人之精神诉合而无间,乃借古人之精神,发挥我之精神,举并世之孝子、忠臣、义夫、烈妇,一切可惊、可骇、可喜、可悲之事,宇宙间形形色色、怪怪奇奇,壹见之于文章,于是我之精神,更有以歆动后人之精神,不相谋而适相感,奋乎百世之上、百世之下,闻者莫不兴起也,而况于亲炙之者乎? 质诸鬼神而无疑,俟诸后圣而不惑,吾道一以贯之,无非求之经纬而已。文之所重于人间世,岂非以其然哉!

且夫人之居处适其宜,而筑室始有结构之法,乃左乃右,乃缰乃理,执事之法度也。殖殖其庭,有觉其楹,匠氏之秩序也。入其门,堂奥显于前,余屋廞于外,其不知法度可知也。登其堂,非三楹,非五轩,茅茨以为墙,几筵以为户,其不知秩序可知也。惟一区一径一庭一壶一草一木,皆得其所,而后谓之胸有邱壑，若是者何也？经纬而已矣。如是而推之于文，则读《易》可以悟《书》也，如是而读《书》，可以悟《诗》也，如是而读《诗》《礼》，可以悟《春秋》也。孔子五十学《易》，作《十翼》，传法无一同者，经纬之变化也。《论语》二十篇，都凡数百章，篇法章法，无一同者，经纬之变化也。《左传》《史记》之文，经纬千端，牢笼万有，而每篇体制面貌，亦无一同者，变化多也。韩、柳、欧、苏诸子，则具体而微。下焉者当以经纬之多寡，辨其所造之等次。晋以下之史书，宋以后之文集，几于千篇一律，览其前而即知其末者，变化少也。近世以来，桐城阳湖，号为宗派者，颇能学古人之经纬，稍稍运用于其间，而其气体或荼弱而不能振，天资耶？人事耶？抑时代为之耶？学者欲穷理以究万事，必读文以求万法，又必先潜研乎规矩之中，然后能超出乎规矩之外。而又扶之以浩然之气，正大之音。格物致知，所以充其用也；阅世考情，所以广其识也。至于化而裁之，从心所欲不逾矩，所谓过此以往未之或知也。由是而成经成史、成子成集，成训诂家、成性理家、成政治家、成大文学家，岂非通乎经纬之道而然哉！

然而更有其本焉，天下惟谨守规矩之人，乃能为谨守规矩之文，惟胸罗经纬之人，乃能为胸罗经纬之文。繄古作者，吐辞为经，行为世法，表里交正。子思子曰："惟天下至诚，为能经纶天下之大经，立天下之大本。"《礼记·月令》篇曰："无变天之道，无绝地之理，无乱人之纪。"天道、地理、人纪者，造化之文章，天下之大本，变之、绝之、乱之而国以倾。呜呼！宣教明化，观乎人文，阴消阳息，蠖屈龙伸，云雷屯难之会，天造草昧，君子以经纶盛德大业至矣哉！

乙丑夏五唐文治自序

【例言】

一、孔子有言，知之者不如好之者，好之者不如乐之者。学道如此，学文亦然。所以少乐趣者，由于不知门径耳，苟得门径，自然骎骎日上矣。是编所录专在开示门径，惟须程度较高者读之，方能获益。至读文之法，柳子厚所谓"激而发之欲其清，固而存之欲其重"，曾文正所谓"字字若履危石而下，而其气则翔矞于虚无之表"，二说尽之矣。任意乱读，徒费时光，甚或袭庸俗之调，卑陋不能自拔，惜哉！

二、学者读文，务以精熟背诵不差一字为主，其要法每读一文，先以三十遍为度。前十遍求其线索之所在，划分段落，最为重要；次十遍求其命意之所在，有虚意、有实意、有旁意、有正意、有言中之意、有言外之意；再十遍考其声音，以求其神气,细玩其长短疾徐抑扬顿挫之致。三十遍后,自不知手之舞之,足之蹈之,虽读百遍而不厌矣。能得斯境,方能作文,然实各有其性之所近,至易而无难也。

三、圈点之学,始于谢叠山,盛于归震川、钟伯敬、孙月峰,而大昌于方望溪、曾文正。圈点者精神之所寄,学者阅之,如亲聆教者之告语也。惟昔人圈点所注意者,多在说理、练气、叙事三端,方、曾两家,乃渐重章法句法。近时讲家多循文教授,或炫博矜奇,难获实益,是编精意,专在线索,而线索专在于圈点。如局度整齐法,则专圈整齐处;鹰隼盘空法,专圈腾空处;段落变化法,专圈变化处。学者得此指点,并详玩评语,举一反三,毕业后可得无数法门矣。

四、余尝教学生读文作文,必须辨阴阳刚柔性质之异,惟辨性质尚易,而得用法较难。是编于每法下,注明适用于某种之文,学者用心潜玩,触类旁通,自有因时制宜之妙。尝谓文人作十数题,倘能俱有精采,各极其胜,此神手也。次焉者十得八九,或十得六七;至程度卑浅者,十题中不过能作一二题,其余不足观矣。今得是编读之,尽得应用之法,岂复有难题乎?

五、读是编者,要在按照编目,循序渐进,由浅入深。而尤要者,在推广诸法,譬如读《诗经》即可悟《诗经》各篇之文法,读《左传》《史记》,即可悟《左传》《史记》各篇之文法,读韩、欧文,即可悟韩、欧集中各篇之文法。则是编所选虽不多,而推类以及其余,则尽通诸书无难矣。善弈棋者,悟得路路皆通,方成国手;善读文者,悟得篇篇有法,方成能手。进而益上,则行乎其所不得不行,止乎其所不得不止。神于法而不拘于法,则成文中之圣手矣。

六、原编尚有"精探理奥法",选目为周子《太极图说》、张子《西铭》、朱子《仁说》《观心说》等篇;又有"条陈事理法",选目为孙文定《三习一弊疏》、林文忠《烧鸦片烟疏》、李文忠《请减淞太浮粮疏》、曾惠敏《收回伊犁办事艰难情形疏》等。编后因篇幅过多,且学者必须读余所编《性理学大义》《政治学大义》,方为得窥全豹,故将是二目删去。然若谓法尽于此,则大谬矣。又余前编《读文法十品》,系为程度较浅者而设,是编则程度甚深,宜俟十品读毕,再从事于斯,选文偶有一二重复者,讲法亦截然不同也。

唐文治:《国文经纬贯通大义》,台北:文史哲出版社,1987 年,第 1—4 页。

唐景升：读文法

我人欲得国学之门径，必先了解其文法。欲了解其文法，非多读古文不为功。然读文必须有方法，得其法，则事半而功倍，不得其法，虽劳苦而无功。今将读文极简易、极浅近、极有用之方法，略述于下：

一、读文宜专不宜多

读一篇文必须得一篇之益，读十篇文必须得十篇之益。故与其博也毋宁精，与其多也毋宁专。与其读百篇而不得其益也，毋宁读十篇；读十篇而不得其益也，毋宁读一篇。读一篇而审其用意、明其布局，临文时即可摹拟运用。读百篇而不精，则文自文、我自我，格格而不相涉。

二、读文宜炼气

运气为行文一大要事，然行文能运气，必须读文时注意炼气。古人文有一笔数十行下者，吾读时亦须一气数十行下；古人文有一笔数行下者，吾读时亦须一气数行下；文气急者，我气亦随之而急；文气缓者，我气亦随之而缓；文有一段急、一段缓者，我气亦随之一段急、一段缓。如是方能领会其神。此说人或苦其难行，实则不难。可先取古文中最有气势者数篇，熟读而精思，长吟而反覆，使其文之意象了然于胸中，其他自能迎刃而解矣。

三、读文宜留意其谋篇布局

作文如筑室然。筑室必有一定秩序，先门房，次厅，次堂。行文亦然。某意宜布置于先者布置于后，便不见其佳矣；宜布置于中者用之起结，即无精彩矣。此段功夫，全在读文时留意。读文能留意，则临文时，自能井然秩然，不求其严正而自能严正，不求其变化而自能变化，所谓得之心而应诸手者，非一朝一夕之功也。

四、读文宜分阴阳刚柔

阴阳刚柔之说，创自桐城姚姬传氏，实则文之有阴阳刚柔，自伏羲画八卦，黄帝造文字而已然。盖人之情，本有阴阳刚柔之分，而题之神，亦在在有阴阳刚柔之异，于是以人之情，感题之神，而阴阳刚柔之文出焉。在作者，不过用其天机，纯任自然，原无强为阴、强为阳之心；而在读者，欲得其文之神情，不得不有阴阳刚柔之判别。例如贾生之文，阳刚者也，若以读阴柔文之法读之，其文之面貌全失矣，尚能得其益乎？屈子之文，阴柔者也，若以读阳刚文之法读之，其文

之神情全失矣,尚能得其益乎? 再如韩退之之文,多阳刚者也,而读者尽以读欧文之法读之,其文之面貌全失矣,尚能得其益乎? 欧阳公之文,多阴柔者也,而读者尽以读韩文之法读之,其文之神情全失矣,尚能得其益乎? 此读各家之文,所宜分别阴阳刚柔者也。又读一家之文,亦宜分别阴阳刚柔。如周公之文,缠绵悱恻,若《鸱鸮》《东山》诸诗,阴柔之极则也。而读《文王》《大明》《绵》诸篇,广大清明,其神实毗于阳刚。今若混而一之,则阳刚者失其阳刚之美,阴柔者失其阴柔之美矣。司马子长之文,感慨淋漓,呜咽欲泣,若《伯夷孟荀列传》,阴柔文之著者也。而《项羽本纪》《淮阴侯列传》诸篇,雄奇跌荡,喷薄恣肆,实擅阳刚之美。今若以读《伯夷孟荀传》者读《项羽本纪》《淮阴侯传》,或以读《项羽本纪》《淮阴侯传》者读《伯夷孟荀传》,其文之佳趣全失矣,尚能得其益乎? 此读一家之文,宜分别阴阳刚柔者也。又读一篇之文,亦宜各章自分阴阳刚柔,例如屈原《九歌》,洞庭秋波,思君悱恻,其《湘君》《湘夫人》诸章,忧愁幽思,情韵之美,独有千古。独《国殇》一章,长剑秦弓,左骖右刃,沉雄之气,超迈之神,实与前数章判若两途。读此而犹下气柔声,其文之神情全失矣。此读连类之文,又宜各分阴阳刚柔者也。总之,读文宜随时审阴阳,随文分刚柔。姚氏状阳刚文之美,如霆如电,如决大川,如奔骐骥,吾谓读阳刚之文,其气势亦宜如之。姚氏状阴柔文之美,如云如霞,如珠玉之辉,如鸿鹄之鸣,吾谓读阴柔之文,其神情亦宜如之。

读文法之大略,既如上述,然更有进焉者。文章熟读之后,最易遗忘,宜时常默诵。如当夜寝之后,学校规则,不得高声朗读,此时最宜默诵熟文,以资温习。又或远行之际,寂寞孤舟,偶诵熟文,可破岑寂。古人云车中马上、陆走水行、简书鞅掌之时,无非供我读书之会。惟默诵一法,其殆庶几焉乎。

无锡国学专修馆师范班第一届毕业生编:《无锡国学专修馆讲演初编》,无锡美文印刷公司,1923 年。

陈以鸿:茹经先生读文法管窥

回忆四十四年前,1941 年秋季,投考交通大学电机系,幸得录取入学,教室借用震旦大学新校舍,即今上海第二医学院原址。每届星期日,前校长唐茹经先生应邀向全校师生作演讲，内容有二：一为性理，二为读文。过去习知古文须按声腔朗读，但并未觉其妙处。今聆茹经先生读文，声情并茂，扣人心弦，实属闻所未闻。在交大肆业甫一年，因学校被日伪接管，不甘受辱，无奈中止学业。经王瑷仲师介绍，考入茹经先生创建并任校长的国学专修学校学习，校址在乐群中学内。先生亲授中庸大义一课程，此为最后一班，以后即不复正式开课，凡我同届同学，莫不引为幸事。星期日先生继续在本校为学生及来宾作演讲，内容划分如前。历年演讲记录，辑成《唐蔚芝先生演讲录》六集行世。

读文法随文体而不同。按先生所读，大致可分为四类。第一类是《诗经》《楚辞》和五七言诗歌。这类文体句法整齐，结构前后重复，读法主要在表达出韵味来。第二类是长短句，在诗歌读法的基础上，随词体不同而变化。第三类是上古散文，以经书为主，因写法古朴，读法也比较庄重而拘谨。第四类是先秦诸子以次的历代散文和骈文，以及一部分韵文。随着文体的蓬勃发展，不仅句法变化多，文章结构变化亦多，相应地读法也错综复杂起来。先生读文法的博大精深，特别体现在这一类文章中。

先生读文法的最大特色，是它的音乐性。这是往日所学习的以及后来所听到的其他读法都不能相比的。四十年代中，上海大中华唱片公司曾请先生录制读文灌音片一套，共十片，内容包括《诗经·鸨羽》《卷阿》《常棣》《谷风》《伐木》《楚辞·云中君》①《湘夫人》《左传·吕相绝秦》《史记·屈原列传》诸葛亮《前出师表》，韩愈《送李愿归盘谷序》，李华《吊古战场文》，欧阳修《秋声赋》《丰乐亭记》《五代史·伶官传序》《泷冈阡表》，范仲淹《岳阳楼记》，苏轼《水调歌头》，岳飞《满江红》，唐若钦公《迎春诗》《送春诗》，昆曲《长生殿·小宴》，其中除昆曲有现成曲谱外，《诗经》《楚辞》和两首诗属上述第一类，《水调歌头》《满江红》属第二类，《吕相绝秦》属第三类，余皆属第四类。这一套灌音片保存了先生所读各种体裁、各种风格的古典文学作品，弥足珍贵。惜为当时录音和制片技术所限，唱片又不耐久藏，今日听来，已有模糊和失真之处，较之昔日亲炙时的感受，逊色多了。

茹经先生读文法，除随文体不同而异其调外，并随文章性质而改变音调及节奏。所谓文章性质，首分阴阳，即柔性与刚性。进一步分为太阳气势、太阴识

---

① 按灌音片实际录制内容应为《楚辞·湘君》。

度、少阳趣味、少阴情韵四种。先生之言曰："读法有急读、缓读、极急读、极缓读、平读五种。大抵气势文急读极急读，而其音高。识度文缓读极缓读，而其音低。趣味情韵文平读，而其音平。然情韵文亦有愈读愈高者，未可拘泥。"谨就粗浅的实际体会来说：太阳气势文汪洋恣肆，雄劲奔放，读时要求高亢急骤，酣畅淋漓，如长江大河，一泻千里。反之，少阴情韵文宛转缠绵，感人肺腑，读时要求曼声柔气，一唱三叹，达曲曲传情之旨。少阳趣味文从容闲适，读时须舒展自如，不慢不急。最难读的是太阴识度文，因其大都重在说理，潜气内转，锋芒收敛，读时既不宜图快，又不可使力量减弱，必须掌握高下疾徐的分寸，将文章的深刻内容通过优美的声腔表达出来。

先生读文法传自桐城吴挚甫先生。但桐城与先生原籍太仓方言相去甚远，读法肯定不会完全一样。因此可以说茹经先生读文法是具有创造性的。可惜的是，吴先生如何读文，已不可得而闻知。茹经先生读文时，神完气足，感情充沛。虽届耄耋之年，仍旧声若洪钟，苍劲有力。先生传人之中：哲嗣谋伯师神情酷肖，但醇厚有余，而老练不足；陆景周师温文尔雅，宜于读上古经文，得古朴庄重之意，其他则有未逮；唐尧夫师嗓音得天独厚，高亢洪亮，尤其在读太阳气势文时，响遏行云，铿锵悦耳，或如鹰隼盘空，忽又飞流直下，教学效果甚佳。

国专三年卒业，适值抗战胜利，国土重光，得返交大继续未竟之学业。而茹经先生暨诸师长教导已铭刻于心，终生难忘。读文法则时时复习，以为陶冶性情之功，莫此为甚。益信先生以性理及读文为演讲二大内容，实在是有深意的。

我国文化遗产丰富，当前整理古学已属刻不容缓之事，且已引起中央领导重视。深信茹经先生读文法必将流传后世，得到继承和发扬，使读文法在古典文学研究中占一定的地位，并起一定的作用。

苏州大学校长办公室编印：《唐文治先生学术思想讨论会论文集》，1985年，第63—64页。

陈以鸿：唐调讲座

我们做的是"为往圣继绝学"的事。宋代著名理学家张横渠先生说过四句很有意义的话，就是："为天地立心，为生民立命，为往圣继绝学，为万世开太平。"这四句话是深入人心的。我的老师唐老夫子办学校教学生就经常讲这四句话。我毕业以后，拿一本纪念册请老师题词，也是题的这四句话。我们现在讲吟诵就是"为往圣继绝学"。

唐校长、教务长带领全校师生员工内迁广西，在广西办学。唐校长自己因为水土不服，回到上海休养。学校就留在广西，由冯振先生代理校长，一直在广西坚持办学。唐校长到上海以后，又在上海办起了无锡国专。所以抗战时期，无锡国专在无锡市里是不存在了，可在广西有一所桂校，在上海有一所沪校，胜利之后才迁回无锡。唐校长一生学问博大精深，后期就像刚才所讲的主要是办教育。为工学教育和国学教育都作出了巨大的贡献。他自己也是著作等身，出版的书籍有几十种，有理论方面的，有文学创作方面的。全部的书被称为《茹经堂全书》。现在，大陆方面和台湾方面都在要重新整理出版全套的《茹经堂全书》。"茹经堂"是唐校长书房名。在无锡，现在还有一座茹经堂。这个茹经堂是当年唐校长70岁的时候，蒙弟子们在无锡的风景区鼋头渚附近盖了一所"茹经堂"。这是给唐老夫子养老用的。可惜"八一三"抗战，唐校长实际上并没怎么能享受。现在，(茹经堂)作为一个风景点，一个名胜地点公开开放，可以去参观。

这是唐校长一生的大概。他除了办学校、著作以外，很重要的一个贡献就是我们要讲的吟诵。吟诵，大家知道流派很多。各地、各个方言区、各个老师传承读法都不一样。唐校长的吟诵有他的特点。不仅流传甚广，而且在1948年曾经出版了一套唱片，这在过去是很少的。1948年由上海大中华唱片公司出版了一套十张二十面的唱片。可惜这个唱片因为年代久了，现在听起来声音不是顶好。目前正在唱片公司用高科技手段进行修复。希望不久的将来，能够修得比较理想。那个时候，就可以让大家都听到唐校长读文的原声。唐校长自己(当然那个时候不叫吟诵)，他自己叫作"读文法"。实际上吟诵就是传统的读文怎么读。要带起调子来读。所以吟诵和朗诵不同的地方就是，朗诵是没有调子的，而吟诵是有调子的。什么叫有调子？就是可以记谱的。说白了就是"1234567"都可以配得上去。朗诵没有这个东西。不同的吟诵流派不同的调。唐老夫子的调当时就被称为"唐调"。当然，他自己从来不标榜"唐调"，他只说"读文法"。那个唱片也就叫《唐蔚芝先生读文灌音片》。

这就是唐校长生平和他的吟诵情况。

接下来谈一谈我是怎么学吟诵的。我那个时候不认识唐校长之前,已经学了吟诵。我是江苏江阴人,唐校长是江苏太仓人。他是用太仓方言读书。我是江苏江阴人,用江阴方言,也知道文章怎么读,诗词怎么读,也有当地的调。我1941年考进上海交通大学读电机工程系。我读的不是文科,是工科。唐校长是交大的老校长,当时正在上海养病。过了一段时期,他身体好一点,就被邀请到母校,逢星期天给全体师生做演讲。所以我1941年考进交大后第一个学期就有机会,逢星期天听老校长的演讲。演讲内容当然很多,有关于经学方面的,有关于宋明理学方面的。唐校长对宋明理学是很有研究。他每次必然要读一篇文章,这是演讲的重要内容。当时我听了唐校长读文章的这个调子,我就被深深吸引住了。虽然我学过吟诵,学过读文的江阴家乡调,可是我听了唐校长读文的调子,我就感觉:这读文会这样好听! 比我过去学的好听得多了! 当时就有这么一个想法:怎么进一步来学? 光听演讲当然是学不成功的。

1941年我考进交大,听了老校长当时的吟调演讲。1942年太平洋战争爆发,日军进入租界。上海本来是孤岛,租界还是日军势力不到的地方,所以还能安然读书。1942年日军进入租界了,凡是国民政府领导的国立学校,汪精卫伪政府就来接管。交大也不例外。所以,1942年暑假以后,交通大学是由南京伪政府管。这个时候,很多同学就离开了学校,很多老师也不教了,很多学生也不读了。我也坚决不进伪交大。那么不读伪交大怎么办呢? 同学各有各的想法。有的往内地到重庆去读交大,也有少数留在上海——伪交大就伪交大,实际读的书内容是一样的。工科,又不是讲政治的。所以有少数同学留下来读了。也有一部分像我一样,停下来就不读了,宁可在家里待,自修。这个时候,我父亲就说了:"不进伪交大,我同意。可在家里自修不是个办法。现在上海不是有无锡国专吗? 你喜欢古典文学,何不去考无锡国专?"无锡国专是私立学校,政府管不到。我就去考无锡国专。而且很巧,校长还是唐校长,不但是校长,还亲自教我们一门课,叫"中庸大义"。教务长是谁呢? 我可以提一提,叫王蘧常。这位教务长就是我在交大一年级时的授课老师。本来是我的老师,进了国专就成了教务长。所以我和王老师的交情很厚。这位王老师是无锡国专第一届毕业生,是唐老夫子的得意门生。

另外还必须提一提,进了无锡国专以后,那就有机会学吟诵,学唐调了。不是唐校长亲自教,唐校长还是上大课、演讲、吟诵,和在交大时的情况一样。不过光靠这个是学不好的。专门有一门课叫"基本文选"。"基本文选"就是把古典文学中好的选出来。"基本文选"的老师也是无锡国专第一届毕业生,和王教务长同班毕业,名字也姓唐,和唐老夫子不是本家,他是上海人,叫唐尧夫。唐尧夫先生推广唐调可以说是不遗余力。所以,我们无锡国专的学生在唐尧夫先生的教导之下,都学会了唐调。我这个唐调就是这样学的。1941年在交大开了头,1942年到无锡国专就是认认真真地学吟诵。不过话说回来,这个吟诵不是专门有吟诵课的,这门"基本文选"就是教课文。不过唐尧夫先生教课文的时候,他是讲一句吟诵一句,讲一句读一句,讲完了再从头至尾读。所以我们听他的课,整天沉浸在唐调的氛围中,是这么学的。

过去我进无锡国专三年也没有指望能读到毕业,我就是在交大停学期间才在国专读书。我把工科的内容停下来,改读文科,哪一天抗战胜利,我还是回交大。巧得很,刚好我1942年进国专,1945年抗战胜利,刚好三年大专毕业。所以我是1941年进交大,1942年进国专读了三年文科,毕业再回到交大,再读三年工科,1948年在交大工科毕业。这以后我的工作基本上还是科技方面的工作。不过经过无锡国专三年的训练之后,包括吟诵在内的这些国学方面的内容已经对我影响很深。此后主要是科技方面的工作,业余工作,包括吟诵在内的文学方面工作,陪伴了我一生。

我把唐调吟诵的内容扼要地、全面地向大家做了一个介绍。唐老夫子的吟诵,出了唱片,影响很大。另外还有一个特点:不同文章的读法不一样。其他流派吟诵都偏重在诗词方面。因为诗词有格律,有押韵,读起来好听。据我所知,吟诵学会采录的很多资料也有这样的体会。尽管流派很多,其他流派差不多都是以诗词为主,唯独唐调吟诵以文章为主,所以这个需要强调。唐老夫子的吟诵,我介绍给大家,一共四类。

第一类,可以叫作上古韵文。不过上古韵文种类很多,唐老夫子的唱片里面流传下来的就是《诗经》和《楚辞》,这是作为上古韵文的重要代表。唐老夫子唱片里有好几首诗经,另外还有一首楚辞。《诗经》和《楚辞》的调是相通的,所以这是第一大类。过去实际上,我们在无锡国专学吟诵,这个是不大学的。因为它比较简单,没有什么变化。可是也正因为简单,所以好学。我保证大家一学就会。其他我不能保证,这个我能保证。现在就先把唱片里面唐校长的一篇《诗经·鸨羽》放给大家听。(播放唐文治先生录音《诗经·鸨羽》)

　　老夫子的吟诵和其他流派的吟诵一样,可以记谱。可是学的时候绝对不是先学谱的。这就是吟诵和唱歌不同的地方。唱歌是先学谱,然后再配上字。吟诵一方面它不是先学谱的。它有谱,可是不是先学谱。还有一点,它有一定的自由度,不是一个音符都不能改。我所记下来的也只是仅供参考。就是现在我们听的老夫子读的《鸨羽》,如果换一个场合,老夫子再读一遍可能和这个不完全一样。可是总的味道是一样的,所以我能把简谱记下来。这个简谱就是非常简单的谱(不是和五线谱相应的那种简谱),因为我不是学音乐的,可能不很规范。那么四句配上四段(简谱),这里每一段都是七句。前面四句就是这样 6 1 3 5,6 1 3 5,2 2 1 1,1 2 1 6 5。后面三句那就拿掉一句6 1 3 5,2 2 1 1,1 2 1 6 5。所以这个也是很自由的。还有,这个四句也可以倒过来。三、四句放在前面,一、二句放在后面,也可以读 2 2 1 1,1 2 1 6 5,6 1 3 5,6 1 3 5。可以随心所欲。刚才四个字正好是四个音符,五个字是五个音符。《诗经》大多数都是四个字一句,不过也不一定,也有长的。长的怎么办呢? 也好办。多一个字,你就两个字并一个音符。少一个字呢,你就一个字两个音符,都可以灵活(处理)。

　　吟诵我还要强调一点:不受方言的影响。唐老夫子是太仓方言,用太仓口音读。所以有人说,唐老夫子是太仓人,那么我们学(唐调)至少要熟悉吴方言。没这个事情! 根据我的体会,随便用自己的方言都可以。当然我们现在便于传承,尽量用普通话来读。我的普通话虽然不够标准,我是尽量希望能用普通话来读,不要受方言的影响。

　　像这篇《鸨羽》,我们注意到一点,这三段都是押韵的。前面四句,一、二、四句"羽、栩、黍"押韵,后面第五句"怙"也押韵,第六句不押,第七句现在我们读起来不押韵,一个"所"好像两样,其实有的方言区里面,包括吴方言区里面这个"所"就念"素"(读第三声),就是押韵的。当然,用普通话读不押韵也没关系。第二段"翼、棘、稷"押韵,下面"父母何食",最后"曷其有极"。还要注意一点,第一段押的韵是上去声。上去声通押的。第二段全部是入声。"翼、棘、稷、食、极"都是入声。当然,我们现在普通话没有入声,照普通话读也可以。吟诵和四声(平上去入)关系很大,古体诗像《诗经》《楚辞》,关系还不是挺大,就是用在押韵上,中间没有平仄格律。也正因为如此,它可以归纳出简谱来,便于学习。第三段,"行、桑、梁、尝、常"全部押韵。无论你哪个方言,平声全部是平声韵。所以这三段,主要的特点就是把这个韵表达出来。而在这个简谱上,凡是押韵的地方都是"5"。所以简谱结束在"5"上，也就是结束在韵脚上。

现在我读一句，大家跟一句，一起来。

领读《鸨羽》

吟诵的时候，在单句"父母何怙""父母何食""父母何尝"后面稍微要停一停，不要和后面接得太紧。凡是句号处要停一停。前面四句停一停，第五句也要停一停，因为这一句很重要。

从三、四两句旋律 2 2 1 1，1 2 1 6 5 起也不是不可以，不过我们有唐校长的原声在，还是从一、二句旋律 6 1 3 5，6 1 3 5 起。

这个简谱是万能的。《诗经》305 篇，绝大多数都是四个字一句或者五个字一句，都能用这个配上去。而且句子可以换。前面两句和后面两句替换也可以，随心所欲。主要是每一句就是《诗经》吟诵的一个成分，可以自由结合，自由搭配。字数以五个字以下为宜。五个字就是两个字合一个音符，三个字拖两个音符都可以。那么六个字以上呢？就要另外设计。

这个设计就是下面的参考简谱：

6 1 3 5，6 1 3 5，2 2 1 1，1 2 1 6 5

六个字以上的，我这里举的是《楚辞》的例子。《诗经》和《楚辞》是一个大类。《楚辞》的句子大多都是六七个字一句，或者是八个字一句。适用于六个音符到七个音符的简谱。

6 6 6 1 3 5，6 6 6 1 3 5，2 2 1 1 2 2 1，1 1 1 2 1 6 5。

这个简谱和上面比较看，一看就看得出来，就是在上面简谱的基础上加两个或三个音符。有的加在前面，有的加在后面。所以，这个简谱是适用于比较长的句子的。我这里是六个音符或者是七个音符，你要是八个字，也是两个字合一个音符，都好办。那要是五个字呢？那就是一个字带两个音符。这都可以，很灵活。而且这个四句也是前后两句都可以任意调换。主要是每一句它就是一个吟诵的成分，适用于六个字以上的。《诗经》里也有一些比较长的，也适用于这个。所以这两个简谱加在一起就可以把《诗经》305 篇全部照这个读出

来。大家有兴趣不妨自己去试。

第二个简谱适用句子比较长的《楚辞》，和《诗经》属于同一类。唐校长的唱片里面有一篇，不是《云中君》，是《湘君》。《湘君》相当长，而且录音不清楚。我换一篇比较短的《云中君》。为什么换《云中君》? 一方面它比较短，一方面唐校长唱片的说明书上写错了，写的《云中君》。实际上不是《云中君》，是《湘君》。我现在就把真的《云中君》作为例子。我们就像刚才一样的办法，就不读谱了，就直接读句子。这个句子不是照意思分的，而是照吟诵的调子来分的。四句一个句号，就是配这个四句。接下来又是四句，再重复一遍。接下来是六句，那么(1)、(2)、(3)、(4)、(1)、(2)，最后两句是回到(1)、(2)。还是我读一句，大家跟一句。

领读《云中君》

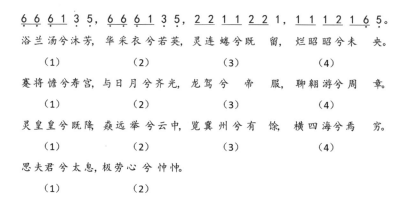

6 6 6 1 3 5，6 6 6 1 3 5，2 2 1 1 2 2 1，1 1 1 2 1 6 5。
浴兰汤兮沐芳， 华采衣兮若英， 灵连蜷兮既　留， 烂昭昭兮未　央。
　　(1)　　　　　(2)　　　　　(3)　　　　　(4)

蹇将憺兮寿宫， 与日月兮齐光， 龙驾兮　帝　服， 聊翱游兮周　章。
　　(1)　　　　　(2)　　　　　(3)　　　　　(4)

灵皇皇兮既降 猋远举兮云中， 览冀州兮有　馀， 横四海兮焉　穷。
　　(1)　　　　　(2)　　　　　(3)　　　　　(4)

思夫君兮太息，极劳心兮忡忡。
　　(1)　　　　　(2)

注意，"思夫君兮太息"中的"夫"念 fú，作虚字用。两句低起，两句高起。6 6 6 1 3 5，6 6 6 1 3 5，2 2 1 1 2 2 1，6 6 6 1 3 5 也可以。

说老实话，《诗经》《楚辞》的这个调，我是不大喜欢的，太简单了，千篇一律，缺乏变化，所以好学。主要韵不要出错。《诗经》《楚辞》没有平仄结构格律的变化，实际上就是读一个韵。

我之所以不大喜欢，还有另外一个原因。因为这种体裁现在我们不写了，诗词我们还要学了作，文言文也要学了作。直到现在我时常和人家讲，现在大学中文系毕业,哪怕博士生都写不好像样的文言文,这是普遍的现象,我对此很不以为然。我根据自己的体会,为什么喜欢吟诵,首先当然是学习前人的优秀作品,接下来要学着写。我们那个时候高中必须学写文言文,当然诗词我是进了无锡国专才学写。考大学,交通大学尽管是工科,一篇文言文作文是非常着重的。要是写不来,数理化再好,也不会被录取。这是当时的情况。在我们传承吟诵的同时,我希望也要传承写作。因为通过写作,自己写才能够深入领会传统作品好在哪里,自己不写,没有这个体会。吟诵,自己读自己的作品,不比读前人的作品更有味道嘛!另一方面,通过吟诵,就会发现这个地方怎么读起来没劲,原来就是写得不好,修改好了,读起来就有劲。所以,吟诵不是目的,是手段。所以,"吟诵家"不会写文言文就会吟诵,毫无意思。唐老夫子首先是古文家、散文家,出版了很多文集,这样他的吟诵才会深入。所以,吟诵要和写作结合在一起。诗经楚辞我们现在不写了,所以我对这个吟诵不感兴趣,也是这个道理。

《诗经》《楚辞》是属于上古韵文中的一部分。因为唐老夫子的录音唱片,上古韵文只有《诗经》和《楚辞》,其他韵文没有读过,所以没有这方面的内容。也有可能,唐老夫子读别的上古韵文有另外的读法,比方:古诗、古赋。他怎么读的,我不知道。

上古散文,唐老夫子另外有一种读法。十三经里面除了《诗经》,都是散文。经书里面的散文和后世散文读法不一样,至少唐老夫子的读法是不一样的,有鲜明的区别。唐老夫子读文法一共四大类,最主要的是后世散文。他自己是散文家,所以对于散文的读法特别有心得体会。他还有这方面的理论著作。所以后世散文我们要重点介绍。上古散文,说老实话我也没有学得很到位。因为学校里面,教我们"基本文选"课的老师是唐尧夫先生,他教我们的可以说主要的、大部分的都是后世散文。我们说学唐调,学会了没有,也是指后世散文的读法有没有掌握。这是主要的标准。上古散文虽然我学得不太好,我也应该介绍。因为也是唐老夫子唱片中间录进去的,不过比较少,只有一篇。唯一的一篇读的上古散文是什么呢?是《古文观止》里面也有的,唐老夫子自己编的书里也有,就是《左传》的《吕相绝秦》。这一篇,唯一的一篇上古散文,收在唐老夫子灌音片里的,我也没有学得很好。因为过去老师不大教这方面的读法。还有一个道理,就是这个上古散文的调,比起唐老夫子作为主要的读文法的后世散文来,

不能比。当年我要学唐调,觉得好听,是指的后世散文。上古散文,可能唐老夫子在演讲里面可能也读过,对我影响不大。唱片里面有这一篇,我也听过,我也不大感兴趣。所以我也没法教你们。《吕相绝秦》太长了,既然介绍了,那么我就在同类的上古散文里面找一个很短很短的例子,告诉大家上古散文是怎么读的。我只能做一个简单的介绍。

《论语》里面一开始就这么几句。当然这个内容我自己没有听唐老夫子读过。我不能保证我读的和唐老夫子读的完全一样。只能说参照《吕相绝秦》的读法,我来读几句《论语·学而》。

那么参考简谱有没有呢?这个没法记谱。因为这个散文句子不一样的,不像《诗经》四个字一句,四句一段;《楚辞》六七个字一句,四句一段。散文的句式也没有长短,一段也没有规定几句。所以散文的读法学起来是比较困难一点,也没法写出谱来。你读一篇,人家记谱可以记的,可是这个谱到另外一篇派不上用场。这里我只能告诉大家:上古散文每一段告一段落,也不一定是意思上的段落,就是读到这里,它的调要结束。有一个小段落。它是用三个音符,216这三个音符。只能告诉大家,在结束的时候是216,前面怎么样,没有定式可循。我现在照我所学到的,把这一段《论语·学而》读给大家听一听。也不一定学得很像。要知道唐老夫子上古散文怎么读的,只有等到将来唱片修好了,听《吕相绝秦》唐老夫子怎么读的,那么我保证这里面结束的时候是216,其他我无法告诉大家。我试试看,学老夫子上古散文。

示范《论语·学而》读法

2 2 , 2 2 3 1 1 , 2 2 1 6 。
子曰 , 学而时习之 , 不亦说乎。

2 2 2 3 1 1 , 2 2 1 6 。
有朋自远方来 , 不亦乐乎。

2 2 2 3 1 1 , 2 2 2 1 6 。
人不知而不愠 , 不亦君子乎。

这个调子并不好听，而且它非常单调，非常古朴，它就是把这个意思表达出来，可是你也要承认它也是吟诵，因为毕竟每一个字都有"1234567"，和朗诵完全不一样。能够掌握123，前面哪怕有点出入，问题不大。就算是上古散文的调子了。

我们说上古散文的时候，要全部给出谱是不可能的，我只给了一个每一小段结束，它必然是216。后世散文唐老夫子的读文法读后世散文的特点，结句不是216，是615，这是上古散文和后世散文最明显的区别。那么现在我们就来比较一下，研究一下。上古散文216意味着什么呢？就是在结束的时候，逐步往下。比2低的就是1，比1还低的有7，不过唐老夫子读文法里面没有发7的，就是1、2、3、5、6。所以，2下来就是1，1下来就是6，逐步往低。这是结束的一个规矩，这也就是上古散文的特点。

现在我们看这个后世散文的结句是615，其实这个615近年来我也是经过研究，新得到一个体会，我也和吟诵界的人谈过这个问题。他们说这个发现很重要。这个615实际上就是216接下来。所以，要讲得完整一点，应该是21615，这个615不是凭空而来的。也是从"21"一路低下来的。问题是，它从2低到1，从1低到6，不是再往下，而是往上，从这个6又回到上面这个1，然后又下来，比6还要低。唐调之所以好听，关键就在这里。上古散文是一路往下结束，后世散文是在结束回上去又下来，多了这么一个曲折，味道就出来了。请大家特别注意，我这个标点符号不是完全按照意思标的。这里凡是圈的地方，都是615的地方。这个615安排在什么地方？我们首先要把这个学到手。可以这么说，学唐调，如果学不到615，如果不出现615，肯定不是唐调。当然，反过来讲，有615也不就是唐调。可是，至少首先要把这个615学会，然后再推广到整篇文章。这里要说明一点，我这里的标点符号有一个地方是和唐校长的读法不一样。"而故老皆无在者，盖天下之平久矣"，唐老夫子在"而故老皆无在者"这个地方，是用句号的。这个地方他有615。那么，我们学生学老夫子的调子，不是完全一模一样，也可以略作变动。这个地方，我觉得"而故老皆无在者"和"盖天下之平久矣"好像这两句味道有点重复，所以我把它改了一下，我读的时候"故老皆无在者"没有615。

唐老夫子的吟诵调，根据传世的唱片资料可以分为四大类。这个四大类里面最最重要的，就是这个后世散文。这个十张唱片里面，属于这一类的，一共有九篇之多。可以通过这九篇来学习近世散文的读法。九篇按照时代次序:《史记·屈原列传》,诸葛亮《前出师表》,唐代李华的《吊古战场文》,韩愈的《送李愿归盘谷序》。接下来还有五篇都是宋代的,范仲淹《岳阳楼记》,还有四篇都是欧阳修的,《五代史·伶官传序》《丰乐亭记》《秋声赋》,还有《泷冈阡表》。这说明唐老夫子特别喜欢欧阳修的文章。《史记》一篇,诸葛亮《前出师表》一篇,唐代两篇,宋代五篇,一共九篇。这九篇是我们学习唐调吟诵的宝贵资料。这些文章,《古文观止》里也都有。唐校长把它们选在他编的《国文经纬贯通大义》,这是我们无锡国专的教科书。唐校长灌音片里最清楚的就是这个《丰乐亭记》,所以我首先把它介绍给大家。这个学起来有一定的难度,因为它没有定谱。就是自己读。唐校长自己读,每一次读也不一样。我们学的人,唐校长的学生,算是学会唐调了,个人有个人的读法,也不完全一样。要说一样,就是这个615是一样的。我先来学一遍。

示范《丰乐亭记》读法

丰乐亭记

[宋]欧阳修

　　修既治滁之明年,夏,始饮滁水而甘。问诸滁人,得于州南百步之近。其上则丰山,耸然而特立;下则幽谷,窈然而深藏;中有清泉,滃然而仰出。○俯仰左右,顾而乐之。于是疏泉凿石,辟地以为亭,而与滁人往游其间。○

　　滁于五代干戈之际,用武之地也。○昔太祖皇帝,尝以周师破李景兵十五万于清流山下,生擒其将皇甫晖、姚凤于滁东门之外,遂以平滁。○修尝考其山川,按其图记,升高以望清流之关,欲求晖、凤就擒之所。而故老皆无在者,盖天下之平久矣。○自唐失其政,海内分裂,豪杰并起而争,所在为敌国者,何可胜数?○及宋受天命,圣人出而四海一。向之凭恃险阻,划削消磨,百年之间,漠然徒见山高而水清。欲问其事,而遗老尽矣!○

　　今滁介江淮之间,舟车商贾、四方宾客之所不至,民生不见外事,而安于畎

亩衣食,以乐生送死。而孰知上之功德,休养生息,涵煦于百年之深也。○

修之来此,乐其地僻而事简,又爱其俗之安闲。既得斯泉于山谷之间,乃日与滁人仰而望山,俯而听泉。掇幽芳而荫乔木,风霜冰雪,刻露清秀,四时之景,无不可爱。○又幸其民乐其岁物之丰成,而喜与予游也。因为本其山川,道其风俗之美,使民知所以安此丰年之乐者,幸生无事之时也。○

夫宣上恩德,以与民共乐,刺史之事也。遂书以名其亭焉。○

大家大概都听清楚了,凡是用句号○的地方,清清楚楚615。615是从216发展而来,我还可以读几句,(大家)体会(它们)之间的关系。比方(示范吟诵)我这里大家可能没有注意,其实我刚才读"始饮滁水而甘"好像不是615。假如照这个句号来读的话,(再次示范吟诵)凡是有圆圈的有句号的地方,都是615。可是正像我刚才讲的,每一次都不一定一样,我读这一句("始饮滁水而甘")是这样读的:(示范吟诵)这是216不是615。然后接下来("得于州南百步之远")又是216,(示范吟诵)又是216,到这个地方("而与滁人往游其间")615才出来。("始饮滁水而甘")不要断,因为下面"问诸滁人"接得很紧。当然你照这个读("始饮滁水而甘"615),也不算错。这个就是读法里面千变万化的原因所在。

修既治滁之明年,夏,始饮滁水而甘216。问诸滁人,得于州南百步之远216。其上则丰山,耸然而特立;下则幽谷,窈然而深藏;中有清泉,滃然而仰出216。俯仰左右,顾而乐之。于是疏泉凿石,辟地以为亭,而与滁人往游其间615。

后世散文,作为唐调来说是主要的部分、最重要的部分。实际上,唐校长教学生所示范的也多半是这方面的作品,所以在唱片里,(后世散文)占了绝大部分,十篇散文中,这个调就占了九篇之多。我另外读一篇唱片里没有的,也是用唐调读,很出名的一篇文章,就是韩愈的《祭十二郎文》,这篇文章唐校长自己也非常喜欢,所以他的这本《国文经纬贯通大义》书里也选编了进去。另外,唐校长编教科书是按照不同风格不同写法,对文章进行分类,他一共分了四十四法,即四十四种不同的方法来写文章。《丰乐亭记》叫作"响遏行云法",它的调子比较高,响遏行云。今天这篇韩愈的《祭十二郎文》,风格完全两样,在唐校长的选

本里编入"凄入心脾法",非常凄凉感人,深入心脾间。我背不出来,还得照书读。调子还是那个后世散文调。

示范《祭十二郎文》读法

祭十二郎文

[唐]韩愈

年、月、日,季父愈闻汝丧之七日,乃能衔哀致诚,使建中远具时羞之奠,告汝十二郎之灵:

呜呼!吾少孤,及长,不省所怙,惟兄嫂是依。中年,兄殁南方,吾与汝俱幼,从嫂归葬河阳。既又与汝就食江南。零丁孤苦,未尝一日相离也。吾上有三兄,皆不幸早世。承先人后者,在孙惟汝,在子惟吾。两世一身,形单影只。嫂尝抚汝指吾而言曰:"韩氏两世,惟此而已!"汝时尤小,当不复记忆。吾时虽能记忆,亦未知其言之悲也。

吾年十九,始来京城。其后四年,而归视汝。又四年,吾往河阳省坟墓,遇汝从嫂丧来葬。又二年,吾佐董丞相于汴州,汝来省吾。止一岁,请归取其孥。明年,丞相薨。吾去汴州,汝不果来。是年,吾佐戎徐州,使取汝者始行,吾又罢去,汝又不果来。吾念汝从于东,东亦客也,不可以久;图久远者,莫如西归,将成家而致汝。呜呼!孰谓汝遽去吾而殁乎!吾与汝俱少年,以为虽暂相别,终当久相与处。故舍汝而旅食京师,以求斗斛之禄。诚知其如此,虽万乘之公相,吾不以一日辍汝而就也。

去年,孟东野往。吾书与汝曰:"吾年未四十,而视茫茫,而发苍苍,而齿牙动摇。念诸父与诸兄,皆康强而早世。如吾之衰者,其能久存乎?吾不可去,汝不肯来,恐旦暮死,而汝抱无涯之戚也!"孰谓少者殁而长者存,强者夭而病者全乎!

呜呼!其信然邪?其梦邪?其传之非其真邪?信也,吾兄之盛德而夭其嗣乎?汝之纯明而不克蒙其泽乎?少者、强者而夭殁,长者、衰者而存全乎?未可以为信也。梦也，传之非其真也，东野之书，耿兰之报，何为而在吾侧也？呜呼！其信然矣！吾兄之盛德而天其嗣矣！汝之纯明宜业其家者，不克蒙其泽矣！所谓天者诚难测，而神者诚难明矣！所谓理者不可推，而寿者不可知矣！

虽然，吾自今年来，苍苍者或化而为白矣，动摇者或脱而落矣。毛血日益衰，志气日益微，几何不从汝而死也。死而有知，其几何离；其无知，悲不几时，而不悲者无穷期矣。

汝之子始十岁，吾之子始五岁。少而强者不可保，如此孩提者，又可冀其成立邪？呜呼哀哉！呜呼哀哉！

汝去年书云："比得软脚病，往往而剧。"吾曰："是疾也，江南之人，常常有之。"未始以为忧也。呜呼！其竟以此而殒其生乎？抑别有疾而至斯极乎？

汝之书，六月十七日也。东野云，汝殁以六月二日；耿兰之报无月日。盖东野之使者，不知问家人以月日；如耿兰之报，不知当言月日。东野与吾书，乃问使者，使者妄称以应之乎？其然乎？其不然乎？

今吾使建中祭汝，吊汝之孤与汝之乳母。彼有食，可守以待终丧，则待终丧而取以来；如不能守以终丧，则遂取以来。其余奴婢，并令守汝丧。吾力能改葬，终葬汝于先人之兆，然后惟其所愿。

呜呼！汝病吾不知时，汝殁吾不知日，生不能相养于共居，殁不得抚汝以尽哀，敛不凭其棺，窆不临其穴。吾行负神明，而使汝天；不孝不慈，而不能与汝相养以生，相守以死。一在天之涯，一在地之角，生而影不与吾形相依，死而魂不与吾梦相接。吾实为之，其又何尤！彼苍者天，曷其有极！自今已往，吾其无意于人世矣！当求数顷之田于伊颍之上，以待余年，教吾子与汝子，幸其成；长吾女与汝女，待其嫁，如此而已。

呜呼，言有穷而情不可终，汝其知也邪？其不知也邪？呜呼哀哉！尚飨！

这篇文章，用"凄入心脾法"，非常凄凉，非常感人。老夫子选这篇，后面是有几句对这篇文章的评价："力叙生前离合之音，复记死后儿女之事，徐徐道家常，读之泪雨落不能掩。"老夫子读这篇文章眼泪会掉下来。曾经有一次，我一个人在家拿出这篇文章来读，读到后来的确是泪如雨下。今天我读这篇文章没有哭，可是我的眼眶里也有眼泪，足见这篇文章的感人。老夫子说韩愈长于阳刚之文,而这篇是阴柔的文章,"此独非阴柔之至者,盖贤者固无所不能"①。他擅长写阳刚之文,也擅长写阴柔之文,而至情至性更不可磨灭。老夫子在教学问教文章的同时也教道德品性,非常注重一个人的道德品质的养成,所以我今天加读这一篇。

我在学唐调之前,在做唐老夫子的学生之前,完全不知道《诗经》该怎么读,《楚辞》该怎么读,所以,(《诗经》《楚辞》)就完全是跟唐老夫子学的。上古散文和后世散文过去学过,不过我现在用的调不是过去学的调,完全是唐老夫子的调。唯独诗词,过去本来有学会一种,也是江阴家乡调,说不清楚具体是谁教的,但我在认识唐老夫子之前,就学过这么一种调。后来,听了唐老夫子的吟诵,有相通之处,不完全相同,不可能完全相同。为什么不可能完全相同呢?因为唐老夫子的录音资料里面,唱片里面,没有一首近体诗。五绝、七绝、五律、七律,没有听过唐老夫子是怎么读,没有,很遗憾!所以,唐老夫子近体诗是怎么读的,我不知道,所以,(近体诗)不能说是学习唐老夫子读文法。

他在唱片里面,有四首作品,两首是七言长诗,不是七绝,也不是七律,是七言长诗。这个长诗也不是传统的古代的作品,是唐老夫子的父亲——太老夫子的作品,我们也没有怎么很好地学习。另外两首是传统的,岳飞的《满江红》,还有一首是苏轼《水调歌头》。可惜,(《满江红》)声音不太清楚,不能放给大家听。我只能告诉大家,唐老夫子读岳飞《满江红》的读法,和我等一下要读的(诗词)有相近之处,只能这么讲。事实上,各个不同流派,不同老师传承,文章的读法,老夫子有他的独特之处。至于诗词的读法,大同小异。为什么大同小异?因为,总是要把平仄区分开来,总是要把阴阳上去入区分开来。不过区分的途径,区分的方法,不尽相同。仄声是高而短,平声是低而长,这个可以说是几乎一致的,所以诗词,我不能说是学习唐老夫子读文法,特别是他从来没有留给我们一首近体诗的录音资料,所以我只能说参照。特别是,(为了)便于大家学习,我搞出来的简谱,和其他简谱不一样。《诗经》《楚辞》的简谱可以说是唐老夫子(的调子),他读出来的声音就是这个简谱的样子。上古散文、后世散文,同样是如此,唐老夫子从来没有说过 21615,可是他读的里面(就是这样)。那么这就是

---

① 按原文为:"昔人谓韩子长于阳刚之文,此独非阴柔之至者乎? 盖贤者固无所不能,而至情至性,更不可磨灭也。"(唐文治. 国文经纬贯通大义[M]. 台北:文史哲出版社,1987:81.)

老夫子传授给我们的东西。至于诗词的参考简谱，完全是我设计的，和老夫子丝毫没有关系。

文根据陈以鸿 2017 年 8 月"我爱斯文中华吟诵中级班讲座"录音整理。讲座中的"近体诗吟诵"并非唐调，故略去不录。

萧善芗：唐调访谈

编者按：萧善芗先生是唐文治先生无锡国学专修学校（沪校）女弟子，唐调重要传人。2022 年 1 月，由先生向上海市徐汇区政府递交唐调非遗申请书，"唐文治先生读文法（唐调）"被成功列入徐汇区政府第十四批非物质文化遗产代表性项目名录。今通过访谈，记录先生唐调传继之路，并由此探析唐文治先生读文法（唐调）之要领。

编者：萧老，您的外祖父是秀才，曾担任晚清状元张謇的账房先生。他平时喜欢写诗吟诗吗？您的吟诵，是不是有家庭熏陶的影响？能具体说说您学习吟诵的经历吗？

萧善芗：我外祖父是秀才，很会作诗吟诗，闲暇时经常喜欢吟诗，我常常听得津津有味。但不知什么原因，我小时候特别喜欢哭鼻子，怎么哄都没用。一次外祖父听得不耐烦了，就写了首打油诗："既是兴儿未记兴，愁眉锁脸泪盈盈。弥陀开口呵呵笑，笑煞人间哭作精。""兴儿"是我的乳名。我虽然不懂全部内容，但知道是讲我是"哭作精"。从此就不哭了，却也因此不爱听祖父的吟诵声了。我的吟诵实际受家庭影响不多，家传的调子只有一个模糊的印象。我录制的光盘里面，诗词调子是凭着残存的记忆加上自己个人的理解来吟的，因此，我光盘里面读诗词的调子，都标明是"家传兼自创调"。读文那就根本没有接触过，可以说是一张白纸。真正爱上吟诵，并且系统深入学习吟诵，是进了无锡国学专修学校沪校以后，我光盘里面，格律诗词是家传兼自创调，其余都是从唐老夫子那里承学来的唐调。

1945 年冬季，我考取了国专沪校，第二年春季开始就读史地组，1948 年冬季毕业。我进国专沪校时，唐老夫子已年届耄耋，双目失明，又因为前列腺手术后行动极为不便,已不担任具体课程的教学工作,但老人家非常敬业,每周三上午必定来校为全校学生讲演并吟诵古诗文。当时讲学借用的是乐群中学礼堂。开讲先由陆景周先生分段朗读课文,《诗经》《楚辞》或《左传》《史记》以及唐宋散文等,老夫子再详析各段内容。讲解完后,老夫子便开始吟诵全文。那是全场讲演中最精彩的部分。八旬老人,诵读古文仍是精神抖擞,声如洪钟、抑扬顿挫、声情并茂,极具感染力。他读韩愈的《祭十二郎文》能使听者落泪! 老夫子读文"文如己出",让我们领会到作品内涵意境、音韵之美,言外之意,从而领略到中华传统文化的精髓。

我在国专沪校就读三年中,除修读历史与地理专业课程外,"基本文选"是每学期的必修课程。所用教材是唐老夫子于 1923 年亲自编订的《国文经纬贯通大义》。唐老夫子在浩如烟海的古代文学作品中,以"必须选择文章之可歌可泣,足以感发人之性情者,方有益于世道"[①]为原则,精心遴选了 236 篇(段)作品,分成八卷四十四法,目的在于"通人情、达物理、正人心"[②]。

"基本文选"的任教老师,是国专首届毕业生唐尧夫先生。他国学根基深厚,教学认真得法,要求严格,每教一文,必求背诵一文。唐师嗓音得天独厚,吟诵酷似唐老夫子,是读文法的忠实继承人和积极推行者。记得他给我们这届学生上的第一篇课文是《诗经·卷耳》,在简介作品背景与内容后,就以唐调吟诵全诗,节奏鲜明,嗓音悦耳,富有感情。在示范之后,他又让同学们跟他一起吟诵,而后再让同学个别练习吟诵,直到能够背诵。我由此爱上了唐老夫子的读文法。唐尧夫师所授,以后世散文调为主,但有时也用上古散文调诵读《左传》作品。我录制的《左传·曹刿论战》诵读就是在唐尧夫师课上所习得。

我们平时有唐尧夫师精心教学"基本文选",每周又有唐老夫子精彩讲演与诵读加深提高,学习国学与唐调的热情日益高涨。国专仅有的两间教室里,每天清晨都回荡着琅琅唐调读书声。在这样的氛围中,我遵照唐老夫子指导的方法苦读了三年,熟练掌握了唐调,获得了受用终身的国学精粹。

编者:陈老也谈起过唐老夫子的演讲以及唐尧夫先生的"基本文选"课程,

---

① 《茹经先生自订年谱正续篇·乙丑·六十一岁》:"故居今之世,教授国学,必须选择文章之可歌可泣,足以感发人之性情者,方有益于世道也。"(唐文治.唐文治自述[M].文明国,编.合肥:安徽文艺出版社,2013:85.)
② 唐文治.国文经纬贯通大义[M].台北:文史哲出版社,1987:282.

他和您一样被两位先生的读文所震撼，由此深深爱上了唐调。您毕业照上，唐文治先生左右还坐着陆景周、王蘧常两位先生。他们在无锡国专沪校也传授过您唐调吧？

萧善芗：是的，陆景周师和王蘧常师都是老夫子的得意门生，王师还是公认的唐门状元，他们都系统承学了老夫子的读文法，并在国专沪校担任教学工作。陆师和王师都教授过我唐调。

因为我是史地组的，先秦典籍学得比较多，诵读用的是上古文调子。陆师是江苏太仓人，老夫子的同乡。唐老夫子执掌南洋公学时，陆先生就拜唐老夫子为师了。唐老夫子50岁时，聘陆景周先生为秘书兼国文教员，同时担任其长子唐庆诒的家庭教师。陆师直至70多岁才告老还乡，他的一生几乎是追随唐老夫子而度过，是老夫子不可或缺的助手。

陆景周师读上古散文的吟诵调子与唐老夫子一般无二，基本上是太仓本地读书调。我曾跟陈以鸿学长谈起过上古文的吟诵调子，他认为"陆景周师温文尔雅，宜于读上古经文，得古朴庄重之意"。陆师生病的时候，就由教务长王蘧常先生代课。王师同样用上古散文调教授经文。我录制的全套《四书诵读》，用的就是陆景周先生与王蘧常先生所传授的读上古经文的调子。这个调子同样也用来读《荀子》《墨子》《老子》等先秦诸子散文，我称之为"先秦散文调"。

编者：您先生魏建猷教授也是唐文治先生无锡国专早期高材生，后来留校任教。您曾在首届中华吟诵周上展示的《饮酒》，是通过魏教授之口再传的。

萧善芗：因为唐老夫子灌音片里面没有收入五言古体诗，我就想通过这次机会让吟友们听一听。国专时，唐老夫子每周都会和全校教师联欢宴饮，席间特别喜欢吟诵陶渊明的《饮酒》，我先生非常喜欢，记忆深刻，在家经常吟，所以我就学会了。我先生后来不搞国文，教历史了。可是，当我在教学中要上文言文课的时候，必然要用唐调读读熟。这时，我先生会凑上来跟我一起读。比如说《史记·廉颇蔺相如列传》，韩愈的《师说》和《马说》，他都一起读过。他读得也是很不错的！

编者："唐蔚芝先生吟诵传习群"遵照陈老与您的要求，坚持模学《唐蔚芝先生读文灌音片》。灌音片中共收录20篇古诗文，几乎涵盖了古代文学的各种体裁（近体诗除外），时间跨度从先秦一直到清代。我们发现，唐文治先生文体意识非常强，不同文体选用不同调子。他读的《左传·吕相绝秦》腔调也与汉魏以后的散文腔调迥异。您刚才特别说明儒家经文和诸子散文都用的是"先秦散文调",陈老同样也把读四书五经的调子和后世散文调区分得清清楚楚。是不是可以这样认为,运用唐调读文,首先必须树立文体意识?读文法体系里面,具体有哪些调子,这些调子腔调上有什么特点?您能否结合灌音片中的代表作做些说明?

萧善芗:的确,我们唐老夫子文体意识特别强,陈以鸿学长早有"读文法随体而不同"的定论。学长将老夫子的灌音片读文总结为四类:

第一类是《诗经》《楚辞》和五七言诗歌。这类文体句法整齐,结构前后重复,读法主要在表达出韵味来。第二类是长短句,在诗歌读法的基础上,随词体不同而变化。第三类是上古散文,以经书为主,因写法古朴,读法也比较庄重而拘谨。第四类是先秦诸子以次的历代散文和骈文,以及一部分韵文。①

"后世散文调"是唐文治先生在桐城派古文理论基础上的个性化创造,调式富于变化,尾腔为615。先秦散文调及其他几种调子则是唐文治先生结合对家乡太仓吟诵调的改良,调式相对固定,尾腔为216(653)。

这里我要特别提醒唐调传习者:唐调没有近体诗吟调的传承。在唐老夫子的录音片中没有收录过一首近体诗,我和其他校友也从未听老夫子吟诵过近体诗。因此,我们国专校友所吟的近体诗都不是唐调,而是家传调或者家乡调。现在很多近体诗吟诵调子随意冠以"唐调"之名,爱好者传习的时候务必要加以分辨,避免以讹传讹。

我们唐调最特别的就是,同一篇文章中如果出现两种不同的文体,那就要严格地随文体而转换读文调式。以唐代李华的《吊古战场文》为例。这篇文章具有典型的"由骈入散"特点,选用后世散文调来读。可是到了第五段,从"鼓衰兮力竭"开始变成骚体,读这一段,唐老夫子就从后世散文调转为楚辞调,吟唱凄绝挽歌,一直到"伤心惨目",再转用后世散文调读完篇。

根据文体特点选择读文调式是唐调读文的基本要求,我和学长们无不恪守此道。在为"唐蔚芝先生吟诵传习群"补读《送李愿归盘谷序》最后一段时,我和陈以鸿学长都很自觉地随文体变化转调:先用后世散文调读"昌黎韩愈闻其言

---

① 陈以鸿.茹经先生读文法管窥[C]//苏州大学校长办公室.唐文治先生学术思想讨论会论文集.1985:63.

而壮之,与之酒而为之歌曰",然后转用楚辞调读完"歌曰"之后的骚体文字。我们读先秦经文和汉魏以后的文章,两种读文腔调肯定要分得清清楚楚,绝对不能混用。现在不少人想当然地用后世散文调读儒家经文,是不合我们唐调正统读文法规矩的。

编者:在众多的吟诵调中,唐调以诵读古文而著称。可是,很多吟友发现,读古文很难像近体诗那样套调。目前,不少吟友还只能依葫芦画瓢,无法举一反三自由读文。有的吟友看似能举一反三,可是听上去像是机械重复一种旋律,千篇一律,缺乏生气。国学大师所创的唐调总让人感觉博大精深,入门门槛高,很难掌握。您和陈老等国专沪校学生的读文,却无不气韵生动,富于变化。是不是你们有读文秘笈?

萧善芗:唐调读文虽然门槛比较高,但只要得法,就能事半功倍。唐调原名"读文法",说明要讲究读文方法,不能只停留在调子本身。你提到的,就是唐老夫子所说的"任意乱读""庸俗之调"。唐老夫子特别强调读文要"得法",为此,他自编《读文法》《国文阴阳刚柔大义》《国文经纬贯通大义》三种教材,并开设"读文法"和"基本文选"课程,系统传授读法。我们国专生必读的《国文经纬贯通大义》的《绪言》中,专门制定了读文训练的具体原则与方法,即"三十遍读文法"。第一个十遍,划清段落最为重要;第二个十遍,重在挖掘文章的中心思想,即要明白文章中的言中之意和言外之意;第三个十遍,重在研究文章的语言,了解语言的特色、细节,玩味文章的艺术特色。我们国专生都是按照这个方法来读文,事半功倍,在领悟读文之法的同时,也提高了作文水平。

"三十遍读文法",要求前十遍"求其线索之所在",也就是要划分段落,分析文章结构。这是读好文章的关键。

我们常用到两种读法。一种是用"顿"的读法,用在段落结束处作停顿。老夫子读《吊古战场文》,每完一段,都会用标志性尾腔(615)收结,在读下一段落前作一个停息,把文章层次清晰外显出来。文中多段以感叹结尾:"呜呼噫嘻!""可胜言哉!""伤心惨目,有如是耶!"停顿的地方用尾调,回韵悠长,无限感慨。还有一种是用"挫"的读法,用在文章关节转折处。老夫子告诉我们:"最宜注意者,在顿挫之间。"老夫子还有读文十六字诀:"气生于情,情宣于气,气合于神,神传于情。"读出神气情的关键,在于"顿"字诀。用好顿挫读法,文章起承转合,就能了然于心。我们唐调读文尾腔位置安排,是运用"顿"字诀读法的结果。所以我每次读文前十遍功夫都要做足，安排好尾腔，绝不随意而为。

编者：唐文治先生的"顿"字诀真可谓大道至简，以简驭繁。我们知道，"阴阳刚柔"是唐调的核心理论，源于"桐城派"姚鼐"阴阳刚柔"之说。唐文治先生又对曾国藩"古文四象"学说推崇备至，"古文四象"将文章性质分为太阳气势、少阳趣味、太阴识度、少阴情韵四种。唐文治先生读文法有没有创新之处呢？

萧善芗：是的，我们唐调读文特别强调判别阴阳刚柔性质，分清四象。比如《吊古战场文》，这篇文章字里行间饱蘸着忧国忧民的感伤情调，表现了鲜明的厌战情绪和深切怜悯士兵的情感。我们据此可判其性质为少阴情韵。

唐老夫子的读文法是在桐城派文论语曾国藩"古文四象"基本上的创新。唐老夫子将"古文四象"学说创造性地运用于读文教学实践，细分出与四象相配的五种读法：急读、缓读、极急读、极缓读、平读。他说："大抵气势文急读、极急读，而其音高；识度文缓读、极缓读，而其音低；趣味情韵文平读，而其音平。然情韵文亦有愈唱愈高者，未可拘泥。"

初学唐调要注意，这五种读法，仅仅只是根据文章整体阴阳性质而匹配的基本读法。唐老夫子一再强调要"因时制宜，未可拘泥"，读文要随时审阴阳，随文分刚柔。

三十遍读文不是孤立的，而是要在读的过程中，掌握轻、重、缓、急变化，因声求气，得神入境，不断在理解中逐渐提升读文质量，又在升华中获得作品的精髓来感染自己，涵养性情，激励气节，知行合一，完善人格。唐老夫子把这个过程归纳为十六个字，即"熟读精审，循序渐进，虚心涵泳，切己体察"。

编者：萧老您传习唐调将近八十年，不少吟友都被您充满感情的读文所吸引。您能说说您的吟诵追求吗？传习者有没有提高吟诵质量的方法？

萧善芗：吟诵的灵魂是感情，吟诵的最高境界是"忘我"。吟诵根据层次高低可以分成三重境界：第一重是"以声求气"，就是用声音来表达文章的思想感情；第二重是"得神"，要在表达感情之外，要读出神韵；第三重境界是"忘我之境"，文如己出，神气情具备。想要提升吟诵的质量，不断精进吟诵境界的方法只有一个，就是多读。

编者：萧老，您已出版了《萧善芗古诗文吟诵专辑》系列专辑，并汇编为《萧善芗古诗文吟诵合集》，共收古诗文 114 篇（段），涉及上自屈原下至清代共 57 位古代著名作家的作品。读文音频数量之巨，在唐门弟子中可称第一。唐文治先生仅留下一篇儒家经文诵读作品《左传·吕相绝秦》，唐调传人经文吟诵也较少采录得到。您近年来连续录制的唐调读经光盘显得弥足珍贵，在当前传统文化复兴和读经热的潮流中，弘扬儒家的"读经调"，意义愈发重大。有了如此多的音频传世，您为何至今还在不遗余力继续拼命录音？

萧善芗：在特殊的时期，唐调被诬蔑为"怪调"，使我们这些传人不敢发声，真是愧对唐老夫子！晚年国家安定兴盛，全社会掀起重视中华优秀传统文化的学习热潮，我虽年迈多病，但师恩难忘，有传继绝学之任，就毅然加入了抢救、传承与推广唐调的行列。

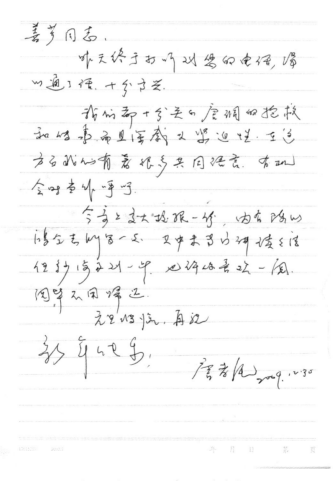

唐文治先生孙女唐孝纯致萧善芗信

209

现在,唐调成功(申请)非遗,我已年近百岁,无力参与实质性保护工作,传继的重担交给你们年轻人了。作为口头非物质文化遗产,唐调传承主要靠口传心授。要把唐调灵活运用于日常读书中,核心是掌握正确读法,读出文章的神气情。如果读文不得法,读十年也是徒劳无功啊,发挥不了应有的作用。我的吟诵当然无法跟唐老夫子相比,在唐调传人中也不是最优秀的,但为了继往圣绝学,给国学爱好者学习读文法提供更多的参考,只能尽可能多地录制音像资料。我想每天坚持读一点,积少成多,一年下来,也是数量可观的。

唐调是一种读书方法,是唐老夫子为弘扬国学而创。希望将来能够把唐调推进中小学与高校,辅助古诗文教学,使之成为教书育人的一种有效方法。相信在政府的大力支持下,在年轻人的坚持努力下,定能使唐调之声绵延不绝!

2023 年 11 月

附录三：唐文治、王蘧常师门国专回忆

王蘧常：唐老夫子对我的感染

我最初景仰唐先生,那是在我十六岁的时候,看到唐先生的一本著作,是交通大学的校训,名叫《人格》,讲应该怎样做一个人。我得到以后,这简直是高兴极了。非常景仰唐先生,心心念念怎样可以见唐先生一面都是好的。但是我的数理成绩不好,没有资格去考交通大学。后来唐先生辞掉了交通大学的职务,回到无锡去住。有一天,我父亲对我说,你所最佩服的唐先生,现在办了一所无锡国学专修馆。那你要努力,你可以拜唐先生为老师,多光荣啊!于是我最关心是怎么能够考取。考的时候,没有年龄限制。由于当时的所谓总统者,跟唐先生是"同年",答应毕业生可以到部里任职,或到外省当一名候补知事,也可以到大中学校教书,因此,考生特别多,甚而至于头发斑白的老先生也去应考。我是在上海交通大学早操场里考的,上海的考生有六七百人,加上南京、无锡两地的考生,约有一千多人。我和我的同学唐兰(他是文字学家、金石学家)一块儿去上海应考。他跟我同岁。一进考场,我就呆了。应考的都比我们年龄大,我那时只有十九岁。看了题目,我又发呆。第一道题叫《於缉熙敬止》,是《诗经·大雅·文王篇》里的诗句,第二道是《"为生民立命,为万世开太平"论》。安定下来,总算交卷。中间有一个小小的插曲。坐在我旁边的是一位头发斑白的五十多岁的老先生,他老是看我的文章,看一下,写一下。我心里非常害怕,这不是雷同了吗?于是我就写古体字,老先生看看,叹了口气:"唉!"把笔墨一卷出去。这样一来,旁边没有人监督,就顺利地完场了。

那天天气很阴冷,回到旅馆,和唐兰商量,对能否考取都没有把握。但我心里知道,题目的意思我是懂的。回去后并不寄予希望。后来报上登出来,居然

211

都考取了。他是第五名，我是第七名。去无锡报名时，天下大雪，我还摔了一跤。要见唐先生时心里战战兢兢，哪知见了唐先生他很和蔼近人。他第一句就问："你为什么在作文上写了古里古怪的字？"我就告诉他，我没有办法，并不是要显露我的什么才华，实在是没有办法。唐先生就哈哈大笑，非常和蔼可亲。

这时学校设在惠山脚下山货公所里，离开唐先生城里的家是很远很远的。但唐先生从不迟到，风雨下雪都一样。这时，我小小的心灵更加钦佩唐先生，真是了不得。

记得开学那一天，唐先生希望我们要为圣为贤。我一听，简直惶恐得很，圣贤还了得！他又说，其次要为豪为杰。他短短的训话，对我来说，很受感染。以后他就教我们经书。有一次，我正在念《桃花源记》。唐先生已经到了，经过教室，到校长室去。我停下来不念，等他走了才继续念。等一回，他派校工来叫我去，我心里忐忑得很，唐先生为什么叫我去？一定是我读书的调子不合式，有所指正。哪知他第一句话就说得我很开心："你读得很好啊！"他就讲念书的方法，指导我怎样读文章。他说："我的读法得之于吴挚甫（汝纶），他是中国第一所大学——京师大学堂——的总教习（这个职务大概相当于后来的教务长）。"他是曾国藩的学生，他自己说，我是得到我的老师教的。一篇文章，听老师一念，文章的脉胳精神都念出来了。吴汝纶还对唐先生说，曾国藩喜欢念王安石的《泰州海陵县主簿许君墓志铭》。据说曾国藩的另一个大弟子张裕钊，初见面时，曾国藩也念了这一篇。唐先生说，我是受吴挚甫先生的教导，念文章要分阳刚阴柔而念法不同。阳刚之文，愈唱愈高。唐先生教我念《书经》的最后一篇《秦誓》，是阳刚之文，应该愈唱愈高。那末阴柔之文呢？他举了欧阳修的《五代史·伶官传序》。我印象中最深的就是他念的这篇文章，一唱三叹，显示了欧阳修的阴柔之文的特点。从此，我才懂得念书的方法。以后，我们的同学常常被校长召去，他针对每个人的情况讲话。这是我初进国专时所受到的感染，非常之深。以后听唐先生讲经书，当然更加一步步深入。我之所以能够略知一点所谓国学，就是这样渐渐地知道的。

唐先生一生学问中最了不起的地方在哪里？他办了交通大学。这时还没有设立系，他设立了三个科，还兴建了图书馆。他对物质文明是非常注意的。他在那时的总理各国事务衙门（也就是后来的外务部、外交部）管理和俄国打交道的事务。他老先生居然念起俄文来了，不是随便学学，会讲几句俄语就算，实在用功，往往念到深夜，并且校对中俄文本条约。他的眼睛坏掉，和念俄文很有关系的。后来他曾跟随当时的亲贵到世界各国去，他有部著作叫《英轺日记》，前面一篇序文，写得真好。（唐先生非常佩服我的老师沈子培先生，唐先生也拜沈子培做老师。我是沈寐叟最小的学生，唐老夫子高兴时拍拍我的肩膀："我跟你是同门啊！"那我怎么敢当。）这篇序文经沈子培先生修改过，是用非常古雅的文笔来写当时的世界大局的。所以他办交通大学是非常高兴的。他决不是拘拘于本国的文化，他还要综合全世界的文化。所以我说，他重视物质文明的最大贡献是办交通大学。

以后又在无锡办国学专修馆，就是后来的无锡国学专修学校。解放以后，人民政府把我的母校提高了名称，叫无锡中国文学院。唐先生前后办了三十多年。我们这个学校，只要有好的老师，唐先生总是千方百计地请来，所以我们学校里培养的人才是很不差的。

现在纪念唐先生，无锡修了茹经堂，成立了唐先生的纪念馆。我就写了一副对联，上联是："天生哲人，合物质精神文明于一冶。"我想，这一句话很能够表达唐先生学问的大概。

苏州大学校长办公室编印：《唐文治先生学术思想讨论会论文集》，1985年，第18—19页。

王蘧常：王蘧常自传（节选）

一九一九年秋，闻前交通部工业专校校长唐文治先生在无锡创办国学馆，得其同年当时大总统徐世昌之襄助，馆生毕业出路，由政府安置，且由施肇曾资助馆生膳书籍及膏火（奖学金），待遇优厚，均在招生广告载之。名额二十四人，不拘年龄。父兄立命报考，我虑其录取不易；即取，又恐引入宦途，有难色。吾父正色曰："唐先生天下楷模，汝乃不乐为其弟子耶？毋自误！"不得已，遂赴考。不料与试者多达一千五百余人，且多斑白者，不觉为之气短。试题二：一曰《"於缉熙敬止"论》；二曰《顾亭林先生云："拯斯民于涂炭，为万世开太平。"试申其义》。我知一题出自《诗经·大雅》，上有"穆穆文王"句。又记《大学》引之，以释止于至善。遂由此绾合成文。及发榜，得录取。

唐先生督教严，经文必以背诵为度，常面试，一差误，则续试不已，必至无误乃已。考核尤重月试，不限于经、史、子，亦重文学。等第分超、上、中，每发表，唐先生中坐，秘书在左唱名，遂起立致敬听评语；评有眉评与总评，如解牛，无不中肯，听者忘倦。尤喜奖假，我尝作《观浙潮赋》，拾古人江海赋之辞采，以蛟螭鼋鳖喻军阀之内战，翻江倒海，民不聊生。唐先生书评于后曰："极挥霍离奇之能事，物无遁形，木玄虚、郭景纯应避其出一头地。"又曰："写此题，不能再好矣。"我虽明知溢美过情，然经此鼓舞，益觉感奋勤学不已。唐先生又善于诱导学生治学，各就性之所近。我治三代史，及毕业写成《商史纪传志表》若干卷、《夏礼可征》二卷、《清代艺文志权舆》六卷，时《清史稿》尚未问世。毕业试分经、史、子、文四门，我于文作《太极赋》一千数百言，唐先生于陈先生评外加评云："融贯中西，包贯今古，前人未有也。"备受鼓励。

我在国学馆时，受教于唐文治先生者至深且大，经学、理学之外，尤深得其论文及读文之法。其论文云：

　　文字者，经天而纬地者也。吾日求古文之线索，则知古书之经纬与其命意。于是我之精神与古人之精神诉合而无间，乃借古人之精神，发挥我之精神，举并世之一切可骇可喜可悲之事，宇宙间之形形色色，怪怪奇奇，壹见于文章。于是我之精神，更有以歆动后人之精神，不相谋而适相感。奋乎百世之上，百世之下，闻者莫不兴起也。吾道一以贯之，无非求之经纬而已。……学者欲穷理以究万事，必读文以究其法，又必先潜研乎规矩之中，然后能超出乎规矩之外。而又扶之以浩然之气，正大之音。格物致知，所以充其用也；阅世考情，所以广其识也。至于化而裁之，从心所欲不逾矩，所谓过此以往，未知或知也。由是而成经成史，成子成集，成训诂家，成性理家，成政治家，成大文学家，岂非通乎经纬之道而然哉？

唐先生之论读文云：

　　学者读文，务以精熟背诵，不差一字为主。其要法，每读一文，先以三十遍为度。前十遍，求其线索之所在，画分段落，最为重要；次十遍，求其命意之所在，有虚意，有实意，有旁意，有正意，有言中之意，有言外之意；再十遍，考其声音，以求其神气，细玩其长短疾徐抑扬顿挫之致。三十遍后，自不知手之舞之足之蹈之也。

我之为学，稍有成绩，多为唐先生之所教。

北京图书馆《文献》丛刊编辑部等：《中国当代社会科学家》第 7 辑，北京：书目文献出版社，1983 年，第 139 页。

陆汝挺：回忆唐文治先生二三事

晚年处理无锡国学专修学校及上海分校校务

先生晚年在沪，每日由工友高福扶至同宗唐家会客室处理锡、沪两校校务及往来公文信札，盛夏祁寒，从不间歇。事必躬亲，十余年如一日。反应敏捷，记忆力和分析能力极强。听了两校校务汇报后，先生往往立即作出指示，考虑颇为周详。至于公文信件，先生口授，秘书笔录。有时授意秘书代拟底稿，先生必须过耳修改，誊清后仍需过耳才发出。先生不但治学谨严，一丝不苟的办事精神，也值得发扬学习。

解放后，无锡国学专修学校更名为中国文学院，先生任院长。一九五〇年五月，中国文学院将并入苏南文教学院，当时中国文学院的教授、讲师意见不一致。先生闻讯谓汝挺曰："今天都在共产党领导下，应服从命令，随潮流办事，岂能再有门户之见！"当时汝挺曾奉先生之命，去无锡深入瞭解中国文学院的具体情况，可见先生之重视调查研究。

抱病上课，风雨无阻

先生晚年不仅双目失明，而且患摄护腺炎，但尽管体质渐衰，行动不便，每周仍坚持去国专分校上课。课前一、二日，必在寓所认真备课。课堂讲课，阐述微言大义，不逐句讲解。上课前由助教点名，先生起立恭听，表示尊重学生。某次，大雨滂沱，先生冒雨乘三轮车到校，衣履尽湿，照常上课。同学对先生带病工作、诲人不倦的精神，肃然起敬。课后经常有许多同学围观先生，而先生每似屏气不息者。

民主作风和工作方法

先生因秘书陆景周先生年迈,需培养接班人,汝挺国专毕业后,先生命留在秘书处工作。想当年,汝挺侍坐先生,深感先生年事虽高,但富有民主作风。常言:"先民有言,询于刍荛。"办事遇问题,提出个人意见后,经常征询景周师和汝挺意见,最后作出决定。景周师谓先生从善如流,汝挺亦有同感。汝挺在先生培养和教育下,逐步能明辨是非,增长胆识。

先生日常工作,常按事件缓急,开纪事单,办了一件,在事件上打一个圈。已办未了的加一点。先生有条不紊的工作方法,曾传授受给汝挺,汝挺奉为圭臬,终身受用无穷。

来往公文、信件、文章、慈善事业,均分门别类,立簿本、留底稿,标年、月、日,以便查考。

民族气节

先生常言:"人生惟有廉节重,世界须凭骨气撑。"汪伪时期,先生和王蘧常教务长在上海主持的无锡国学专修学校,改为私塾,用旧国学专修馆名义,避免向敌伪登记,拒不接受伪教育部经费。靠学费收入,支撑十分艰巨,但先生撙节开支,使学校始终弦歌不辍。当时敌伪曾派人劝说先生长伪交大,先生坚持民族气节,不为威逼利诱所动,严词拒绝。王蘧常先生不就伪交大职,专任国专教务长,有《节妇吟》,先生大为赞赏,常称"瑗仲已成王寡妇了"。

北流陈柱尊研究诸子百家,著述甚富,辞去国专教学,投奔汪伪。先生曾口授汝挺写促返函而杳无回信。后闻陈柱尊悔不当初,长歌当哭,泣下沾襟。先生悲其处境,慨然叹曰:"斯人也,有才而无德,惜哉!"

积极支持上海爱国学生运动

一九四七至一九四八年间,国民党反动派疯狂镇压学生运动。先生面对法西斯暴行,义愤填膺,积极支持上海爱国学生运动。交大老校长张元济先生来访先生,共同拟稿,联名发表致国民党上海市市长的公开信,仗义执言,斥责镇压爱国学生运动的罪行,要求立即释放被捕学生。老校长告辞后,先生谓汝挺曰:"张元济先生,字菊生,余换帖兄弟,与余志同道合,品端学湛。"

掩护地下工作者

无锡国专上海分校校友秦和鸣同志,一面就读于国专,一面又在上海大夏大学学习,大夏毕业后留校。秦和鸣同志很早参加中国共产党,在大夏时即从事地下工作。客观形势逼人，在大夏不能立足，嘱汝挺转请先生介绍至中学任教，先生一诺无辞。随命汝挺代笔，致函上海圣芳济中学，介绍秦和鸣同志前往任教。过一时期，秦和鸣同志在圣芳济又引人注目，要求先生介绍门馆。先生不避风险，正在考虑推荐时，秦和鸣同志来国专和汝挺话别，言将赴常州，嘱汝挺代禀先生。先生当时在白色恐怖的上海，除掩护地下工作者外，对进步学生也尽力掩护。

渴望中国共产党早日到来

一九四八年，国民党统治区内政治腐败，物价飞涨，人民备受煎迫，痛苦万状。先生蒿目时艰，忧心如焚。经常切中时弊，大声疾呼，写文章投报社，报社拒不发表。先生盲于目而不盲于心，常言："国民党日薄西山，气息奄奄，赶快去吧！长夜慢慢何时旦！中国共产党顺乎天而应乎人，中流砥柱，挽既倒之狂澜，赶快来吧！"先生向往真理，向往中国共产党，情现乎辞。一九四九年上海解放，先生喜形于色，额手称庆，谓："万民出水火而登衽席，可以重见天日矣！"陈毅市长敬老尊贤，招待上海耆年文人，对先生道德文章颇为推崇，殷勤存问，备极关怀。

读文法

先生读文法受之于桐城吴挚甫先生，并有所发展，时人称之谓"唐调"。先生曾指示汝挺："古文不熟读朗诵，不能领会。韩愈所谓含英咀华，始克发其精微，动与古合。读文要凝神炼气，抗坠抑扬。黄钟大吕，如协宫商。疾则如长江大河，奔腾澎湃。徐则若峰回路转，曲折迂旋。若发抒性情之文，更如怨如慕，如泣如诉。余读文有十六字诀：神中有情，情中有神，神寓于气，气行于神。领悟及此，自得妙蕴。其要处不外一'顿'字诀。"汝挺侍坐先生，洗耳恭聆，确感不同于一般读法，其特点能随着文章的感情、意境、节奏的变化而变化，抑扬顿挫，引人入胜。先生及门弟子锡山薛桂轮先生发起唐蔚芝先生读文传播会，先生应上海大中华唱片厂范式正之请，得陈其均、唐星海两先生资助，前往灌音片第一集十张，第二集五张，选录先生所读的文章、诗词以及昆曲《长生殿·小宴》等。每篇各冠以英语，便于友邦人士领会，以广流传。汝挺获先生灌音片一套，奉为至宝。在江苏省常州中学任教时，语文课有关古典作品教材，曾推广先生的读文法，史绍熙校长大为欣赏。后调任常州市第一中学，教课时仍如前推广，学生亦颇得益。"文革"中，"唐调"被污蔑为"怪调"，灌音片一套亦被逼"上缴"，当

晚付之一炬。回忆汝挺曾先后随薛桂轮先生奉陪先生去大中华唱片厂灌音，当时先生黄钟大吕之声，响遏行云，余音绕梁三日。弹指流光，先生已归道山三十年矣！先生居恒正襟危坐，昂首望天，始终清明在躬，志气如神，常以"我善养吾浩然之气"自励。人但知先生读文特别宏亮，岂知先生平时养气，远非一日之功。

孳孳为善的精神

先生一生乐善好施。在故乡太仓举办施粥厂，使当地鳏寡孤独无所告者可免饥馁。粥厂经费来源，先生一方面向民族资本家荣德生、唐星海、吴昆生、王禹卿等募捐，一方面订润格卖文，所得全部充作慈善事业。先生常言为善如不及，善机善缘稍纵即逝。安徽等省水灾，上海闸北虹口区难民麇集，先生节衣缩食，以卖文所得，嘱汝挺、高福前往发放，汝挺颇受感动。当时曾口占七绝一首："一堂孝友乐天伦，明德门中积善身。胞与情殷同己溺，鬻文泽及到穷民。"

朴素的生活作风

先生寓上海南阳路，仅朝东卧室一间，光线欠佳。一室三铺，先生、师母、保姆各一铺，很拥挤。先生常言："知足长乐，较之颜回箪瓢陋巷，我优越多了。一个人学问事业应向高标准看，生活环境应向低标准看。"

先生自奉甚俭，每日粗茶淡饭，从不讲究营养。早晨吃粥，吃一个煮鸡蛋，是唯一营养。平时爱吃洋山芋，汝挺曾做洋山芋饼敬先生，值国民党统治时期，乞丐充斥，被抢劫而去，先生闻讯，但问受惊乎，不问洋山芋饼。

先生衣着朴素。全身布衣、布袜、布鞋，夏天服夏布，从不穿绸着绢。有馈赠绫罗者，先生怒形于色，拒之门外。客去后，先生曾告汝挺："那时京朝风气奢侈，我独去奢从俭，提倡着青布长衫，一时间闻风而动，前门大街青布购买一空。我一领青衫，永远服之无斁。"

对汝挺的教育和培养

先生无女儿，生平引为憾事，曾嘱陆景周先生致函我父陆涤凡，要汝挺为义女，我父欣然允诺。先生为汝挺取名庆禄，称汝挺为禄宝，嘱汝挺称先生、师母为寄父母，称谋伯（先生之长子）师、庆棠（先生长媳）先生为大哥大嫂，依次改口。

先生谓余悟性尚好，记性不好；记性不好，由于心气浮躁，指导汝挺如何入静，培养记忆力。汝挺在实践中试行，果然效验如神。

先生指导汝挺如何调节视力,看、读、写一段时间后,闭目养神片刻,再继续,则事半功倍。汝挺于一九六九年患急性青光眼,动过抢救手术,迄今视力尚可,与先生当年指导如何保护视力有关。

先生曾告诫汝挺,治学必须下苦功,决不能浮光掠影。汝挺从小体弱多病,怕艰苦,学习松懈,先生洞见症结,一语击中要害。每日侍坐先生,耳提面命,亲炙教海,但积习未改,一别师门,滥竽教学,新知未得,旧业全抛,深负先生当年化雨之恩。

先生曾教育汝挺写文章不能做到倚马可待,应尽量训练敏捷,脑筋愈用愈出,思路开朗,文境也必然开朗。紧扣中心,放笔直书。

一九四九年,上海交通大学五十周年校庆,请先生致辞。先生命汝挺拟稿:"谈谈诚伪之辨"。汝挺聆命,惶恐万状,先生仅此一言,交大情况又不熟悉,时间如此局促,先生交下任务,又非完成不可。翌日缴卷,景周师读给先生过耳,先生闻之欣然。全文仅更动五、六字,随时口授景周师在原稿上加评:"此稿本原心术,推极理要,语语从至诚中流出,文亦大气磅礴,凡人能奉为圭臬,庶几历劫不磨。嘉美之至,喜赏之至。乙丑暮春三月蔚芝评。"并加盖印章。景周师写完口授评语,国专教务长王蘧常老师来,援笔直书:"一气挥洒,神明师法,欣赏无已。蘧常。"十年浩劫,汝挺书籍荡然无存,独此稿无恙,先生和蘧常教务长评语弥足珍贵。

上海全巨山、高吹万诸老,雅慕晋王羲之上巳修禊,发起海滨修禊盛会。以先生为首,共十位老人,须眉毕现,请先生撰文以纪之,汝挺奉命代书手卷,附骥列名,付印珂罗版后,先生赠汝挺一册,亦付浩劫。凡请先生题词著文需缮写者,先生常嘱书兰陵女弟子代书。先生随在奖掖后进,非汝挺一人。

中国人民政治协商会议江苏省无锡市委员会文史资料研究委员会编辑:《无锡文史资料》第 12 辑,1985 年,第 36—43 页。

范敬宜:校长的人格魅力

上次的"随笔",我写了《叶圣陶的尊师情结》,不少读者为前辈深厚的师生情谊感叹不止。有一位大学校长对我说:"现在不用说同学生一起作诗,恐怕连

一学期听一次课的机会也不多了。"

由此我忽然想到校长的人格力量，或其人格魅力。凡是卓有声望的学校，总是和德高望重的校长的名字联系在一起的。比如，提起北京大学，就会想到蔡元培；提起复旦大学，就会想到陈望道；提起东北师大就会想到成仿吾……校长以其崇高的学术地位和高尚的道德修养，把各个领域的著名教授、学者吸引到自己的学校，从而形成一种独具特色的教学环境。这种环境，不是单纯依靠物质条件所能换来的。

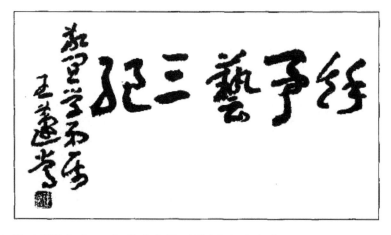

这是王蘧常先生80年代为我的画册题词：余事艺三绝。

当时王先生已病重，闭门谢客。我从沈阳回上海去探望他，并拿出自己的诗画请他指教。王先生非常高兴，提笔拟为我写字。他的女儿劝阻他，他说："这是我的学生，应该写的。"便在画册上题了这五个字，并向我解释，"余事艺三绝"典出郑板桥。不久，先生即辞世。这是我手头唯一保存的先生手迹。若干年后，著名画家应野平看了先生的题词，凝视良久，惋叹地说："这样古朴厚重的书法没有了。"

谈到这些，我总是十分怀念给我一生重大影响的母校——无锡国学专修学校。这所曾经培养过像唐兰、王蘧常、吴其昌、周振甫等等著名学者的学校，在抗战中为了不屈服于日本帝国主义的铁蹄，辗转西南，颠沛流离，坚持办学，直到抗战胜利，复校上海。我就是那年考入该校的。当时，校址借爱文义路（今北京西路）乐群中学二楼，总共只有两间教室，一间办公室，条件之简陋，恐怕还不如今天最差的短期补习班。可是，这里却集中了当时上海文、史、哲方面最著名的教授、专家，如：周谷城、周予同、王蘧常、朱东润、黄云眉、王佩诤、朱大可、童书业、魏建猷、唐尧夫、金德建、吴丕绩、鲍鼎、方诗铭、陈小翠、顾佛影、刘诗荪等等，可谓名流荟萃。即使在当年上海第一流的大学里，这种情况也是绝无仅有的。在这样的学术环境里，自然熏陶出一大批后来卓有成就的学生。像我这样的，只能算是基础很差的"小弟弟"。

值得回味的是，这么多教授、学者到无锡国专来授课，都是兼职尽义务的，顶多收一点车马费。在那物价飞涨、米珠薪桂，"教授教授，越教越瘦"的年代，他们不计任何报酬来教课，实在太不容易。记得教我们"汉魏六朝文"的吴丕绩教授，贫病交迫，走上讲坛往往气喘吁吁。有一天讲江淹的《恨赋》，读完第一句"试望平原，蔓草萦骨，拱木敛魂"，就眼望窗外，叹了一口气说："今天米又涨价了……"真是令人心酸。他们为什么肯这样作出牺牲，甚至比在本校教书更加投入？主要原因是这所学校的校长是德高望重的唐文治老先生。

唐文治是近代大教育家和国学大师，曾在晚清任农工商部侍郎，后来创办了南洋公学，即交通大学前身；退休后又创办无锡国专，弘扬祖国文化。道德文章，堪为楷模。特别令人钦佩的是他的爱国主义精神。江南沦陷后，年逾八十、双目失明的唐文治，毅然带领全校师生西迁，一路风餐露宿，艰难困苦难以描蔡。后来在广西苗族地区农村坚持办学，弦歌不绝，直到抗战胜利。他这种大义凛然的民族气节，博得教育界的同声赞扬。在沪复校后，他已双目完全失明，行动需人扶持，而且身患前列腺炎，在下腹部切一小口通入管子导尿，但仍扶病每周一次来校讲课。因此，教授、专家只要"唐老夫子"出面延聘，无不慨允，甚至认为这是一种荣誉。

他的声望不仅在教育界如此，在其他各界也是如此。记得 1948 年，学校因政府停发经费，陷入极度困难。学生们建议由唐校长出面，请求上海著名书画家帮助，办一书画展义卖，筹款以解燃眉之急。我和同学拿着唐校长盖章的信函，登一门拜访了当时第一流的书画家，有张大千、吴湖帆、冯超然、吴子深、贺天健、樊少云、马公愚、沈尹默、王福庵、王季迁、朱梅邨、陆抑非、唐云、白蕉、石伽、樊伯炎、庞左玉、吴青霞、应野平等八十余人，无一拒绝，有的还当场挥毫交卷。义展在上海成都路中国画苑举行，非常成功。事隔二十多年，当年的教务长王蘧常教授还对我说："这就是唐老夫子的人格力量！"接着又问："你还记得那封征求书画的信是怎么写的吗？"我答："记不清了，只记得唐老夫子口授一

句:'俾膏火之资得继,束脩之奉无缺。'这是点睛之笔。"王先生闻言怃然。

1999 年 6 月 6 日

范敬宜:《敬宜笔记》,上海:文汇出版社,2002 年,第 33—36 页。

范敬宜:书法·学问·人格
——写在王蘧常先生诞辰一百周年之时

"古有王羲之,今有王蘧常!"二十多年前,日本书法界权威人士看到王蘧常先生"如搏龙蛇"的书法时,曾经作过这样旷古少有的评价。如果说,当时人们对这个评价的客观性还有所怀疑的话,那么随着时间的推移,这个评语已经或正在成为海内共识,并且被认为当之无愧了。

但是,就王蘧常先生本身来说,仅仅认为他是我国一位杰出的书法家是远远不够的。与他博大精深的造诣、成就相比,书法不过是他的"冰山一角",或者说只是他的"余事"。要想全面认识王蘧常先生,不可不研究他的书法;研究他的书法,又不可不研究他的学问;研究他的学问,更不可不研究他的人格,在他身上,这三者是一个不可分割的统一体,而书法则是这个统一体的外在表现,如同人的面貌体态。

有些行家说:"读王蘧常的书法,主要是读他的学问。"这个评价相当精辟,我在为《王蘧常书法集》写的序言中曾说,书法"有书家之书,有学人之书,有贤达之书,有诗人之书,有英雄义士之书。书家之书其贵在功,学人之书其贵在晶,贤达之书其贵在神,诗人之书其贵在情,英雄义士之书其贵在气……若数者兼备者,千难求一,而先生之书可谓集其大成而自成一家"。虽说王蘧常先生的书法达到了五者兼美的境界,但是人们最看重的还是他"学人之书"的气质。这种气质,是万卷缥缃酿出来的,而不是单纯苦"练"所能练得出来的。读着他的书法,你仿佛能闻到"蘧庐"里散发出阵阵醇厚书香;仿佛看到他"不惑于外诱,不惧于外扰",专心致志地从事《商史汤本纪》《商史典坟志》《礼经大义》《诸子学派要诠》《先秦诸子书答问》《严几道年谱》《抗兵集》《顾亭林诗集汇注》《梁启超诗文选注》,以及倾毕生之力完成的《秦史》等煌煌巨构的著述;仿佛又回忆起他微闭着双目,不带一纸讲义,在讲台上边踱步边背诵整篇《史记·秦本纪》……

222

毫不夸张地说，他的渊博，他的精深，他的惊人的记忆力；特别是他在经史以及中国古典哲学研究方面的成就，在近百年的学者中很少有人能够企及。这种从数千年中国文化深厚土壤里培育出来的学养和造诣，发而为文，则"穷事理之奥，极文心之变"；发而为诗，则有"笼罩乾坤，凌轹万象"之概；发而为书，则有"海鸥云鹤，独来独往"之致。学人未必就是书家，但真正杰出的书家必然是杰出的学人。这是被中国书法史所证明了的一条规律，而王蘧常先生则是一位典型的代表。

王蘧常先生的学问，又是与他的人格和道德修养紧紧联系在一起的。中国的文化传统向来注重"道德文章"，强调"知行合一"，把人品、道德放在第一位。在我的印象中，王蘧常先生最尊崇的前辈学者有两位，一位是顾亭林，一位是唐文治，都是具有高尚操守和民族气节的学林领袖。顾亭林是人们熟悉的，唐文治的名字现在人们可能有点陌生。他是前清农工商部左侍郎署理尚书，交通大学前身南洋大学的校长（现在上海交通大学校园里还有一座文治堂，就是为纪念他的功绩而建的），称得上是一代硕儒。他退休后为弘扬国学，创办无锡国学专修学校，培养出了许多卓越的国学人才，王蘧常先生就是以第一名成绩考入该校的第一届学生[1]，后来留校任教，并担任过教务长。唐文治先生的道德文章，给了王蘧常先生深刻影响。他终身事师如父，连与家人谈话都不直提老师的名讳。特别是在抗战期间，唐文治校长誓不向敌人低头，以八十高龄重病之身，毅然带领师生转辗西迁，风餐露宿，备尝艰辛，最后在广西苗族地区农村坚持办学，弦韵不辍。老校长的铮铮铁骨和高风亮节，深深地激励着当时正在上海交通大学任教的王蘧常先生。他以诗明志，写下了许多大义凛然的爱国诗章，至今读来犹令人肃然起敬。我最爱读的是他的《再望长江》：

> 春草扁舟眼暂明，江涛还是旧时清。
> 曾留故国山河影，似带中原战伐声。
> 直下何辞千折尽，长驱会有万峰迎。
> 天回地转终填海，莫再咽呜意不平。

---

[1] 据王蘧常《唐老夫子对我的感染》，王蘧常为第七名录取。

何等沉痛，何等胸怀！

毛泽东同志高度赞扬中国知识分子的骨气，提出应该写《闻一多颂》《朱自清颂》。其实，在黑暗的年代，像闻一多、朱自清那样正直、高尚的知识分子何止千万！王蘧常先生就应该也是一个典型。由于他的学识声望，汪伪和国民党反动派都曾千方百计笼络他，收买他。但是王蘧常先生横眉怒对，岿然不动。日寇占领上海时期，他贫病交迫，生计十分艰难，他的一个在伪政府任要职的老朋友，曾经力荐他去南京出任"中央大学"文学院院长，胁之以利害，诱之以利禄，他严词拒绝。国民党统治时期，又有人推荐他当上海市教育局长，他淡然一笑说："我是一介书生，只会教书，不会当官！"真正实践了"威武不能屈，贫贱不能移"的古训，宁为玉碎，不为瓦全。他自嘲为"一介书生"，其实他绝不是不问政治孤芳自赏的书生。在事关国家和民族命运的大是大非面前，他爱憎分明，政治倾向十分鲜明。他由衷敬佩共产党，服膺毛主席。在黎明前的黑暗中，他尽己所能，保护学生中的地下党员和进步青年，机智地同反动政府作斗争。得到过他保护的同学如冯其庸、于廉等，现在都年迈七十，相聚时总是念念不忘当年的"王教务长"，充满感佩之情。

我是1945年抗战胜利后第一个秋季考入无锡国学专修学校的。当时它刚从广西南返，在上海复校。我亲眼看到王蘧常先生秉承唐文治校长的旨意，为复校工作废寝忘食奔走的感人情景。由于经费困难，学校只能在一家中学租用两间简陋的房间作为教室，可是，就在这样的条件下，这里却集中了上海最有名的教授。记得教我们文史课的教授有赫赫有名的周谷城、周予同、王蘧常、朱东润、魏建猷、童书业、金德建、唐尧夫、吴丕绩、王佩诤、朱大可、黄云眉、鲍鼎、陈小翠、顾佛影、刘诗荪等等，可谓名流荟萃。即使在当年上海第一流的大学里，这种情况也是绝无仅有的。这么多知名教授来无锡国专授课，而且报酬极低，几乎是白尽义务，主要是仰慕德高望重的唐文治校长和受王蘧常教务长人格力量的感召。他们只要"唐老夫子"和"王教务长"出面延聘，无不慨允，甚至认为是一种荣誉。这样一所穷学校，为什么能把这么多学界名流凝聚在自己身边？这种情况很值得今天教育界研究和深思。

我虽忝列王蘧常先生门墙，但由于当时年少，加之后来远去塞北，数十年间很少联系，至今引为憾事。随着年龄和阅历的增长，我越来越体会到他身上的一切，都是中国传统文化的宝贵遗产；他的价值，将随着时间的迁移，而更加深刻地被后人认识。就像长期置于我案头的那本《王蘧常书法集》那样,朝夕相对,不断地发现其中蕴含的内涵和新意。

《解放日报》,2000 年 6 月 21 日。

陈以鸿:大哉夫子
——纪念唐校长诞生一百三十周年

国学大师、教育家唐蔚芝老夫子,在后半生中先后办了两所学校:一是创建至今已历 112 年的交通大学,一是解放后经过几次院系调整现已并入苏州大学的无锡国学专修学校。我有幸成为这两所学校的毕业生,感到无比光荣。1944年,老夫子 80 寿辰,我曾作为国专学生代表之一到南阳路唐府祝寿,并在讲授"应用文"课程的何芸孙师指导下献上寿联:"是潜龙勿用之身,寿登大耋;继鸣鹿重赓而后,颂献南山。"1954 年老夫子以 90 高龄逝世,我曾随先君文无公至万国殡仪馆吊奠,并带去挽联:"教泽记微言,最难忘致良知、道中庸、为生民立命;悲风托遗响,如闻读出师表、秋声赋、吊古战场文。"今值老夫子 130 周岁诞辰,谨以小文寄托学生追思之忱。

交通大学原名南洋公学,在老夫子主持校政长达 14 年的时期内,曾用邮传部上海高等实业学堂和南洋大学等校名。当时学校充满蓬勃向上的气氛,新创设电机科等,奠定了交大作为工科大学的基础。电机科创设于 1909 年,《茹经年谱》中说:"中国学校之有电机,自此始。"这固然与老夫子曾任清朝政府农工商部署理尚书,并有出洋考察的经历有关,但在那时的条件下,从老夫子的学历和专长来说,仍不能不佩服他的远见卓识。因此在交大校史上,乃至在中国教育史上,都是应该大书特书的。

1941 年夏,我从省立上海中学高中理科毕业,决心报考交大电机系,因为交大是名牌大学,电机系是最难考的系。结果侥幸被录取。当时交大借用震旦大学的校舍,在法租界吕班路(今重庆南路)上课。每逢星期天,老校长应门生故旧之请,特地到学校来作演讲。演讲时由陆景周师辅助,内容分两部分:一半讲性理,一半讲文章。老夫子那独特风格的读文法,我就是从这时开始接触到的。12 月 8 日,珍珠港事件发生,引起太平洋战争,租界风云突变,学期匆匆提早结束,每个学生领到一张由黎照寰校长签署的交大肄业证明书。寒假后,校名暂由国立交通大学改为私立南洋大学，在原址继续上课。由于敌伪势力蠢蠢欲动，学校处境困难，学期又提前结束，发给学生每人一张由唐文治校长签署的南洋大学肄业证明书。前途如何，令人担心不已。

老夫子创立无锡国专并任校长，我早就知道，不仅因为这学校在江南一带声名颇著，而且抗战前故乡江阴家中的房客、父执谢幼陶师的哲嗣学裘兄是国专学生，他家与他通信时，写在信封上的"无锡学前街国学专修学校谢学裘"中的四个"学"字，曾给予我深刻的印象。幼陶师又是国专特别讲座主讲教授陈石遗先生的学生，与老夫子很熟识，因此常提及国专，提及"唐蔚老"。但是我会进国专读书，则是始料未及的。

1942 年暑假后，交大终于被敌伪强行接管，由"私立南洋大学"变成伪"国立交通大学"。同学们都早就料到会有这一着，但各有各的打算。面前有四条路可走：去内地进重庆交大，进伪交大，转学私立大学相同系科，停学。我一没有能力去内地，二认为进伪交大是失节，三又不愿改入私立大学，决心停学自修。父亲觉得光在家自修不妥当，考虑到我平素喜欢国文，而且从高中起就在学作诗词，建议进国专学习。经过交大国文教授、国专教务长王瑗仲师介绍，考进了国专。本来可以插班本科二年级，因为我只是利用交大停学期间有个地方读书，并没有想读到毕业，所以决定从一年级读起。不料随着战事的拖延，年复一年地继续读下去，终于读到三年毕业，正好抗战胜利，国土重光，交大复员，我得以回交大复学，在时间上完全衔接。至 1948 年从交大电机系毕业为止，我在连续 7 年内完成了与唐校长名字联系在一起的两所不同学校的学业，并以此自豪。在此后的就业生涯中，我始终没有忽视把两所学校的专业结合起来，以期不辜负老校长办学的苦心孤诣，我长期以来从事科技翻译，就是两者结合的体现。

我在国专学习时，校址在爱文义路（今北京西路）乐群中学内。楼下有一个礼堂，每逢星期天，老夫子仍来作演讲。同时我们一年级的课程中，有一门"中庸"是校长亲授的，用的课本是自著《中庸大义》。此后校长除了演讲不再到校上课，我们这个班级的同学就成了校长正式授课的最后一批弟子，这又不能不说是我们的幸运。用作其他课程课本的校长著作还有"基本文选"课的《国文经纬贯通大义》、"孟子"课的《孟子大义》等。我则除售缺的书以外，将《茹经堂全书》几乎买全，可惜经过浩劫，散失殆尽，欲补无从，思之慨然。

国专学制，预科两年，本科三年，从本科二年级起，按学生志愿分为文学、史地、哲学三组。我属文学组，自然对文学方面的学习较感兴趣。老夫子的著作中，除文集外专属文学性质的有《国文大义》《古人论文大义》和《国文经纬贯通大义》。另有《国文阴阳刚柔大义》，我没有见到过，据说内容较深。就我所学习到的来说，除了所谓古文四象，即太阳气势、太阴识度、少阳趣味、少阴情韵，像"神、理、气、味、格、律、声、色"和"雄、直、怪、丽、茹、远、洁、适"两个八字箴言，还有像"必先潜研乎规矩之中，然后能超出乎规矩之外"这样的创作原则以及四十八法等，都有鞭辟入里的丰富内涵，真是多方启迪，沾丐无穷。老夫子自己的文章更是提供了完美的典型，文集中既有《说龙》《释气》一类汪洋恣肆的大文，又有《游日光山记》这种心境两闲的小品。老夫子以古文名家，诗不多作，但是以《蔚薆哭》组诗一百首为代表的韵文作品，其价值应不在散文之下。（老夫子的骈文也有很深功底，但作品留下不多，《交通大学图书馆募捐启》是著名的例证。）老夫子并擅作楹联，据哲嗣谋伯师回忆，昔日曾于观《白蛇传》戏剧后撰有一联："怜卿误作白蛇娘，结终古无情眷属；愿我化为赤帝子，扫千秋离恨乾坤。"蔼然仁者之心，溢于言表。至于对昆曲的喜爱，则可从读文灌音片最后一面与谋伯师《乔梓合唱》《长生殿·小宴》中"粉蝶儿"一曲获得佐证。凡此都说明老夫子不仅仅是一位严肃的古文家，而是兼擅各种文体，并且对民间文学也饶有兴趣的。

老夫子的读文法是颇具特色的，为此在四十年代曾由大中华唱片厂专门灌制了读文灌音片。我在挽联中列举的《出师表》《秋声赋》和《吊古战场文》，就是其中的代表。老夫子在读文法方面得桐城派古文家吴挚甫先生亲传，桐城口音与老夫子原籍太仓的口音大不相同，授受之间，读文腔调想必经过了相应的变化，这样一来，对于我们南方人来说，就特别便于学习。教我们"基本文选"的唐尧夫师是南汇人，在他的大力提倡和悉心指导下，这种读文法得到了普遍的推广。我在江阴读书时，原来学过当地的读文法，后来又在常州外家学到过另一种读文法，现在接触到新的读文法，觉得它有一种特殊的魅力。虽然我没有把过去的读法丢掉，但是用这种读法时，似乎效果更好些。关于这一点，我有深切的体会。有一次用这读法读韩愈的《祭十二郎文》，竟然深入文章境界，以致潸潸泪下。这说明这种读文法对于表达文章的气势和感情，确有独到之处。读文灌音片一套共十张，又改编成通用集共五张，这十五张我至今都保存着，但是录音质量本不甚理想，年久更加失真，这是很可惜的。（老夫子诞生一百二十周年纪念时，我曾作《茹经先生读文法管窥》一文，较详细地专门介绍这种读文法，见苏州大学编印的《唐文治先生学术思想讨论会论文集》63至64页，可参阅。）

有一个不大被注意的问题，老夫子常常提到，我必须把它指出来，这就是入声的重要性。在四声中，平上去入各具特点：平声平稳，上声高亢，去声悠远，入声短促而有力。这短促大家都知道，而有力则往往被忽视。老夫子曾以诗句"星垂平野阔""气蒸云梦泽""晚来天欲雪""地犹邹氏邑"等为例，说明入声的重要性，并特别介绍扬州史可法祠堂联："心痛鼎湖龙，半壁江山双血泪；魂归华表鹤，二分明月万梅花。"认为这副对联之所以声音响亮，部分原因在于壁、血、鹤、月都是入声。我过去从未听到这种议论，受此启发，便在诗词联语等的写作中加以注意。果然发现，往往一句句子看看不差，读起来就是没劲，原来里面缺少入声字，把个别字换成入声，效果顿然不同，这个诀窍，使我终身受用不尽。

老夫子的学术造诣，由门弟子们推崇为"性理兼考亭姚江之长，文章继昌黎庐陵而起"。老夫子对宋明理学进行了系统的研究，有关著作有《性理学大义》《紫阳学术发微》《阳明学术发微》《性理救世书》等。宋明理学的内容，主要不外两部分：一是推论认识本原，二是讲述道德修养。老夫子融会贯通，尤其注重道德修养方面的实践，并专门撰写了《人格》一书，用意可知。老夫子经常讲的四句格言是："为天地立心，为生民立命，为往圣继绝学，为万世开太平。"国专校训是"致良知"。茹经堂楹联有云："人生惟有廉节重，世界须凭气骨撑。"表现出老夫子谆谆教诲的主旨。而且不仅言教，更有身教。老夫子一生光明磊落，正义凛然，木铎觉人，金针度世，在中年双目失明的情况下，作出了非凡的贡献，为后人树立了一个知识分子的光辉榜样。无怪乎交大致送的挽联称："有三达尊，兼三不朽；晋百年寿，为百世师。"真是再贴切不过的了。

老夫子的伟大，绝非区区小文所能状其万一。我不过从个人的角度，作一番管窥蠡测而已，至于详尽的纪传，将以俟之博雅君子。

无锡国学专修学校上海校友会编：《国学之声》，1995年第4期。

陈以鸿：但求心之所安

今年是王瑗仲先生诞生一百周年。我从 1941 年进交大开始受业于先生，到今年已是第六十个年头了。先生的学问博大精深，我并没有继承到什么，因为我主要是学理工科的，主要从事的是科技工作。先生毕生研究诸子和史学，我在这些方面所知甚少。我在诗文写作上曾经受到先生的指点，可是成就也不大。先生的章草书法我更是从未学过。唯独先生的操守、气节、做人的道理，在我是拳拳服膺，影响终生。

记得先生刚开始教我们，就选了一篇张载的《西铭》，文章中"民胞物与"的思想和"不愧屋漏为无添，存心养性为匪懈"的名句，给予学生们深刻的印象。先生所以一开学就教我们读这篇课文，显然是为了培养学生良好的道德品质，为我们树立起立身处世的准则。思想是指导行动的。不久，考验的时刻来到了。交大被伪政府接管，师生都必须作出选择。对于老师来说，是继续教还是不教，对于学生来说，是继续学还是停学。这是一个非常现实的问题，因为牵涉到物质生活的改变，就是要耐得清贫。只有耐得清贫，才能保持清白。

王先生当时是交大的国文主任教授，这名分、职位和经济收入，都是非同小可的，一旦作出正确的选择，全家的生活几乎陷入困境。这是一段相当长的时期，从 1942 年夏天到 1945 年抗战胜利，三年多的时间，一千多个日日夜夜，柴米油盐，开门七件事，是不容易熬过来的。我因为常在先生家，所以了解得很清楚。最近看到了平孙写的《念双亲》中关于这段生活的详细而具体的描写，更勾起了对往事的回忆。师母是全力支持先生的选择的，可是作为当家人，处在那样的困难境地，有时难免要诉诉苦，发发牢骚，先生当时说的一句话至今仍在耳边回响："但求心之所安而已。"这句简单质朴的话，包含着多么丰富的内容。

这说的是物质生活方面，还有精神生活方面。上海在抗战中成了孤岛，太平洋战争后孤岛沦陷，向往着自由天地而脱身不得，这种苦闷是普遍存在的。先生在《患难夫妻》中提到过此事，因为老太太在堂，轻易走不了，心情可想而知。另外在一首诗中有这样两句："去住两难怜母在，等闲一饭看人肥。"通过中国古典诗歌特有的魅力，显露出一位知识分子的纯洁而高尚的心。

我认为一个人有渊博的学问、卓越的成就，固然可贵，值得崇敬，但是更可

贵,更值得崇敬的,是完美的品格和严正的操守。我想这是我们今天纪念王先生百岁诞辰时所不应该忘记的,也是今后永远不应该忘记的。

无锡国学专修学校上海校友会编:《国学之声》,2000年第20—21期。

陈以鸿:师门琐忆之四
——纪念唐尧夫先生

唐尧夫先生名景升,南汇人,与王教务长同为母校首届毕业生。我在母校时,他一直教我们"基本文选"。

唐先生为人质朴厚道,讲课时全神贯注,精力充沛。唐校长具有特色的读文法,他是忠实继承人和积极推行者。在课上边讲解,边诵读,同学们在他的教导下,都按照唐校长的读文法诵读课文,或一起朗诵,或个别背诵,真的达到了"书声琅琅"的效果。我原来在交大一年级学习时,听过唐校长的演讲,知道这种读文法,但我并未开始学习,现在听了唐先生的课,才加深对这种读文法的认识,而且喜欢起来,从此课后在家自习时,也总是高声朗读,自觉对理解课文和提高写作水平都有好处,直至毕业后还保留这习惯,尤其是抒情文,朗读时感情容易投入。记得有一次读韩愈《祭十二郎文》,我竟然潸潸泪下,于此可见唐校长读文法的作用,而使我能掌握这种读文法,则是与唐先生的传授分不开的。

唐先生嗓音洪亮,唐校长的读文法可以说经过他而发扬光大。根据内容的需要,他有时读得如奇峰突起,拔高到极点,然后舒缓地落下,我自愧未能学会。因为没有录音资料,这由低而高再由高而低的旋律究竟结构如何,至今琢磨不出来。

唐先生知道我在交大读过一年电机系,因受太平洋战争影响而改进国专,对我非常器重。在第一篇作文《自序》的评语中写道:"立志坚卓,文亦精力弥满,始终不懈,望好自为之。"后来还有这样一些评语:"望而知为好学深思之士""是学人才人兼而一之者也""如珠走盘,如水银之泻地,极行文之乐事矣"。在唐先生的勉励下,我对作文全力以赴,并取得较好的成绩,有一次竟得98分。唐先生允许当堂不能交卷的带回家下次交,我为此经常熬夜,以期充分发挥,不过迟交是要扣分的，作文题总是二题选一，一个论说题，一个描叙题，我总是选前者，同学谢一飞总是选后者，我们两人相互争胜，卷子发下来，不是我第一就是他第一。

毕业时我请老师们在纪念册上题词，唐先生写的是："中学为体，西学为用。以鸿仁棣从有志于科学，嗣以形下之学须得形上之道以为之本，爰来无锡国学专校讲求圣贤修己治人之道，三载卒业，成绩斐然。兹复入交通大学专攻声光化电之术，是能学通中外，体用兼赅者已。为书南皮张文襄公语以贻之。南沙唐景升。"解放后久无消息，但师恩无时或忘，谨以此文表纪念之忱。

无锡国学专修学校上海校友会编：《国学之声》，2002 年第 26—27 期。

陈以鸿：无锡国专沪校诸师

我从一九四二年至一九四五年在无锡国专沪校学习三年，期满毕业，曾受到许多名师熏陶教诲，终生难忘。除唐校长（蔚芝名文治）、王教务长（瑗仲名蘧常）和唐谋伯师（名庆诒）都有较长的纪念文章刊登在上海交大校刊、校报上，另外写过几篇"师门琐忆"，分别纪念朱大可（名奇）、鲍扶九（名鼎）、高铮、唐尧夫（名景升）和王佩诤（名謇）诸师，都登在国专上海校友会编印的《国学之声》上。此外还有几位可写，尚未及写而《国学之声》停刊。今因顾国华君约稿，一并写入本文，以作纪念。

陆景周师（名修祜），太仓人，一直是唐校长的助手。一九四一年我考入交大，开始听到老校长应邀为师生作演讲，包括性理学和读文法，就是陆师从旁辅佐的。他恂恂儒雅，礼数甚周，称呼学生"世兄"，如叫我"陈世兄"，这是国专特有的一道风景线。女同学怎样叫，我就记不得了。他教我们一门"左传研究"课，至今我留有一份当年的文卷，评语为"胸中雪亮腕底风生"。听说他还能教《孙子兵法》，不知确否。

何芸孙师（名葆恩），常熟人，国专第二届毕业生。擅长楹联，国专送出的对联往往由他拟稿，由王教务长书写。他教我们楹联作法（课程名"应用文"，分两学期，第二学期由鲍扶九师教公文程式），这样的课程在高校中是很少见的。课上讲了很多我们不知道的名联和对联故事，当年的笔记本至今还保存着，弥足

231

珍贵。

胡宛春师（名士莹），平湖人，教"中国文学史"，擅书法，板书亦漂亮，他颇以此自夸。解放后听说在杭州大学任教。

金德建师，嘉兴人，章太炎弟子，教"诸子概论"，很有学者风度。解放后在上海社会科学院工作，曾遇见过。他在我纪念册页上题写的是："诗书春秋非可以一日治也，礼乐繁而不可尽也，论语分条而说，得一言可以为善人君子，孔壁未发，陆贾、董仲舒已多引之，其散布于士大夫久矣，秦火不能燎也。"

黄云眉师，绍兴人，很有学问，而为人低调，当时学生不大知道他，实际也是王教务长特意请来的。教文学史一类的课程，因为所讲内容大都出自坊间所售普及图书，调皮的学生就把原书找来放在教桌上，以示其浅薄，他也不以为忤。解放后听说在山东大学任教。他在我册页上题写的是："君子尊贤而容众，嘉善而矜不能，我之大贤欤，于人何所不容，我之不贤欤，人将拒我，如之何其拒人也。"

胡曲园师，湖北人，哲学名教授，王教务长的亲戚。擅长西洋哲学，衣着却是长衫布鞋。教我们西洋哲学和"论理学"（即逻辑），还有中国史。板书不停，总是写得满满的。讲话中有个口头禅，是把同一连词说两遍，什么连词现在记不起来了。胡师教书严肃认真，但有时也喜欢讲笑话。有一次在黑板上写了一篇游戏文章《重修二郎庙记》，至今记得很清楚："人生莫乐于为善，善莫大于修二郎庙。夫二郎者，老郎之子，大郎之弟，而三郎之兄也。庙前有树，人皆曰树在庙前，我独曰庙在树后。庙右有鼓，击之冬冬然。庙左有钟，撞之当当然。冬冬当当，是为记。"他大概因为我既进交大又进国专，在我册页上写的题词很有意思："科学是道，也是艺。埃及单在量地数星上做工夫，没有理论上的综合，是偏于艺而忽于道，希腊单在理性的非功利的学术上做工夫，于人类生活太不相关，是偏于道而忽于艺，故两者皆中绝。"夫人陈珪如（又名晓时），福建人，擅长数理逻辑和自然辩证法，曾在曾孟朴之妹曾季肃创办于上海的南屏女中任教，是我孪生妹以钿、以铃的数学老师。解放后他们都在复旦大学任教，胡师是哲学系主任，我去看望过他们。

蔡尚思师，福建兴化人，教我们"中国思想史"。他用功甚勤，是著名的左派教授。在国专这样一所尊重儒家传统的学校里，他居然在课堂上大骂"孔老头子"，唐校长知道了也听之任之，于此也可见唐校长办学的宽容态度。解放后在复旦任教,听说身体很好,天天洗冷水澡。蔡师生于一九〇五年,寿逾百龄,二〇〇八年辞世。

顾国华编:《文坛杂忆全编》第六册,上海:上海书店,2015 年第 258—260 页。

萧善芗:追思

著名学者、教授、文史大家、书法家、无锡国学专修学校(沪校)教务长王蘧常先生,离开我们已有三十多个年头了。而今,聆听到先生吟诵诗文余音,先生和蔼可亲的音容笑貌和爱护学生的种种事迹,便一一浮现眼前,涌上心头。

我在无锡国专沪校就读时,校长唐文治老夫子已年届耄耋,除每周来校为全校学生作一次精彩的古诗文讲演与诵读外,具体校务、教务,均由先生处理。先生担任国专教务长之际,有时还兼为抱恙的陆景周先生代课,讲授《论语大义》,我和同学们因此有幸得以一睹他的教学风范,领略他的博学多才。

先生上课,总是微笑着从容地步进教室。当全体同学站立起来向他鞠躬致敬,他总摆着手,示意大家快快坐下。先生授课,从不带任何课本,只带两支粉笔。因为,《论语》在他,早已烂熟于心。开讲了,他总是习惯性地眯着眼睛,入神地以嘉兴口音的普通话(先生生于天津,后移居嘉兴)娓娓讲述孔夫子治国平天下的主张和教育理念。讲到《先进·侍坐章》,他把孔夫子循循善诱的语言神态,及四位学生的性格特征和各自的政治理想,讲得栩栩如生。先生随手用粉笔在黑板上,以他擅书的章草字体写出子路、曾皙、冉有、公西华的名字,及其所大为赞赏的"浴乎沂,风乎舞雩,咏而归"那种太平世界的风貌。这使同学们不仅更形象深刻地理解文意,而且意外地享受到先生章草书法的优美艺术。

1945 年,抗日战争胜利。在抗战期间,转移至桂林的无锡国专,1946 年由桂校教务长冯振先生带队回归无锡本校。在举行庆祝典礼时,王教务长代表唐校长赴无锡出席大会。大会毕,许多学生围着王教务长,请求赐以墨宝。王师一视同仁,有求必应,于是无锡市中的纸店,宣纸告罄,一时"洛阳纸贵",被引为佳话。

1946 年,美帝在我中华大地上施暴,侮辱北京大学女生沈崇,激起公愤。北京学联发起全国性的抗美示威游行,高喊"美国鬼子滚出去"的口号。国专全校学生,在一向爱国,富有民族气节的王教务长支持下,都参加了上海市学生的反美示威游行,接受了一次具体而深刻的爱国主义教育。

1947年,由于国民党政府腐败,通货膨胀,物价飞涨,教师薪金菲薄,生活艰难。上海在"学联"的倡导下,组织"尊师"活动,向社会募捐尊师金。国专同学中的老大哥季位东,小弟弟范敬宜,分别向唐校长、王教务长请示,参加尊师活动。两位领导一起支持,分别拿起笔来写下证明书。一份由季位东拿着,带领参加的同学一起上街,向社会上的工商界,大公司募捐尊师金。一份由范敬宜拿着,向书画界名流张大千、吴湖帆、谢稚柳等索画。这些本与范敬宜认识的前辈,个个允承,有的更当场交卷。收齐后在上海艺术馆义卖。两方所得之数,由学校分赠有困难的教师。事后王教务长特地口头表扬了参加活动的同学们,而同学们也同时获得了一次爱心和参加活动的锻炼。

1948年,国民党政府将要垮台的时候,疯狂地抓捕中共地下党。那时,冯其庸是国专锡校地下党员。主持锡校的教务长冯振先生生怕其连累学校,把他开除了。沪校王教务长知道后,不畏艰险,将冯其庸收到沪校就读。不久,冯其庸与沪校地下党员于廉一起离校,由地下党保护了起来。解放后,于廉初任北京市市长万里的秘书,后任中华书局副总编。冯其庸则进人民大学学习,后留该校,专攻"红学",成为著名的《红楼梦》研究专家,且与王师书信不断。

1950年,无锡国专停办。王教务长被复旦大学聘请为哲学系教授。因王师患有心脏病,学校安排他为研究生导师,可在家中为学生上课。研究生中有一位陈姓学生,曾是上师大附中在"文革"中严管"牛鬼蛇神"的凶神恶煞。(大学生的政治经历,只有校领导知道,教师是不清楚的)1983年,这位学生将要读完硕士课程时,一天,在王师家中上课,正巧王师刚收到我们寄给他的《郁离子》标校本子。王师高兴地向学生们介绍,说这是自己从小就喜欢阅读的书,并说标校者(我与我的老伴魏建猷)都是他自己的学生,又顺口讲道:"这是他俩劫后余生的产物。"接着便义愤填膺地责备起那些在"文革"中实行打砸抢的"红卫兵"来。王师义正辞严的态度,可能震慑了那位陈姓学生的心。不久的一天,他突然来到我家,因为已经六七年不见,我开门见到他时,已经不认识他是谁了。他便自报姓名,并连连向我鞠躬道歉。我不得不让他进门。坐下后,我无话可说,他便自述现在为王蘧常教授的研究生,深刻地得到他老人家的教育,怀着赎罪的心情来向我道歉。我这才讲了,王教授是个学问渊博、人格高尚、心地善良的大师级教授，你不仅要向老人家学习学问，更重要的要学他高尚的道德品质，做个有善心的知识分子。他连连点头，然后送他离开了我的家。事后，听说他研究生毕业时，因为成绩不差，又是农民子弟，便被留校任教，但未让他当教师，而安排在宗教研究室，他自选研究佛学，直至退休。

魏建猷是王师最早的学生，也是受教于王师时间最长的学生，而且是一生联系不断、情同父子的学生。1988年初，老魏患胃癌不治而亡，国专校友去王府上转告王师。王师届时已年近九十，闻此噩耗，拍案而起，立刻要家人拿出已久藏的笔墨纸砚，写下一副挽联："少小相从肝胆相照孰料愁城伤傲骨，书未尽刊才未尽展吾为宗国惜斯人。"上联既表达了老人家与老魏的关系、感情，又暗示得病去世的原因；下联点示老魏的学术成就，而深深地惋惜他的早逝。

丧事毕，我马上带着大孩子上王府向老人家行大礼，慰问老人家为老魏之丧而受惊动，感恩老人家扶病书写深情的挽联，赐以墨宝。老人家伸出颤抖着的手，扶着我的肩背，慈父般地安慰着我，又叮咛着孩子向父亲学习。几十年过去了，每念及此，我便会双泪直流。

次年，1989年10月25日，王师心脏病突发，抢救不及，而归道山。大殓之日，我去龙华殡仪馆参加追悼会，见老人家最后一面。老人家的面容，依然那样安宁慈祥，差不多和当年为我们上课时一样，我不觉幻想起：王师现在正和师母与心仪的学生老魏在"浴乎沂，风乎舞雩，咏而归"的太平世界中碰面，而津津有味地漫谈着他的大作《秦史》。

追悼会在哀乐声中结束，我手捧着王师家属所赠送的纪念品——"不求一时誉，当期千载知"墨宝的复印件，不禁联想起日本书法界权威人士曾赞誉王师的书法"古有王羲之，今有王蘧常"，而王师的道德、学问，也必将为中华儿女千载知。

2023年9月，萧善芗写于上海。

萧善芗：琐忆无锡国专那些年那些事
——《无锡国专》补遗

在当下国学热中，提出蒙尘已久的"无锡国专"，究竟是为了什么？我认为，"国专精神"就是"爱国实干"。用之于今日，就是为中华民族的伟大复兴和实现

中国梦创造精神上的条件，并付之于行动的实践。

我是无锡国学专修学校沪校史地组 1949 年初的毕业生，如今已是 94 岁的耄耋老者。近来看完陆阳先生所著《无锡国专》一书，深感该书记述翔实，范围涉及 20 世纪新旧文化之争和国难当头又胜利结束的历史背景，衬托出"无锡国专"的艰难创业却又成绩斐然的 30 年光辉历史。作为当年的国专学子，我深表感谢和敬佩。目前存世的国专学子已不多，连当年年纪最小的"神童"学子范敬宜君也已于 2010 年辞世。余虽不才，为使母校"国专沪校"情况让人们有些感性了解，愿凭记忆所及提供一些琐碎事实，供大家参考。

国专沪校（以下简称"国专"）自 1939 年办起，校址历经变迁，最后于 1941 年迁至爱文义路（今北京西路）970 号，借用乐群及省吾中学内二楼两间教室、两间小办公室作为教务处及教师休息室，扶梯底下一间黑屋作少数外地男生宿舍，如季位东、于廉、林德昭、孙渊、沈茹松等都曾蜷居于此。

唐老夫子（唐文治先生）每周三来校为全校同学讲演，即临时借用乐群中学大礼堂举行。学校无图书阅览室，更无论图书馆，学生阅读全介绍至顾廷龙先生所办合众图书馆进行。因此，校舍之小、设备之简陋，可谓当年上海高校之最。而《无锡国专》一书中所提及的曹道衡、陈以鸿、范敬宜、许威汉、汤志钧、张㧑之等教授学者及于廉、林德昭、孙渊等专家级人物，均出于此。因此，国专学生的成才率，可能也是当年上海大学文科中之最。

国专沪校，由王蘧常先生任教务长，陆景周先生任唐校长秘书，后又增陆汝挺女士为助理秘书。而教务工作，如学生的出勤率、学期结束时的成绩单、品德评语等，均由朱显德先生具体操作。另外，因唐老夫子早就双目失明，生活无法自理，由一位名为高福的服务员（《无锡国专》一书中曾提及）侍候。高福曾随唐老夫子在抗战初期学校大迁移去西南时一起困于湖南株洲，后唐老夫子病于桂林，均靠高福服侍。老夫子生病后回沪，高福也随从一起，直至 1954 年老夫子归道山，他才告老还乡。他是国专的无名功臣。

国专凭唐老夫子和王蘧常先生的崇高声望，聘请到上海许多高校的著名教授，《无锡国专》中所述缺了一位——复旦大学历史系杨宽教授。他在国专史地组教"战国史"，我听过他的课。

国专师生互敬互爱

唐老夫子和王蘧常教务长自身均为著名的爱国主义者。他们所教育的国专学子，当然也非"两耳不闻窗外事，一心只读圣贤书"的人。在我就读国专的三年中，全校学生就参加过全市性的抗美爱国和尊师活动。

1946年12月24日，北大女学生沈崇被美军强奸（即所谓沈崇事件），引起全国大学生的愤怒，引发了全国大学生的抗美示威游行。国专同学得到唐文治校长的批准，在地下党领导人于廉的组织下参加了上海市大学生的反美示威游行，从而使大家受到了一次具体的爱国主义教育。

1947年，因为国民党政府腐败，物价飞涨，教师薪金菲薄，几乎难以维持温饱。上海在"学联"的倡导下，组织"尊师"活动。国专由老学长季位东和年纪最小的范敬宜做代表，向唐文治校长请示批准学生参加"尊师"活动。得到唐校长批准和所写的亲笔信后，范敬宜等便向上海市书画界名人，如张大千、吴湖帆、谢稚柳等数十位画家求画。所有画家无不承允，有的更当场挥毫交卷，然后将所得字画在今"上海美术馆"中进行义卖，将画款交予学校增加教师薪金。其他学生也分别凭证向一些名人募捐"尊师金"，虽然所得之款有限，对物价天天上涨下教师的生活之助只是杯水车薪，却体现了学生对老师的关心和尊敬之情。

国专中的学生大多为本地人，外地学生以安徽、江苏和浙江人为主，其中安徽、苏北学生经济都比较困难。本地同学即凭个人或家庭的人际关系，尽力帮困难同学找勤工俭学的机会，如当家庭教师，为已毕业的在职校友代课或批改作业等。我即曾得校友张珍怀学长先后介绍至"务本女中"（今市一女中）、"市西中学"代课两次，解了燃眉之急。更有经济较宽裕的老师，如朱大可先生直接资助一位苏北的优秀学生，一时成为国专中的佳话。

国专教师上课只带粉笔

国专中同学与老师之间的关系，更重要的体现在学业上的切磋和帮助。国专共有四个专业组，即文学、史地、哲学及后来增加的文秘组。而每组学生除必修各自的专业课程外，"基本文选"是每组学生三年内的必读课程，这是由唐校长创办国专的主旨所决定的。因此各组同届同学便一起上"基本文选"课，教师是国专第一届毕业生唐尧夫先生。他讲课认真严格，特别讲究读文方法，每讲一课，必求背诵。

唐尧夫先生有得天独厚的嗓音，读文时铿锵悦耳、声情并茂，十分吸引人。每日清晨，国专中仅有的两间教室里便坐满了寄居于学校周围的外地学生，高声朗读古诗文，琅琅的读书声，远近皆能得闻。此时也正是同学们相互切磋交流之际,各组同学不分彼此,能者为师,取人之长,补己之短,因此所得的知识不只限于本专业,同时还增强了同学间的友谊。

国专中的各组教师大多为本市著名高校教授,他们上课各具特色,讲课不带讲义,只拿几支粉笔进教室,却都能口若悬河。他们各有风度,有的十分严肃,有的十分随便,但都知识渊博、可爱可敬。给我印象最深的是复旦大学胡曲园教授和在历史博物馆工作的童书业教授。胡教授为我们史地组学生讲"唐代史"。他手中除拿粉笔外,还有一支雪茄烟,坐在讲台边,边抽烟边讲课。在讲唐高宗一段时,他讲武则天杀人从自己第一个亲生女儿开始,一直讲到则天后垂拱为止,细细讲来,娓娓动听。童书业教授是位很特殊的先生,给我们史地组学生讲"春秋史"。他不修边幅,常蓬松着头发,穿一件极为普通的旧长衫和一双鞋头已经有破洞的球鞋,手拿一支粉笔走进教室,神态十分严肃。他讲课时年代记得特别清楚,史实更不容置疑,还会不时背上一段《左传》,让同学们特别感兴趣。

国专学生在众多名教授的教学中,既学到了有关的文、史、哲知识,更见识了各位教授的博学和风度,扩大了视野,终生得益。

"国专精神"就是爱国实干

国专中有地下党组织,领导人为史地组学生于廉。他在国专中威信很高,学习成绩优秀,又爱护同学。年纪最小又特别聪慧的范敬宜,上课有时不专心,喜欢对着老师画漫画,于廉看到后就写了封长信给他,诚挚地规劝他不要浪费青春和才华,要认真读书钻研,力求成才。范敬宜接信后十分感激,也由此改掉了坏习惯,努力攻读,最后成为诗、文、书、画皆出色的全才人物。除了组织课程研讨活动外,于廉还常带领史地组同学观看进步电影和话剧,让大家多与社会接触,接受多方面教育。最难忘的一次活动是1948年端午节,郭沫若先生在"辣斐戏院"演讲,纪念爱国诗人屈原,实际上是藉此抨击腐败的国民党政府。于廉带领着我们史地组十多位同学一起参加。

在这次讲演中,郭沫若先生以史讽今,不畏强暴,散会时,我们看到戏院周围有许多穿黑色衣服的国民党特务。1948年7月,于廉和被国专锡校开除而被沪校王蘧常教务长收容保护的地下党员冯其庸一起离开学校隐蔽起来。新中国成立后,于廉初任北京市市长万里的秘书,后任中华书局副总编辑,2001年初于北京辞世。他是深为国专同学爱戴的学长,是国专沪校中的杰出人物。

王蘧常先生为 1941 版《无锡国专校训简览》题辞

国专的办学主旨，唐文治校长在首届开学典礼上说"当以正人心，救民命"为唯一主旨；国专的校训为"致良知"。唐老夫子对学生的教诲格言是："为天地立心，为生民立命，为往圣继绝学，为万世开太平。"这在国专 30 年校史中都得到了贯彻。简括一下"国专精神"是什么我觉得这很重要，尤其在当下国学热中，提出蒙尘已久的"无锡国专"，究竟是为了什么？我认为，"国专精神"就是"爱国实干"。用之于今日，就是为中华民族的伟大复兴和实现中国梦创造精神上的条件，并付之于行动的实践。

《文汇报》，2020 年 7 月 30 日

后　　记

王兴孙

　　小时候在家里时不时听到父亲用一种独特的调子诵读，却不知道这是什么调子，为什么这样读，大概是习以为常了，后来竟也从来没有想起问过父亲。直到十多年前，我才从无锡国专校友陈以鸿、萧善芗先生那里得知，这是唐文治先生创立的读文法——唐调，父亲正是以唐调吟诵古诗文。

　　唐文治先生举办无锡国专，提出并实践了一整套独一无二的国学教育的理念、模式和举措，要求学生在基础教育阶段能以读文法背诵几百篇古诗文，即是其中之一。几乎所有的国专校友对此莫不记忆尤深，以至毕业以后十年、二十年、甚至六、七十年还能朗朗上口。随着国学热的兴起，作为中华传统吟诵的重要流派，曾有"江南第一调"美誉的唐调越来越为吟诵界所重视。传授唐调的培训班在各地开设，吟诵唐调的音频资料和研究论著陆续出版，有的地方还以唐调吟诵申报了"非物质文化遗产"。尤其令人高兴的是积极参加培训的基本都是中青年教师和青少年学生，众多大学生志愿者以线上线下不同的方式投入其中，抢救、保护、整理、研究、传习、推广，这样的热情让我们深深感受到唐调吟诵后继有人，具有长远的生命力。

　　父亲曾分别师承沈曾植、梁启超、康有为、唐文治四位先生。其中，对父亲影响最深最广的是无锡国专的校长唐文治先生。父亲是无锡国专第一届学生，他不仅把唐先生视为治学的导师，而且始终以他为自己的人生楷模。无锡国专校友、原《人民日报》总编辑范敬宜先生曾说过："在我的印象中，王蘧常先生最尊崇的前辈学者有两位，一位是顾亭林，一位是唐文治。"父亲也深得唐文治先生的赏识、信任和器重。1938 年唐先生应沦陷区学生要求开设无锡国专沪校，特聘父亲为教务长分管；四十年代唐先生因年迈体衰又委任父亲负责全校的校务和教务。原上海博物馆出版部主任王运天先生（现为王蘧常研究会书学委员会主任)近年在《茹经堂文集》中发现唐文治先生1945年所撰的《嘉兴王君瑗仲文集序》一文,开篇即"人生当世,气节而已矣"九个字,可见唐先生对父亲的高度评价。(注:瑗仲为父亲的号。《嘉兴王君瑗仲文集》不知什么原因未能出版,原稿也未发现。唐先生该序已用作为2022年复旦大学出版社出版的《王蘧常文集》的总序)。至1952年唐文治先生临终前四天还将力求恢复无锡国专的遗愿亲自委托给父亲,并说"如能恢复,即虽在九泉之下,亦所乐以也"。唐先生生前原有自订年谱,八十岁后精力日衰,所记仅数则而已。他去世后其哲嗣唐庆诒先生将原稿整理补充,完成续编,其中有关无锡国专教务方面,都请父亲作了复核校阅。

由于唐文治先生在四十年代曾由唱片公司录有一套读文灌音片,上海及外地诸多无锡国专校友也在唐调吟诵热起来后有录音出版,唯独缺我父亲的吟诵,而他与唐先生又有非同一般的师生关系,所以不少人与我联系,关切是否有我父亲的吟诵录音。

我再三寻找,终于在父亲上世纪八十年代给复旦大学哲学系研究生上课的录音中发现了父亲给学生示范的唐调吟诵。能有这些录音,全要归功于王运天先生的有心。当时父亲年事已高,就在家中给研究生上课,每周一次,王运天先生每次都来旁听,而且每次都作了录音,总共六盒,并给了我一套。十多年后,为怕磁带年久受损,我请朋友在上海唱片公司将这些磁带录音转存为光盘;复旦大学哲学学院创始院长、王蘧常研究会会长吴晓明教授又曾请他的博士生肖鹏、何莹老师等作了初步整理。萧善芗先生听到录音后十分欣喜,尤其对父亲以唐调诵读《秦誓》这一经典篇章所表达出来的气势如虹惊叹不已。萧先生提出应尽快将父亲的录音出版公布于众,并告诉我,父亲在吟诵每篇诗文前都首先讲解了该篇要义和读文法,这些讲解特别珍贵,必须记录下来成为文字稿一并出版。但此事由于我一直未能找到合适的人选而一拖再拖,直至去年夏天萧先生向我全力推荐了杜亚群老师才有了转机。杜老师有扎实的国学功底,好多年前就开始学习唐调,并得陈以鸿、萧善芗两位先生的亲炙,她不仅对唐调有深入的研究和理解,而且对无锡国专的历史也有所了解,这几年她又一直积极组织推动唐调传习的活动,所以确实是担当本书策划和编辑的理想人选。

开始的设想是通过本书将我父亲吟诵唐调的录音公之于世以弥补缺憾,但后来几经商议,大家觉得无论是我父亲还是无锡国专其他校友,吟诵的都是唐

调,追根溯源都是唐文治先生创立的读文法,用陈以鸿先生说的一句话是"我们都是唐老夫子的学生",所以最终决定将唐先生本人、我父亲和多位无锡国专校友"唐门"三代人的吟诵录音合于一集,这就使得这薄薄的一本书承载了唐调吟诵百余年的厚重历史,这是目前为止同类书籍中的第一部,也是唯一的一部,意义非凡,弥足珍贵。

写上这篇后记,是想记述本书成书过程中经历了许多人的努力,每一位的贡献都不可或缺,实在来之不易。同时,也是为表达对杜亚群和魏庆彬两位主编的衷心感谢。他们出于对唐调的热爱、对中华优秀文化传统的热爱,不厌其烦、一丝不苟地做了大量工作,不仅确保本书集录的唐门三代人的吟诵全部都是唐调"正声",而且还对每段录音内容作了细致的考证、注释或校勘。在唐调吟诵正处于承前启后的当下,这实在非常重要。对唐调吟诵来说,这是一部传世之作。